TÄNZERIN IN DESSOUS

DESSOUS #13

PENELOPE SKY

Hartwick Publishing

Tänzerin in Dessous

1

CARMEN

Wir beendeten das Abendessen im Restaurant und gingen dann hinaus in die kalte Winterluft. Die Kälte traf mich, sobald wir draußen waren, und ich knöpfte meinen langen schwarzen Mantel zu, um mich in dem dünnen Kleid, das ich trug, vor der Kälte zu schützen. Meine kniehohen Stiefel schützten meine Beine bis zu den Knien. Mein Magen war durch den Wein und die heißen Speisen warm, sodass er als zusätzlicher Puffer für die nächtliche Kälte diente.

Griffin legte seinen Arm um Vanessa, als wir den Bürgersteig erreichten. In seinem schwarzen Blazer und dem V-Ausschnitt-Pullover sah er nicht aus wie der brutale Psychopath, der am ganzen Körper Tattoos hatte. Das einzige, was jetzt sichtbar war, war das schwarze Tattoo auf seiner linken Hand – sein Gelübde der ewigen Liebe.

Er zog seinen Blazer aus und legte ihn sofort um Vanessas Schultern, obwohl sie ein langärmeliges schwarzes Baumwollkleid trug. Ihr Babybauch war schon zu sehen, selbst wenn sie ganz in Schwarz gekleidet war.

„Mir ist nicht kalt", sagte sie leise zu ihm, als er den Blazer um ihre Schultern legte.

„Ist mir egal." Er wickelte sie darin ein und stellte sich hinter sie, hielt den Blazer fest um ihren Körper und legte seine Hand auf ihren Bauch. Seine Hände waren riesig und es fiel ihm leicht, ihren kleinen schwangeren Bauch mit nur einer Hand zu überspannen.

Sie verdrehte die Augen, aber die Liebe war ihr ins Gesicht geschrieben. Ihre Verärgerung war nur gespielt und direkt vor meinen Augen verliebte sie sich noch tiefer in ihn.

Sie zusammen zu sehen, überzeugte mich nur noch mehr davon, was ich eines Tages auch wollte. Ich wollte eine leidenschaftliche Liebe wie die ihre, einen Mann, der mich so sehr liebte, dass er für mich sterben würde – tausendmal. Und ich wollte einen Mann, für den ich mir eine Kugel einfangen würde – weil ich ohne ihn nicht leben könnte. Als Frau in den Zwanzigern hatte ich jedes Wochenende Spaß und traf neue Leute. Aber jetzt, da ich Vanessas und Griffins Liebe gesehen hatte, fing ich an, mich nach mehr zu sehnen. Wahre Liebe war nichts, was man einfach an der Straßenecke fand – sie fand einen. Irgendwann würde meine Zeit kommen, aber es könnte noch Jahre dauern.

„Dieser Bauch ist so süß, Vanessa." Ich lächelte sie an und sah, wie meine Cousine in der Winterkälte glühte. „Ich kann es kaum erwarten, dass noch ein kleiner Barsetti herumläuft."

Sie legte ihre Hand auf seine, als sie sich an ihn lehnte. „Ich kann es auch kaum erwarten."

Griffin küsste sie auf die Wange. „Ich liebe diesen Bauch. Sexy." Er küsste ihren Hals, bevor er sich zurückzog. „Ich hole das Auto." Er versteckte vor der Öffentlichkeit nie seine überwältigende Zuneigung zu ihr, selbst vor ihrer Familie nicht.

Aber dadurch mochte ich ihn nur noch mehr.

Vanessa trat näher an mich heran und hielt seinen Blazer um sich gewickelt. „Das Abendessen war schön."

„Das Brot hier ist das beste. Ich hatte hier letztes Wochenende ein Date und habe den ganzen Korb alleine gegessen."

Vanessa kicherte. „Was hat der Typ gedacht?"

Ich zuckte mit den Achseln. „Ist mir egal."

Sie lächelte. „Gute Antwort."

Griffin fuhr in seinem Pickup vor, kam dann zur Beifahrerseite und öffnete die Tür. „Komm schon, Baby. Im Auto ist es schon warm."

„Lass uns fahren", sagte Vanessa zu mir, als sie sich von Griffin in den Sitz helfen ließ.

„Ich brauche keine Mitfahrgelegenheit. Meine Wohnung ist nur zwei Blocks entfernt. Es wird mich weniger Zeit kosten zu laufen, als wenn ihr mich fahren würdet."

Griffin sah mich an, als hätte ich ihn gerade beleidigt. „Steig. Ein."

„Nein. Danke. Schön." Ich lächelte und es gefiel mir, dass er sich so schnell aufregte. „Das ist eine Einbahnstraße. Du musst einen riesigen Umweg fahren, was albern erscheint, da meine Wohnung buchstäblich da vorne ist."

Seine Nasenflügel blähten sich wie bei einem provozierten Stier auf. „Zwing mich nicht, dich noch einmal zu fragen."

„Ich dachte, du hast meinem Vater gesagt, dass ich auf mich selbst aufpassen kann?" Griffin hatte mich immer als Person respektiert, nicht nur als Frau. Aber seit er Vanessa geheiratet hatte, hat er angefangen, sich wie ein überfürsorglicher großer Bruder zu verhalten.

„Ja", antwortete er mit zusammengebissenen Zähnen. „Das hat aber nichts damit zu tun."

„Bring deine schwangere Frau nach Hause. Mir wird nichts passieren." Bevor er den Streit weiterführen konnte, wandte ich mich ab und ging die Straße hinauf. Meine Absätze klackerten auf dem gefrorenen Bürgersteig.

Vanessas Stimme war hinter mir zu hören. „Lass sie, Griffin. Bring mich nach Hause."

Einen Moment später schloss sich seine Tür und sie waren weg.

Ich fühlte mich in dieser Stadt absolut sicher, weil ich immer auf der guten Seite der Stadt blieb. Ich ging überall hin, und nicht ein einziges Mal gab es Probleme. Wenn jemand versuchen würde, mich zu überfallen, würde ich einfach seinen Schwanz mit dem Absatz meines Stiefels aufspießen.

Ich ließ zwei Blocks hinter mir und bog dann in eine Kopfsteinpflastergasse mit einem Café ein, um eine Abkürzung zur Parallelstraße zu nehmen. Ein paar Fahrräder lehnten an einer Hauswand und ein leichtes Klappern war durch die beschlagenen Fenster zu hören. Ich hielt mich rechts und ging weiter.

In diesem Moment packte mich jemand.

Eine Hand wurde über meinen Mund gedrückt, während die andere mich um die Taille fasste. „Sie riecht so gut, wie sie aussieht." Eine gruselige Stimme sprach direkt in mein Ohr, die Gelassenheit in seinem Tonfall war erschreckender als die Hand, die meinen Mund zum Schweigen brachte. Er riss meine Jacke herunter und ließ mich in meinem hautengen Kleid vor ihm stehen.

„Das ist ja kaum zu glauben." Ein Mann kam um die

Ecke, ganz in Schwarz gekleidet mit einer Wollmütze auf dem Kopf. Er war um die vierzig mit einem dichten Kinnbart und er sah aus wie die Ausgeburt des Teufels, die spät abends durch die Straßen zog. Er hielt ein langes Seil in den Händen, was mir sagte, dass sie nicht nur meine Clutch wollten.

Sie wollten etwas anderes.

Mein Überlebensinstinkt erwachte. Ich biss ihm kräftig in seinen Mittelfinger und stemmte gleichzeitig meine Hüften nach hinten.

„Schlampe." Seine Hand auf meinem Mund lockerte sich, als er zurückwich, und sein anderer Arm gab meine Taille frei.

Ich drehte mich um und trat ihm so hart wie möglich direkt zwischen die Beine.

„Scheiße!" Er packte seine Eier, fiel zu Boden und konnte sich vor Schmerzen kaum bewegen.

Ich spuckte ihn an – weil er es verdient hatte. Dann griff ich nach unten und zog das Messer heraus, das in seinem Gürtel steckte.

„Hol sie dir!" Der Typ mit dem Bart trat hinter mich, gerade als zwei weitere Typen sich dem Kampf anschlossen.

Ich nahm das Messer und drehte mich um. „Fass mich an und sieh, was passiert." Ich hielt das Messer so, wie es mir mein Vater beigebracht hatte, meine andere Hand hielt sich bereit, während der Rest meines Körpers eine defensive Haltung einnahm.

„Oh, ich werde dich anfassen." Er nickte einem der anderen Männer zu und sagte ihm damit, er solle hinter mich gehen.

Ich war umzingelt und unterlegen, aber ich würde lieber sterben, als mich mitnehmen zu lassen. Ich würde mich hier rauskämpfen und nicht aufgeben.

Hinter mir hörte ich das Geräusch einer Pistole, die durchgeladen wurde. „Lass das Messer fallen, Schlampe."

Ich drehte mich nicht um und behielt den Kerl mit dem Bart und dem Seil im Auge. „Hör auf, mich Schlampe zu nennen. Ihr drei verhaltet euch wie Schlampen." Ich drehte mich um und hielt mein Messer immer noch bereit. Ich sah direkt in den Lauf der schwarzen Pistole, die auf mein Gesicht gerichtet war.

Ich zuckte nicht mit der Wimper, aber ich hatte Angst. Ein Lauf war direkt zwischen meine Augen gerichtet und mein Leben hing davon ab, ob der Finger den Abzug drückte. Vor nur zehn Minuten hatte ich mit meiner Familie zu Abend gegessen, war vom Brot satt und hatte eine tolle Zeit gehabt. Jetzt kämpfte ich um mein Leben und wusste nicht, was ich tun und wie ich überleben sollte.

Aber ich durfte nicht zulassen, von diesen Männern mitgenommen zu werden. Sie wollten nicht mein Zeug. Meine Clutch lag auf dem Boden und sie hätten sie sich schon längst schnappen und verschwinden können. Nein, sie wollten mich – und das würde ich niemals zulassen.

„Lass das Messer fallen, *Schlampe*." Er trat einen Schritt näher an mich heran, die Pistole zitterte in seiner Hand.

Wie der Rest der Barsettis war ich sehr temperamentvoll. Und noch dazu wahnsinnig stur. „Nenn. Mich. Nicht. Schlampe." Ich warf das Messer und traf ihn direkt in die Schulter.

Er fiel sofort zurück und packte seine Schulter, als die Klinge aus der Wunde ragte. „Mein Gott!"

Der Mann mit dem Bart sprang auf mich zu und schlang das Seil um meine Handgelenke. „Ich habe sie."

Ich benutzte meine ganze Kraft, um ihn wegzustoßen, aber das Seil war zu fest.

Er drückte mich auf den Boden, mein Kleid war über

meinen Hintern gerutscht und er konnte jetzt meinen Stringtanga sehen. „Verdammt, das ist ein toller Arsch."

Ich versuchte, ihn zu treten. „Lasst mich gehen! Wisst ihr überhaupt, wer ich bin?"

„Nein." Der Typ zog ein Stück weißen Stoff heraus, um meinen Mund zu knebeln. „Aber unsere Schwänze werden es gleich herausfinden."

„Ich bin Carmen Barsetti." Mein Name war alles, was ich hatte. Ich stammte aus einer mächtigen und wohlhabenden Familie, einer Gruppe von Männern, die vor nichts zurückschrecken würden, bis sie mich zurückbekamen. „Und mein Vater wird euch alle abschlachten."

„Halt die Klappe. Das ist uns scheißegal." Er trat mir in den Rücken.

Der Schmerz ließ mich vorwärts stolpern, aber ich weigerte mich zu schreien. „Nun, das sollte es euch nicht sein. Weil Bones mein Bruder ist."

Das brachte sie zum Stillstand. Es wurde totenstill und alle sahen sich an, weil dieser Name ihnen offensichtlich etwas bedeutete.

Sein Name war meine Rettungsleine, also benutzte ich ihn weiter. „Und er wird nicht ruhen, bis er mich zurückbekommt. Ihr wisst genau, was er mit euch machen wird, sobald er mich findet. Also lasst mich gehen und verschwindet aus der Stadt."

Sie sahen sich an und schienen sich einig zu sein. „Wenn wir dich gehen lassen, sind wir so gut wie tot. Das heißt, wir müssen dich töten, wenn wir fertig sind – keine Zeugen." Der Mann schob mir den Stoff in den Mund und würgte mich, sodass ich nur gedämpft schreien konnte.

Das konnte nicht wahr sein.

Das konnte nicht mein Ende sein.

Mein Leben war vor wenige Minuten noch so perfekt gewesen. Jetzt würde ich vergewaltigt und getötet werden.

Meine Eltern würden sich nie davon erholen.

Carter würde davon verfolgt werden.

Dieser Tod war ein Tod für alle Barsettis.

„Lasst sie gehen." Eine tiefe, männliche Stimme drang durch die Gasse, der Bariton war kraftvoll und von Natur aus sexy. Voller Autorität und einem Hauch von Furchtlosigkeit war es die Stimme eines Mannes, der eine unsichtbare Krone trug.

Die Männer verstummten und es war absolut still, weil sich keiner von ihnen bewegte.

Es war so still, dass ich die Schritte des Mannes hören konnte.

Die anderen Männer standen noch immer wie erstarrt an Ort und Stelle.

Ich konnte den Mann nicht sehen, weil ich in die andere Richtung schaute. Alles, was ich von ihm kannte, war der Klang seiner Stimme, so rau wie Schleifpapier und hart wie Stahl. Er klang jung, vielleicht ein paar Jahre älter als ich. Es waren nicht Bones oder eines meiner Familienmitglieder, die mir zu Rettung kamen. Dieser Mann war ein völlig Fremder – und er legte sich mit vier bewaffneten Männern an.

Er sprach wieder. „Sofort."

Der Mann mit dem Bart löste das Seil an meinen Handgelenken. „Bosco –"

„Sie nicht." Er schnippte mit den Fingern und befehligte sie wie Hunde. „Geht."

Das Seil wurde mir von den Handgelenken gerissen und der Knebel aus dem Mund gezogen. Das Einzige, was sie zurückließen, war meine schwarze Clutch, die zu Beginn des Kampfes zu Boden gefallen war. Ihre Schritte waren zu hören, bis sie in der Gasse um die Ecke gingen und verschwanden.

Mein Kleid war noch immer über meinen Hintern gezogen, also stand ich auf, zog es herunter und holte mir meine Würde zurück, nachdem sie mir genommen worden war. Obwohl ich jetzt in Sicherheit war, hatte ich mehr Angst vor dem Mann, der mich gerettet hatte, als vor diesen Idioten. Er hatte nur ein paar Worte sagen müssen, damit die Männer gingen. Das war absolute Macht – und das machte mir Angst.

Ich wusste, dass ich vor diesen Monstern sicher war, aber ich war nicht dumm genug zu glauben, dass ich vor ihm sicher war.

Nachdem ich mein Kleid geglättet hatte, sah ich mir den geheimnisvollen Mann namens Bosco an.

Er musterte mich ohne Schamgefühl von oben bis unten. Seine blauen Augen begannen an meinen Beinen und machten sich langsam auf den Weg nach oben, folgten den Kurven meiner Figur, bis sie mein Gesicht erreichten.

„Bist du fertig?"

Amüsiert lächelte er schief. „Ich werde nie fertig sein." Er trat näher an mich heran, seine schwarze Lederjacke schmiegte sich an seine muskulösen Arme. Seine Muskeln dehnten das Leder und zeigten die physische Darstellung seiner Kraft unter der Kleidung. Darunter trug er ein schwarzes T-Shirt, das genauso eng an seiner harten Brust lag. Er hatte schmale Hüften, die zu dunklen Jeans führten. Er schien nicht bewaffnet zu sein – und das machte seine Macht noch beeindruckender.

Er blieb einige Handbreit vor mir stehen und war so groß, dass er sich nach unten beugen musste, um mich anzusehen. Er lächelte immer noch genauso amüsiert, als sich unsere Blicke trafen. Als er seinen Blick nach unten richtete und auf mein Kleid schaute, wurde sein Gesichtsausdruck wieder ernst. „Sie haben eine gute Wahl getroffen." Mit den Stoppeln auf seinem harten Kinn und blauen Augen wie Griffins war er ein gut aussehender Mann, der nicht in eine dunkle Gasse gehörte. Er gehörte auf eine Plakatwand oder in ein Magazin. Er musste keine Frau kidnappen, wenn er jede Muschi haben konnte, die er wollte.

Wie jede andere Frau auf der Welt war auch ich nicht immun gegen seinen Charme. Er war ein richtiger Ladykiller, ein Mann, den ich, ohne zu zögern, mit nach Hause nehmen würde. Selbst wenn er mir sagen würde, dass er ein Playboy wäre, der gehen würde, sobald er fertig war, wäre das für mich in Ordnung – denn er würde mich Kommen lassen.

Ich mochte seine Arroganz nicht, die Art und Weise, wie er dachte, dass er mich besaß, nur, weil er diese Arschlöcher verjagt hatte. Ohne etwas über ihn zu wissen, war ich sicher, dass er aus der Unterwelt stammte. Er war das größte Raubtier in der Nahrungskette, der große Weiße Hai im Meer. Ich unterschätzte seine Macht nicht, aber ich ging nicht auf die Knie und dankte ihm auch nicht. „Was willst du?"

Er neigte seinen Kopf leicht und amüsierte sich noch mehr. „Wieso denkst du, dass ich etwas von dir will?"

„Weil du schlimmer bist als sie."

Seine Augen verengten sich und er starrte mich mehrere Herzschläge lang an. Er hielt meinen Blick, ohne zu blinzeln, und nahm meine Worte hin. Mein Schweigen berührte ihn überhaupt nicht. Es schien ihm sogar zu gefallen. „Du bist eine clevere Frau."

Mein Herz begann, schneller zu schlagen. Ich überlegte, um Hilfe zu rufen, aber ich vermutete, dass er mir die Kehle herausreißen würde, bevor ich die Chance dazu bekam.

Sein tolles Aussehen verbarg nicht seinen gefährlichen Unterton. Ich war lange genug mit mächtigen Männern zusammen, um das aus einem Kilometer Entfernung zu erkennen. Er hatte die gleiche Aura wie Griffin, er war die Art von Mann, die je nach Stimmung ebenso böse als auch freundlich sein konnte. „Was willst du?“ Wollte er mich unter Drogen setzen und mich hinten in einen Van werfen? *Oder will er, dass ich auf die Knie gehe und ihm als Dankeschön einen blase?* Es spielte keine Rolle – er würde nichts davon bekommen.

„Ich wollte nichts, bis ich dich genauer sehen konnte – und deinen Mund.“ Seine Augen wanderten zu meinen Lippen und er starrte sie eine Weile an, sein Kiefer verhärtete sich vor Verlangen.

Ein Schauer lief mir über den Rücken. Ich war gleichzeitig erregt und verängstigt.

„Ich mache das nicht oft.“

„Was?“, flüsterte ich.

„Ein junges Mädchen in Not retten. Normalerweise gehe ich einfach weiter.“

„Ich bin kein Mädchen“, schoss ich zurück.

„Aber du warst sicherlich in Bedrängnis, bis ich auftauchte.“ Er trat einen Schritt näher und brachte uns so nah zusammen, dass unsere Münder sich fast berührten. „Oder soll ich dich lieber zurückgeben?“

Dieser Mann war gefährlicher, aber ich zog seine Gesellschaft den anderen vor. Ich mochte ihn nicht, aber ich war dennoch von seiner Größe und seiner Anziehungskraft beeindruckt, die der Sonne Konkurrenz machte. „Wenn du denkst, dass ich dir als Dankeschön deinen Schwanz lutsche, dann hast du dich getäuscht. Ich würde mir eher den Weg in die Freiheit erkämpfen, als mich irgendeinem Mann zu unterwerfen.“ Mein Stolz würde mich eines Tages umbringen, aber ich würde lieber ehrenvoll sterben, als mich aus Angst zu unterwerfen. Als eine Barsetti hielt ich meinen Kopf immer hoch und beugte mich niemandem.

Dieser leichte Ausdruck von Vergnügen war wieder zu sehen. Er starrte mir ins Gesicht, als wäre er gebannt, hypnotisiert von den Worten, die aus meinem Mund kamen. „Du weißt, wie man einen Mann hart macht, Schöne."

„Nenn mich nicht Schöne."

Er atmete erneut zwischen den Zähnen ein, als ob mein Mund ihn dazu brachte, mich noch mehr zu begehren. „Carmen." Er sagte den Namen langsam und fühlte ihn auf seiner Zunge, als ob er ihn schmecken würde.

Ich hatte ihm meinen Namen nicht gesagt, was bedeutete, dass er die Konfrontation minutenlang vererfolgt hatte, bevor er eingriff. Warum hatte er so lange gewartet? Hatte er erwogen vorbeizugehen und es zu ignorieren?

„Ich wollte nichts dafür, dass ich dich gerettet habe. Aber ich habe meine Meinung geändert."

„Du bekommst gar nichts." Jemand anderes würde ihm von ganzem Herzen danken, aber so dumm war ich nicht. Ich wusste, dass dieser Kerl nur Probleme brachte.

„Ich will diesen frechen Mund auf meinem. Ich will einen Kuss, einen, der so voller Feuer und Mumm ist wie deine Worte. Gib ihn mir und ich lasse dich gehen."

Nach all dem wollte er nur einen Kuss?

Er beobachtete mich und wartete darauf, dass ich meine Antwort gab.

„Ein Mann sollte eine Frau retten, weil es das Richtige ist."

„Ich bin kein Mann – ich bin ein Monster." Er sagte es ganz lässig, als wäre er sogar stolz darauf. „Wie gesagt, ich mache das nicht. Normalerweise wäre ich vorbeigegangen und hätte diese Konfrontation ignoriert. Eine dumme Frau, die nachts allein nach Hause geht, ist mir scheißegal. Wenn du klüger wärst, wärst du nicht in dieser Situation."

„Eine Frau sollte das Recht haben zu gehen, wohin sie will, wann immer sie will. Gib nicht mir die Schuld an diesem Angriff. Gib den Arschlöchern die Schuld, die mich vergewaltigen wollten. Sie sind das Problem, nicht ich."

„Dreh es, wie du willst, Süße", sagte er kalt. „Das ist die Welt, in der wir leben – und das weißt du. Als eine Barsetti solltest du es besser wissen. Stell dir die Enttäuschung deines Vaters vor, wenn er es wüsste."

„Sprich nicht über meine Familie." Dieser Mann wusste nichts über mich und ich würde nicht zulassen, dass er meinen Vater da hineinzog. „Wenn es dir egal ist, eine unschuldige Frau zu retten, warum hast du dann mich gerettet?"

Seine breiten Schultern sahen in seiner Jacke muskulös aus und die Bartstoppeln auf seinem Gesicht passten zu den Schatten der Nacht. Es war kalt in dieser Nacht, aber in meinem Blutkreislauf war so viel Adrenalin, dass ich es vergaß. Nun, da ich den Atem aus seinen Nasenlöchern kommen sah, erinnerte ich mich daran, dass es eine eisige Winternacht war. Ich stand noch immer mit nur einem Hauch von Stoff vor ihm und dieser Mann knurrte mich an wie ein hungriger Wolf. „Bones ist dein Bruder?"

Mein Familienname hatte diesen Männern nichts bedeutet, aber Bones hat es getan. Ein rücksichtsloser Killer, der vor nichts Angst hatte, sein Ruf war mein persönlicher Schutz. Vielleicht wäre mein Schicksal ganz anders verlaufen, wenn ich ihn nicht erwähnt hätte. „Schwager."

Er nickte leicht, als wäre das die Information, die ihn interessierte. „Ich schulde ihm einen Gefallen. Meine Schuld ist bezahlt."

Jetzt hatte ich wirklich Angst. Ich war gerade in die Unterwelt getreten und diese Erkenntnis unterbrach meine Luftversorgung. Ich konnte kaum atmen, weil es einfach nicht genug Sauerstoff in der Luft gab. Wenn dieser Mann Bones kannte, bedeutete das, dass sie den gleichen Charakter haben mussten. Er könnte ein Mörder, ein Vergewaltiger oder alles mögliche sein ... und ich war allein mit ihm.

„Aber ich will diesen Kuss trotzdem."

Meine Atmung beschleunigte sich, weil ich meine körperlichen Bedürfnisse nicht verbergen konnte. Leider stieg auch der Hauch meines Atems schneller aus meinem Mund und zeigte ihm, wie nervös ich geworden war. „Und wenn ich Nein sage?"

Er kam noch näher und legte seine warmen Fingerspitzen auf den Rücken meines frierenden Halses. Er packte mich sanft, seine Finger griffen unter meinen Haaransatz. Er küsste mich nicht, aber er drang in meine intime Zone ein. Sein Eau de Cologne und seine Seife vermischten sich und bildeten einen verlockenden Duft. Es war der Duft der reinen Männlichkeit, eines Mannes mit so viel Kraft in seiner Berührung. „Das wirst du nicht." Seine Augen wanderten zu meinem Mund, als er mich an Ort und Stelle hielt, seine Bartstoppeln so nah an meinen Lippen. Sein Arm bewegte sich mit einem kräftigen Griff um meine Taille. Er zog leicht an mir, wölbte die Kurve in meinem Rücken und brachte mich näher an seine Brust.

Er war warm und sein Griff war stark. Wie wahrscheinlich jede andere Frau war ich seiner Berührung zum Opfer gefallen. Der Kontext unserer Interaktion schien keine Rolle zu spielen, da Anziehungskraft alles andere überwog. Auf ein biologisches Bedürfnis reduziert, wollte ich nur den Kuss, den er von mir verlangte. Es war mehr als ein fairer

Handel nach dem, was er für mich getan hatte, und ich wollte ihn unbedingt küssen ... Ich wollte es einfach.

„Sag ja." Sein Daumen lag auf meinem Kinn und er winkelte meinen Nacken nach hinten und erhielt durch unseren Größenunterschied einen besseren Zugang zu meinem Mund. Er war über eins achtzig groß, was mich einen Kopf kleiner als ihn machte. Sein Daumen streichelte meine Wange und er atmete praktisch in meinen Mund, während er wartete.

Für einen Mann, der alles tun konnte, was er wollte, war es seltsam, dass er auf die Erlaubnis wartete. Vielleicht war es Bones' Anwesenheit, die mich immer noch beschützte. Vielleicht machte mich das unverwundbar. „Ja."

Als er das Wort hörte, war sein Mund auf meinem. Er wirkte aggressiv, aber sein Kuss war überraschend weich. Er berührte meinen Mund zielbewusst und spürte wirklich meine Lippen, als er in mich hineinatmete. Sein Arm straffte sich um meine Taille und er zog mich näher an sich heran.

Ich spürte die Umrisse seines Steifen in seiner Jeans.

Mein Gott.

Er drehte seinen Kopf nach rechts und positionierte meinen Mund für einen tieferen Winkel. Wie ein Mann, der verliebt war, verehrte er meinen Mund mit Leidenschaft und bewegte seine Lippen mit meinen in perfekter Geschwindigkeit und Intensität. Es war weder oberflächlich noch langsam. Er zog mich in seinen Bann, genoss mich, als wäre das der sexyeste Kuss, den er je erlebt hatte.

Ganz sicher war es meiner.

Er wiegte meinen Hinterkopf, als er mir seine Zunge gab. Mit einem schnellen Schlag gegen meine und einem warmen Atemzug schützte er mich vor der Kälte und ließ mich direkt vor seinen Füßen dahinschmelzen.

Nun war ich verloren.

Ich fühlte seine feste Brust, als ich meine Hand über sein T-Shirt bewegte und die Muskeln berührte, die so hart wie eine Betonplatte waren. Meine Finger spürten die Adern in seinem Nacken, als ich mich auf den Weg zu seinem kurzen braunen Haar machte. Ich griff die Strähnen mit meinen Fingerspitzen und verband seine Leidenschaft mit meiner eigenen. Er war ein Monster, ein Mann der Unterwelt, aber das änderte nichts daran, wie mein Körper auf ihn reagierte. Gut oder böse, ich wollte ihn.

Als Nächstes berührte meine Hand sein Kinn, die dichten Bartstoppeln kratzten über meine Fingerspitzen. Mein Daumen streichelte über seine Unterlippe, während ich ihn küsste. Jeder einzelne Zentimeter an ihm war ein ganzer Mann, besonders der enorme Ständer, der sich direkt gegen meinen Bauch drückte. Wie ich ihn mit meinen Fingern abschätzen konnte, musste er weit über zwanzig Zentimeter lang sein. Obendrein war er auch noch dick.

Ein Monsterschwanz.

Er drehte meine Hüften und führte mich zur Wand in der Gasse. Unsere Küsse verwandelten sich von einem Glühen in ein loderndes Feuer. Er drückte meinen Rücken gegen den eisigen Stein, sank gegen mich und bedeckte mich mit seinem ganzen Körper, während er weiterhin meinen Mund beanspruchte. Er saugte meine Unterlippe in seinen Mund, bevor er sie losließ. „Dieser." Er küsste diesmal meine Oberlippe und atmete gegen meinen Mund, als er mir in die Augen sah. „Mund." Er grub seine Hand wieder in mein Haar, als er mich fester küsste.

Es war mir egal, dass wir uns inmitten einer dunklen Gasse befanden und mein Höschen von Sekunde zu Sekunde feuchter wurde. Es war mir egal, ob dieser Mann ein Mörder oder ein Dieb war. Alles, was mich interessierte, war, seinen Mund auf meinem zu halten, sodass dieser Kuss für immer währte. Ich hatte schon guten Sex und heiße Küsse erlebt, aber nichts dergleichen. Das war das erste Mal, dass ich der Sonne so nahekam. Ich war kurz davor, verbrannt zu werden, aber es war mir egal.

Er packte mein linkes Bein und zog es über seine Hüfte, drückte mich weiter gegen die Wand, sodass sein Schwanz direkt gegen meinen Kitzler drückt.

Gott.

Er packte die Rückseite meines Oberschenkels und hielt mein Bein an seinem Platz, als er anfing, seine dicke Länge direkt an meinem pochenden Kitzler zu reiben. Ohne den Kuss zu unterbrechen, fickte er mich trocken, mitten im Winter in einer dunklen Gasse.

Und ich wollte, dass er es tat.

Meine Nägel krallen sich härter an ihn und mein Mund sehnte sich nach mehr von ihm. Unsere Zungen tanzten miteinander, wir atmeten wie eine Person und ich packte die Vorderseite seines T-Shirts, weil ich darauf wartete, dass er es auszog.

Meine Hand glitt unter sein T-Shirt und berührte die steinharte Bauchmuskulatur, die sich wie Berge anfühlte. Meine Finger rutschten entlang der tiefen Rillen, als sie sich auf den Weg zu seiner harten Brust machten. Mein Daumen fuhr über seine Brustwarze und streichelte seine Brust.

Was für ein schöner Mann.

Er rieb sich weiter gegen mich, sein riesiger Schwanz traf meinen Kitzler genau an der richtigen Stelle.

Verdammt, er wollte, dass ich kam. Mitten in dieser eiskalten Gasse, in der ich gerade angegriffen wurde. Ich wusste nichts über ihn außer seinem Namen, aber meine Hüfte bewegte sich mit seiner, und ich konnte nicht aufhören, mir vorzustellen, wie sich dieser Schwanz in mir anfühlen würde.

Er gab mir wieder seine Zunge und dann kam ich.

„Verdammt ... ja." Ich packte seine Schulter und stöhnte in seinen Mund, meine Hüfte drückte sich gegen ihn, als mich ein fantastischer Höhepunkt überwältigte.

Er hörte auf, mich zu küssen – nur damit er mich anstarren konnte. Mit Augen, die vor Verlangen brannten, sah er mich gegen seinen Schwanz zucken, seine Arroganz war auf ihrem Höhepunkt. Seine Zähne waren zusammengebissen, als sich seine Finger in meinen Oberschenkel gruben.

Ihn meinen Höhepunkt genießen zu sehen, ließ mich noch stärker kommen. Ich stöhnte in der Gasse nach einem Orgasmus, der besser war als bei jedem Geschlechtsverkehr – oder mit meiner Hand. Mein Höschen war nass und ich wusste, dass es gegen seine Jeans schmierte, aber mein Verstand war so weit in den Wolken, dass es mir egal war.

Als ich fertig war, küsste er mich mit einem Lächeln auf meine Lippen.

Dieser Orgasmus fühlte sich so gut an, dass es mir egal war, ob es peinlich war. Ich wollte meine Würde bewahren, auch jetzt noch. Mein Kopf lag an der kalten Wand und ich starrte in sein hübsches Gesicht, sein pochender Schwanz drückte nach wie vor gegen meine Muschi.

„Das war ein verdammt guter Kuss." Seine Hand hielt in meinem Haar inne und er grinste, als wäre er gerade zum König gekrönt worden.

„War nicht schlecht." Ich ließ mein Bein sinken und strich mein Kleid glatt. Wie ich erwartet hatte, war da ein dunkler Fleck auf seiner Jeans – ein Muschi-Fleck, den ich nicht entfernen konnte.

Er warf einen Blick darauf und sah mich dann an, seine Arroganz auf einem Allzeithoch. „Ja … nicht schlecht."

Ich ging um ihn herum, hielt meinen Kopf hoch und meinen Rücken gerade. Meine Clutch und mein Mantel lagen noch auf dem Boden. Ich zog meinen Mantel an, knöpfte ihn zu und verbarg meine Kurven, als ich meine Handtasche aufhob.

Er trat hinter mich, seine schweren Schritte waren in der Stille zu hören.

Ich richtete mein Haar und drehte mich dann zu ihm um. „Gute Nacht, Bosco."

Er starrte mich mit diesen kryptischen blauen Augen an, seine Gedanken hinter diesem eiskalten Blick waren ein Geheimnis. Er steckte seine Hände in die Taschen seiner Jeans und sein harter Schwanz buchtete noch immer die Vorderseite seiner Jeans aus. „Ich mag es, wie du meinen Namen sagst."

Er erwartete wahrscheinlich, dass ich ihn für die Nacht einladen würde. Wenn er jede Frau so kommen ließ, dann musste er es gewohnt sein, dass Frauen ihn anbettelten. Ich sollte nicht anders sein, aber ich wollte das nicht zulassen. Ich wusste nicht viel über diesen Mann, aber ich wusste, dass er nur Probleme bringen würde. Er war zwar verdammt schön, aber auch gefährlich. Ich hatte einen Höhepunkt erreicht, nach dem ich einschlafen würde, sobald ich nach Hause kam. Wenn ich am Morgen aufwachte, würde ich diesen Mann für immer vergessen. „Du wirst mich ihn nie wieder sagen hören."

2

BOSCO

Ich stand am Fenster meiner Wohnung, die sich im obersten Stockwerk des Gebäudes befand, das mir gehörte, und schaute auf die Stadt. Es war mitten in der Nacht, Stunden nachdem Carmen in der Gasse von mir gegangen war. Sie hatte ihren Mantel angezogen, ihre Haare gerichtet und war gegangen, ohne mich nochmal anzusehen.

Heiß wie die Hölle.

Nachdem sie meine Jeans mit ihrer Erregung getränkt hatte, hatte ich erwartet, dass sie mich fragen würde, wann sie mich wiedersehen würde. Aber als ob ich ihr nichts bedeutete, vergaß sie mich in dem Moment, als ich außer Sichtweite war.

Jetzt wollte ich sie noch mehr.

Carmen Barsetti ... was für eine interessante Frau.

Sie war gerade von vier Männern angegriffen worden, eine Pistole war auf ihren Kopf gerichtet und ein Strick war um ihre Handgelenke gewickelt gewesen. In einer Gasse auf den Knien schien ihr Ende unmittelbar bevorzustehen.

Aber sie stand wieder auf und machte weiter, als wäre nichts passiert.

Und sie kämpfte bei jedem Schritt des Weges. Sie stach einem Kerl ein Messer in die Schulter und trat einem anderen in die Eier. Es gab keine Tränen in ihren Augen, kein Zeichen einer Bitte um Gnade.

Sie kämpfte wie ein Mann.

Ich war nie einer Frau wie ihr begegnet.

Furchtlos.

Ich zog mein Handy aus der Tasche und tätigte den Anruf.

Es klingelte nur zweimal, bevor er mit einer tiefen Stimme voller Ärger antwortete. „Es ist drei Uhr morgens. Was zum Teufel willst du?“ Bones knurrten in die Leitung, ein Bär, der aus seinem Winterschlaf geweckt worden war. Er war leicht zu provozieren, ein Temperament, das anstieg und nie wieder herunterkam.

„Ich würde nicht anrufen, wenn es nicht wichtig wäre.“

„Was dir wichtig ist, ist mir egal.“ Im Hintergrund war es still. Er war wahrscheinlich in seiner Wohnung in Mailand und starrte auf eine andere Skyline als ich. „Ich bin im Ruhestand, Bosco. Was auch immer du mich fragen wirst, nimm an, dass meine Antwort Nein ist.“

Ich wusste nicht, dass er sich zurückgezogen hatte. Er schien zu jung, um seinen Titel als größter Killer Westeuropas aufzugeben. „Herzlichen Glückwunsch. Was machst du so? Angeln?“ Ich konnte mir nicht vorstellen, dass ein Mann wie Bones nichts tat. Es schien nicht möglich.

„Ich bin verheiratet.“

„Du hast dich zurückgezogen, um zu heiraten?“, fragte ich. „Klingt langweilig.“

„Heirate die richtige Frau und es wird nie langweilig werden. Also, was zum Teufel willst du?“

Ich stellte ihm keine weiteren Fragen mehr, weil ich wusste, dass er mir keine Antworten geben würde. „Ich will nichts. Ich wollte nur, dass du weißt, dass wir jetzt quitt sind."

„Quitt, hm? Wie das?"

„Ich habe heute Abend deine Schwägerin getroffen."

Er war totenstill.

„Carmen, richtig?"

Er wurde noch unheimlicher, als hätte ich gerade einen wunden Punkt angesprochen. „Was ist mit ihr?"

„Sie ging allein nach Hause. Ein paar Typen haben sie sich in einer Gasse geschnappt. Ich kam zufällig vorbei, aber da das nicht meine Szene ist, wollte ich nicht eingreifen. Aber dann ließ sie deinen Namen fallen, als letzten Versuch, sich zu retten ... also musste ich etwas tun. Ich habe die Jungs verjagt und sie da rausgeholt." Den Teil über den Kuss an der Wand und dem Muschisaft auf meiner Jeans ließ ich aus. „Also würde ich sagen, dass wir jetzt quitt sind."

Bones war still und kämpfte offensichtlich gegen die Wut, die in seinen Schläfen schlug. Seine Erleichterung über ihre Sicherheit war nichts im Vergleich zu seinem Ärger darüber, dass sie überhaupt in Gefahr gewesen war. „Sag mir, wer sie sind."

„Du weißt, dass ich das nicht tun kann, Mann. Ich habe einen Ruf zu verlieren."

„Bosco –"

„Ich kann nicht." Als König dieser Stadt konnte ich keine Ratte sein. Ich war ein Bösewicht, kein Held. Das Geld würde nur dann weiterfließen, wenn mein Ruf tadellos war. Verschwiegenheit war wichtig in meiner Branche. Sie gab mir meine Macht – denn ich wusste alles. Männer kamen nur in meinen Club, weil sie wussten, dass sie unter meiner Herrschaft unantastbar waren. „Ich weiß, dass du Rache willst, aber ich kann nicht. Ich werde es nicht noch einmal sagen."

Bones wusste, dass ich genauso stur war wie er, also drängte er nicht. „Geht es ihr gut?"

„Ja. Sie war kein bisschen aufgewühlt – zumindest nicht vor mir."

„Sie ist nicht die Art von Frau, die Schwäche zeigt."

„Ja ... das habe ich bemerkt."

„Halt dich von ihr fern, Bosco."

Als ich grinste, sah ich mir mein Spiegelbild im deckenhohen Fenster an. „Ich habe sie gerettet, oder nicht?"

„Ich meine es ernst", drohte er. „Es entgeht mir nicht, wie Männer sie ansehen. Ich sehe sie als Schwester, aber unsere familiäre Beziehung ändert nichts an der Tatsache, dass sie absolut umwerfend ist. Ich weiß, was ein Typ wie du denkt, wenn er in ihrer Nähe ist. Sie ist tabu."

„Du weißt, dass ich keine Muschis jage. Sie jagen mich."

„Sie ist keine Muschi", sagte er mit einem Knurren. „Wenn du noch einmal so über sie redest, bringe ich dich um."

„Ich habe mich nicht speziell auf sie bezogen. Du weißt, was ich meine. Und wann höre ich ein Dankeschön?"

Er war wieder ruhig und seine Wut schwelte deutlich. „Du hast gesagt, wir sind quitt, also wirst du von mir keine Dankbarkeit bekommen."

Ich wusste, dass er das sagen würde. „In Ordnung. Grüß deine Frau von mir."

Er legte auf.

Ich steckte das Telefon in die Tasche und starrte weiter auf die Skyline der Stadt. Die Lichter hielten am Stadtrand inne, der Rest der Toskana lag ruhig im Hintergrund. Als ich nach Hause kam, hätte ich meine Jeans fallen lassen und meine Hand um meinen Schwanz legen müssen, aber das reizte mich nicht. Nachdem ich diese üppigen Lippen auf meinen gefühlt hatte, wollte ich sie wieder haben. Ich wollte das Richtige, dieses Verlangen zwischen ihren Beinen auf meiner Haut spüren, nicht durch meine Jeans.

Wie gesagt, ich jagte die Muschis nicht. Das war nicht mein Stil. Es gab keine Frau da draußen, die diese Art von Anstrengung wert wäre.

Aber andererseits gab es auch keine zweite Frau wie Carmen Barsetti.

DER KELLER meines Gebäudes wurde nur für einen einzigen Zweck genutzt.

Den Ring.

Die Männer standen in einem Kreis um den Ring versammelt, um die Wetten zu platzieren. Ich hatte meine Milliarden damit verdient, das größte unterirdische Casino in ganz Europa zu betreiben. Die Bullen wussten davon, aber sie kamen mir nie in die Quere, weil ich ein Gegner war, der nicht besiegt werden konnte. Und da ich Weihnachtsgeld verteilte, das ihrem Jahresgehalt entsprach, war es für sie einfach wegzuschauen.

Jones begleitete das erste Arschloch in den Ring und schloss seine Handschellen auf. Ohne Hemd und in Jeans war er Ende dreißig und sein linker Arm war voller Tätowierungen. Sein Haar war als Bedingung rasiert worden und er war drei Tage zuvor eingesperrt gewesen – ohne sich verabschieden zu können.

Der nächste Mann wurde in den Ring geschoben, etwa ein Jahrzehnt älter und außer Form. Es schien nicht so, als hätte er eine Chance.

Die Menge begann, ihre Wetten abzuschließen.

„In Ordnung." Ich trat in den Kreis, die Arme vor der Brust verschränkt, und die Männer um mich herum verstummten sofort. „Ihr beiden Arschlöcher habt das Casino beschissen, was bedeutet, dass ihr mich beschissen habt. Betrug und Diebstahl sind tödliche Vergehen. Aber da ich ein barmherziger Kerl bin ... gebe ich jedem von euch eine Chance. Ihr werdet bis zum Tod kämpfen. Der Gewinner darf leben – und später von seiner Strafe erzählen." Ich klatschte zweimal in die Hände. „Viel Glück, meine Herren." In dem Moment, als ich aus dem Ring trat, begann der Kampf.

Und ich sah zu, wie das Blut floss.

3

CARMEN

Jener verrückte Abend verschwamm immer mehr. Die Details des Angriffes schienen an Wichtigkeit zu verlieren, als wären sie nicht ansatzweise so wichtig wie das, was danach geschehen war. Bosco hatte mich gegen eine Hauswand gepresst, sich gegen mich gerieben, bis ich gekommen war, und mir einen Kuss gegeben, den ich niemals vergessen würde.

In Gedanken spielte ich all das am nächsten Tag auf der Arbeit immer wieder ab. Ich machte einige Gestecke, war aber so abgelenkt, dass ich doppelt so viele machte, wie ich brauchte, und somit Blumen verschwendete. Ich stellte sie ins Schaufenster und hoffte, dass jemand sie kaufen würde.

Ich wollte Bosco nicht wiedersehen. Mit ihm hatte es nichts Gutes auf sich.

Doch weshalb konnten mich andere Männer nicht auch auf diese Weise küssen?

Warum konnten andere Männer nicht solches Selbstbewusstsein an den Tag legen?

Ich hatte noch nie einen Mann wie ihn getroffen. Ich hatte noch nie jemanden so Schönen gesehen. Allein seine

Kieferpartie war Gold wert. Seine Augen waren wie Diamanten und sein Körper war steinhart. Er hatte wahrscheinlich eine Frau aufgegabelt, nachdem wir getrennter Wege gegangen waren, und sie in seinem Bett gefickt – doch mir das vorzustellen, machte mich nur an.

Denn ich wollte die Frau in seinem Bett sein.

Ein Teil von mir wollte Griffin nach ihm fragen, um zu erfahren, wie gefährlich er war. Griffin war einmal ein Auftragskiller gewesen, doch er hatte nie eine Gefahr für meine Familie dargestellt. Vielleicht waren Boscos Verbrechen unbedeutend.

Doch ich hatte das Gefühl, dass das nicht der Fall war.

Die Glocke über der Tür läutete, als die Tür sich öffnete und ein Kunde hereinkam.

„Guten Tag." Ich sah von meinem Gesteck auf. „Wie kann ich –" Mir blieben die Worte im Hals stecken, als ich Griffin vor mir stehen sah und merkte, dass er mich anstarrte, als wollte er mir den Kopf abreißen. Seine Augen waren wie Pistolenkugeln und ich war sein Ziel. Seinem Blick nach zu urteilen, wusste er genau, was in der Nacht zuvor geschehen war.

Ganz genau.

Scheiße.

Er schloss die Tür hinter sich und kam auf den Tresen zu, dabei wirkte er nicht mehr wie der beschützende und sich sorgende ältere Bruder, als den ich ihn sah. Als Vanessa mit ihm zusammengekommen war, hatte ich nicht leugnen können, dass er verdammt sexy war. Doch diese Anziehung erstarb kurz darauf, da ich wusste, dass er für jemand anderen bestimmt war. Nun wirkte er wie ein Bruder, wie eine intensivere Version von Carter. Griffin ergriff die Kante des Tresens mit beiden Händen und blickte zu mir hinab, während sich in seinen Augen Enttäuschung und Wut widerspiegelte.

Es sollte alles in Ordnung kommen. „Okay ... das nächste Mal lasse ich mich heimfahren."

Er schlug, so fest er konnte, mit der rechten Hand auf den Tresen. „Halt verdammt nochmal den Mund, Carmen."

Meine Augen fielen mir fast aus dem Kopf, weil ich sie so schnell aufriss. „Bitte was –"

„Ich habe dich von dem Tag, an dem wir uns getroffen haben, immer respektiert. Aber dieser Respekt ist jetzt verflogen, weil du nicht auf mich gehört hast. Du bist arrogant und deine Arroganz hat dich letzte Nacht beinahe umgebracht. Ich bewundere dich dafür, dass du eine ebenso starke Frau wie Vanessa bist, aber nicht dafür, dass du so dumm bist –"

„Hör zu –"

„Nein, du hörst mir jetzt zu." Er ließ seine Hand wieder auf den Tresen sausen. „Du warst unvorsichtig und das wissen wir beide. Wenn eine Frau wie du aussieht, muss sie immer vorsichtig sein. Männer werden nie aufhören, dich zu wollen, und wenn sie dich alleine sehen, werden sie dich jagen."

Ich schloss meinen Mund, wohl wissend, dass Griffin zu wütend war, um vernünftig mit mir zu reden.

„Du hast Geld, also gibt es keinen Grund, kein Taxi zu nehmen."

„Es war nur zwei Häuserblocks entfernt –"

Seine Augen sahen wie Granaten aus.

„Na gut, na gut. Ich werde ab jetzt immer ein Taxi nehmen."

Das reichte Griffin nicht. Er war noch immer wütend. „Ich muss dir nicht sagen, wie das hätte enden können."

„Ich weiß." Es wäre eine Lüge gewesen, wenn ich gesagt

hätte, dass ich keine Angst gehabt hatte. Ich hatte panische Angst gehabt. Als meine Hände gefesselt gewesen und die Waffe auf mein Gesicht gerichtet gewesen war, dachte ich, dass es vorbei wäre. Ich dachte darüber nach, dass meine Eltern am Boden zerstört sein würden, wenn sie ihre einzige Tochter verlören.

„Und wenn Bosco mir keinen Gefallen geschuldet hätte, wärst du jetzt vielleicht tot."

„Ich weiß, Griffin."

Als er die Reue in meinem Gesicht sah, beruhigte er sich endlich ein wenig. „Ich mache mir nicht nur wegen Vanessa Sorgen um dich. Ich mache mir Sorgen um dich, weil du mir wichtig bist. Wenn dir etwas zustößt, würde mich das verletzen." Er legte eine Hand auf sein Herz. „Du bist ein Teil meiner Familie, Carmen."

„Ich weiß", flüsterte ich.

„Dann musst du daraus lernen. Du musst aus deinen Fehlern lernen."

„Glaub mir, das habe ich bereits." Ich wusste, dass ich kein Recht hatte, ihn um etwas zu bitten, nicht, nachdem ich ihn so wütend gemacht hatte, aber ich musste es versuchen. „Bitte erzähl meinem Vater nichts davon."

Er neigte seinen Kopf und seufzte.

„Bitte. Er wird sich nur aufregen und das will ich nicht."

„Ich weiß nicht ..."

„Ich bin nicht in Gefahr, also gibt es keinen Grund, ihm davon zu erzählen. Du wirst ihn nur aus der Fassung bringen."

Er dachte über meine Bitte nach, bevor er den Kopf hob und mich ansah. „Ich mache einen Deal mit dir. Lass nicht zu, dass so etwas noch einmal geschieht, und dann haben wir einen Deal. Du lässt mich dich nach Hause bringen oder du nimmst ein Taxi. Okay?"

„Okay."

„Versprichst du es mir?", sagte er nachdrücklich.

„Ja ... ich verspreche es."

Endlich lehnte er sich zurück, seine durchtrainierten Muskeln waren nun weniger angespannt, da dieser Teil des Gesprächs vorbei war.

„Du hast mir das Leben gerettet, Griffin. Der Name Barsetti war nicht genug gewesen, um mich zu retten. Mir war erst dann Gnade gezeigt worden, als ich deinen Namen genannt hatte. Was wäre geschehen, wenn diese Waffe nicht Teil meines Arsenals gewesen wäre? Danke."

„Ich habe nichts getan", sagte er leise.

„Aber dein Ruf allein hat mich gerettet ..."

„Auch das stimmt nicht. Bosco schuldete mir einen Gefallen. Wenn das nicht der Fall gewesen wäre, hätte er dich ignoriert."

Ich wollte mehr über diesen mysteriösen Mann wissen. Bosco hatte gesagt, dass er ein Monster sei, kein Mann. Er sagte, dass er böse sei und er zuckte nicht mit der Wimper, als er das sagte. Doch von welcher Art von Bösartigkeit sprachen wir? „Wer ist er?"

„Bosco?", fragte Griffin.

„Ja. Er hat vier Männer vertrieben ... nur mit ein paar Worten." Er hatte immense Macht, ohne sie zeigen zu müssen. Er war ein starker Mann, offensichtlich muskulös, aber nicht so extrem wie Griffin. Jeder Teil seines Körpers war stahlhart, sogar sein Schwanz. „Er hatte nicht einmal eine Waffe." Das wusste ich nur, weil sein Körper gegen meinen gepresst gewesen war und ich ihn überall gespürt hatte.

„Das überrascht mich nicht. Er ist der König der Stadt."

„Der König?"

„Er hat die Kontrolle über das ganze Geld."

Ich kam nicht mehr mit. „Was? Wovon redest du?“

„Es ist egal, Carmen. Er ist genau wie ich – tödlich. Er ist einer der größten Verbrecher der Stadt, von ganz Europa. Er ist niemand, mit dem du aus irgendeinem Grund Kontakt haben solltest. Ich habe ihm gesagt, dass er sich von dir fernhalten soll. Aber falls du ihn siehst, sag mir sofort Bescheid.“

„Hat er gesagt, dass er mich wiedersehen will?“

„Nein. Warum?“

Es wurde immer klarer, dass Griffin nichts von unserem Kuss wusste. „Du hast ihn davor gewarnt, mir zu nahe zu kommen … Warum solltest du das tun?“

„Komm schon, Carmen.“ Er verdrehte die Augen nicht, doch es schien so, als würde er es gerne tun. „Schau dich an. Er frisst Frauen wie dich zum Mittagessen.“

Ich wusste, dass Bosco ein Playboy war – so viel war klar. „Handelt er … mit Frauen oder so was?“

„Nein. Diese Art von Verbrecher ist er nicht.“

Das war eine Erleichterung.

„Ich will nur nicht, dass er denkt, dass du eines seiner Mädchen bist. Das ist alles.“

„Eines seiner Mädchen?“

„Ja. Ein Mann wie er ist daran gewöhnt zu bekommen, was immer er will.“

All diese Informationen hatte ich bereits, doch es enttäuschte mich dennoch, es laut ausgesprochen zu hören. Bosco war nicht nur ein schlimmer Junge, sondern die Art von Mann, die mein Leben ruinieren würde. Es war clever, ihn hinter mir zu lassen, ohne zurückzublicken. Ich würde ihn nie wiedersehen und genau so sollte es sein. Sein Kuss würde für immer mein Favorit bleiben, doch das durfte nur eine entfernte Erinnerung sein, wenn ich mich selbst berührte.

„Warum stellst du mir all diese Fragen?“

Griffins Stimme brachte mich in die Gegenwart zurück und ich hatte Angst, dass ich mein Interesse zu offen bekundete. „Er hat mein Leben gerettet. Ich bin nur neugierig.“

„Ich hoffe, dass das alles ist, Carmen. Denn er ist nicht gut genug für dich.“

„Das sagst du über jeden Kerl …“

„Weil es wahr ist. Es gibt keine Männer auf der Welt, die gut genug für Barsetti Frauen sind.“

„Was ist mit dir?“, erwiderte ich und bezog mich auf Vanessa.

Er hielt meinem Blick lange Zeit stand, ohne zu blinzeln. „Ich bin keine Ausnahme.“

NACH EINER WOCHE verblasste die Erinnerung an diese Nacht langsam.

Zusammen mit der Erinnerung an Bosco.

Ich hatte am Samstagabend ein Date mit einem Mann, der im Laden seiner Mutter Blumen zum Geburtstag gekauft hatte. Er wirkte nett. Er hatte weder Boscos sexy Selbstbewusstsein, noch besaß er stumme Macht, die mich einschüchterte, aber das sollte egal sein. Ich suchte nicht nach einem Verbrecher.

Nur nach einem normalen Kerl.

Der Tag im Blumenladen war ruhig. Normalerweise kauften die Leute Blumen, wenn das Wochenende nahte. Unter der Woche arbeitete ich meist nur für Beerdigungen. Hochzeiten und Polterabende fanden meist auch nur am Wochenende statt.

Die Glocke läutete, als ein Kunde den Laden betrat. Ich stand mit dem Rücken zur Tür am Tisch und band eine

Schleife um eine Vase. Meine Schere lag zusammen mit den Rosenstängeln auf dem Tisch. Meine Handschuhe waren dick und schützten meine Finger vor den Dornen – mein Vater hatte sie mir vor Jahren zum Geburtstag geschenkt.

Hinter mir erklangen schwere Schritte, deren Gangart auf einen großen Mann schließen ließen. Ich legte die Schere hin und drehte mich um. „Guten Tag. Wie kann ich –“ Mir blieben die Worte im Hals stecken, als ich in die schönen blauen Augen blickte, die mich erst vor einer Woche dabei beobachtet hatten, wie ich gekommen war. Mein ganzer Körper spannte sich bei diesem unerwarteten Besuch an, besonders, da er noch besser aussah, als es eine Woche zuvor der Fall gewesen war. Heute hatte er seine Jacke zu Hause gelassen und trug ein schwarzes T-Shirt, das seine muskulösen Unterarme hervorhob. Seine Haut war braun gebrannt, nur ein wenig dunkler als meine. An seinem Handgelenk prangte eine glänzende Uhr, doch das war der einzige Schmuck, den er trug. Seine engen Jeans saßen tief auf seinen Hüften und lagen dicht an seinen muskulösen Oberschenkeln.

Er trug das gleiche schiefe Grinsen, das er mir gezeigt hatte, als er mich das erste Mal angesehen hatte. „Du kannst mit der Schere umgehen.“ Er steckte seine Hände in die Taschen und sein Selbstbewusstsein erfüllte den Raum ebenso, wie es die Gasse erfüllt hatte. Er trat zur Seite, um das Blumengesteck, das ich gerade gemacht hatte, genauer zu betrachten. Seine blauen Augen studierten die Blumen und die Vase, bevor er sich mir wieder zuwandte. „Sehr schön.“

Ich zwang mich, mich von seinem unerwarteten Besuch zu erholen. Ich war normalerweise selbstbewusster, selbst wenn ich nervös war. „Kaufst du Blumen für deine Freundin?“

Er grinste, als er meinen Witz hörte. „Für meine Mutter, um genau zu sein."

Ich zwang mich, nicht weich zu werden. Nur, weil er ein Verbrecher war, hieß das nicht, dass mich seine Geste rühren sollte – besonders, da er log. „Was gefällt ihr?" Anstatt zu fragen, weshalb er wirklich hier war und ihm meine Angst zu zeigen, gab ich mich gleichgültig. Das Letzte, was ich wollte, war, dass er annahm, dass er mir unter die Haut gefahren war.

„Alles." Er ging zum Kühlschrank und nahm einen in Plastik gewickelten Strauß heraus. „Der hier reicht."

„Soll ich ihn in eine Vase stellen?", fragte ich, wissend, dass das Blumen sehr viel eleganter erscheinen ließ.

„Nein." Er trug den Strauß zum Tresen und legte ihn auf die Oberfläche. „Vasen haben auf dem Friedhof nichts zu suchen."

Bei dieser Aussage hielt ich inne und mein Herz rührte sich. Ich liebte meine Mutter so sehr und ich wäre am Boden zerstört, wenn ich sie je verlieren würde. Zu wissen, dass er jemanden verloren hatte, den er geliebt hatte, brach mir das Herz, obgleich er kein guter Mann war. „Es tut mir so leid, das zu hören ..."

Bosco beobachtete meinen Gesichtsausdruck, seine Augen zeigten die gleiche Härte wie zuvor. „Ich kann Menschen gut lesen. Ich weiß, dass du das ernst meinst."

„Natürlich." Ich wickelte die Blumen in extra Papier und nahm dann mein iPad. „Das macht fünfzehn Euro."

Er nahm sein Portemonnaie heraus und legte das Geld auf den Tisch. „Danke." Er nahm die Blumen und hielt sie im Arm. Es gab nichts mehr zu besprechen, da er seinen Kauf getätigt hatte, doch er blieb stehen und seine Augen hingen an meinem Gesicht, als wären meine Lippen ein Kunstwerk.

Ich wusste, dass er an unseren Kuss dachte – denn ich tat das Gleiche.

Ich weigerte mich, den Blickkontakt zu unterbrechen, Schwäche zu zeigen. Wenn man einem größeren und stärkeren Gegner gegenüberstand, musste man sich der Herausforderung stellen – andernfalls würden sie einen niedertrampeln. Wenn er die Fassade durchschauen konnte, war es egal. Ich musste es dennoch versuchen. Wenigstens würden mich meine Feinde respektieren. „Hab einen guten Tag, Bosco."

Ein unaufhaltsames Grinsen breitete sich auf seinem Gesicht aus, als wäre alles, was ich tat, amüsant. „Ich mag dich."

Das Kompliment breitete sich in meinen Adern aus und wärmte meine Haut. Seine Zustimmung sollte mir nichts bedeuten, da er ein Verbrecher war. Bisher wirkte er nicht gefährlich. Wenn er mir wirklich hätte wehtun wollen, hätte er mich in jener Nacht nicht gehen lassen. Er würde mich nicht am helllichten Tag in meinem Geschäft überraschen. „Bones hat dir gesagt, dass du dich von mir fernhalten sollst."

Sein Grinsen verschwand langsam und seine blauen Augen verwandelten sich in ein bedrohliches Starren. „Willst du, dass ich mich von dir fernhalte?"

Ich hätte es sofort bejahen sollen, doch das tat ich nicht. Ich schwieg und starrte ihn an, unsicher, was ich erwidern sollte. Dieser Kerl war keiner, mit dem ich etwas zu tun haben wollte, egal, wie gut er küsste. Gelegentlich mit einem bösen Jungen rumzumachen, störte mich nicht – damit konnte ich umgehen. Aber Bosco war eine ganz neue Klasse, jemand, den Bones vehement ablehnte. Ich wich der Frage aus, indem ich sie nicht beantwortete. „Ich würde auf Bones hören, wenn ich du wäre."

„Ich habe keine Angst vor ihm." Er legte die Blumen wieder auf den Tresen, ohne den Blickkontakt zu unterbrechen.

„Das solltest du aber."

Seine Mundwinkel erhoben sich zu einem Lächeln. „Ich bin derjenige, vor dem er Angst haben sollte."

Die Wärme, die ich einen Moment zuvor gespürt hatte, verschwand. Ein eiskaltes Gefühl ersetzte es und mir gefror das Blut in den Adern. Diese Männer hatten sofort innegehalten, als ich Bones' Namen erwähnt hatte. Es war ein Name, den die Menschen sofort fürchteten, ein Name, der Vanessa geschützt hatte, als sie von diesen Verbrechern entführt worden war. Doch Bosco schien Griffins Macht wirklich gleichgültig zu sein.

„Ich bin ein Gegner, gegen den er nicht ankommt – und das weiß er auch." Er sprach so selbstbewusst, so eloquent, dass er nicht lügen konnte. „Besonders jetzt, da er eine Frau hat, um die er sich sorgen muss."

Bones hatte mir nicht gesagt, weshalb Bosco so gefährlich war, doch er hatte seine Autorität hervorgehoben.

„Ich schuldete ihm einen Gefallen und kam ihm entgegen. Nun schulde ich ihm rein gar nichts mehr." Er lehnte sich gegen den Tresen und neigte seinen Kopf leicht, während er mich weiter anstarrte. Er war unnatürlich charmant und es war hypnotisierend, ihn zu beobachten. Männern waren selten so selbstsicher wie dieser Kerl. Es gab einen Grund dafür, dass er als der König der Stadt bezeichnet wurde – weil er das ganze Geld kontrollierte. Und wenn man das Geld unter Kontrolle hatte, kontrollierte man alle Menschen. „Ruf ihn an. Du wirst schon sehen, was passiert." Wenn er bluffte, machte er es extrem gut.

Das wäre mein erster Impuls gewesen, doch da Bosco sehr viel einschüchternder war, als ich erkannt hatte, wollte ich Bones noch mehr beschützen als mich selbst. „Was willst du, Bosco?“ Mein Herz warnte mich mit jedem Schlag. Dieser Kerl war nicht ansatzweise durchschnittlich. Er hatte mehr Macht, als ich mir je vorstellen konnte. Ich hatte mich mit schmierigen Kerlen rumgeschlagen, die das Wörtchen Nein nicht kannten. Ich hatte ein paar Kerlen dafür eine runtergehauen, dass sie mir an den Arsch gefasst hatten, als ich vorbeigegangen war. Doch diese Männer waren im Vergleich mit ihm nichts gewesen.

„Diese schönen Blumen.“

„Nun, da du sie hast, solltest du gehen.“ Ich hielt stand, wie es jeder Barsetti tun sollte. Wir waren unglaublich stolz, selbst wenn es uns unser Leben kostete.

Als hätte er mich nicht gehört, starrte er mich weiterhin an.

Ich starrte zurück, während ich weiterhin in meinen braunen Stiefeln dastand, die über meine dunklen Jeans gezogen waren. Ich trug einen langärmeligen roten Pullover, um gegen die Kälte anzukämpfen, die den Laden erfüllte, wann immer die Tür geöffnet wurde. Zu dieser Jahreszeit stiegen die Preise für Blumen, doch die Kunden kamen trotzdem.

Er richtete sich auf und nahm dann die Blumen vom Tresen. „Geh am Samstagabend mit mir aus.“

Nun wusste ich ohne Zweifel, dass sein Erscheinen kein Zufall war. Er hatte herausgefunden, dass ich hier arbeitete und war absichtlich hergekommen. Wer wusste, ob diese Blumen wirklich für seine Mutter bestimmt waren. „Ich habe ein Date.“

Bei meinen Worten zog er seine Augenbrauen leicht hoch und meine Antwort irritierte ihn sichtlich.

„Und selbst, wenn das nicht der Fall wäre, hätte ich kein Interesse.“

„Wirklich?" Er kam näher zu mir, sodass ich bei seinen Bewegungen scharf einatmete. „Letzte Woche schienst du sehr interessiert."

„Ich war an meiner Freiheit interessiert. Das ist alles."

Sein verspieltes Grinsen kehrte zurück. „Sicher. Was immer du sagst, Süße. Ich habe immer noch einen Fleck auf der Jeans."

Ich weigerte mich, meine Scham zu zeigen, obgleich ich gedemütigt war.

„Und ich erinnere mich immer noch an den Orgasmus, den ich dir gegeben habe."

Es wurde schwerer, seinem Blick standzuhalten, schwieriger, meine Gleichgültigkeit beizubehalten. Wenn er mir so nah war, konnte ich sein Aftershave und seine Seife wieder riechen. Ich konnte seine Lippen spüren, ohne dass er mich berührte. Ich spürte, wie die Erinnerung an diesen Kuss mich überwältigte wie die Wellen des Ozeans.

Er kam mir noch näher, bis unsere Gesichter sich beinahe berührten. Seine schönen blauen Augen waren noch brillanter, als sie mir so nah waren. Für einen so finsteren Mann schien es unnatürlich, so schön zu sein.

Ich hörte ganz auf zu atmen, mein ganzer Körper spannte sich durch das Gefühl an, das ich durch seine Nähe spürte. Meine Muskeln spannten sich an und meine Wirbelsäule erzitterte. Alles, was ich tun musste, war, einen Schritt zurückzutreten, doch das tat ich nicht. Ich hob mein Kinn leicht, sodass ich zu ihm aufblicken konnte, richtete meinen Nacken so, dass ich den großen Mann auf mich hinabblicken sehen konnte.

Als hätte er jedes Recht dazu, legte er seine Arme um meine Taille, gegen die steile Kurve meines Rückens und drückte mich gegen sich. Seine Finger erfassten den Stoff meines Pullovers an meinen Seiten, sodass er sich noch mehr über meinen Körper dehnte.

Ich hatte noch immer keinen Atemzug genommen.

Er lehnte sich zu mir und drückte seine Stirn gegen meine, während sein Blick über meinen Körper unter ihm wanderte.

Ich war nicht sicher, wie ich in dieser Situation gelandet war oder warum ich ihm erlaubte, mich auf diese Weise zu berühren. Mein Körper wurde ganz natürlich zu seinem hingezogen, von seinen schönen Augen bis hin zu seiner muskulösen Statur. Meine Lippen erinnerten sich genau daran, wie sich dieser Kuss anfühlte und ich wollte noch eine Runde. Doch mein Verstand war noch stark genug, um dagegen anzukämpfen. „Ich will, dass du gehst."

Er seufzte gegen mich, seine Enttäuschung war hörbar. „Warum glaub' ich dir nicht, Süße?" Er wich zurück und sah mir mit der gleichen Lust in die Augen, die er auch in jener Nacht gezeigt hatte. Dann legte er seine Hand auf meine Wange und drückte mir einen Kuss auf die Lippen. Er war sanft, nicht aggressiv, wie der Letzte, den wir geteilt hatten. Er bewegte seine Lippen sanft mit meinen und überzeugte mich davon, ihn zurück zu küssen. Er atmete in meinen Mund und erweckte meinen Körper erneut zum Leben.

Dann wich er zurück und beendete den kurzen Kuss sehr viel schneller als den letzten. Er ließ seine Hand sinken und nahm die Blumen vom Tresen. Nach einem letzten erhitzten Blick verließ er den Blumenladen und ging die Straße hinunter.

Mein Blick folgte ihm, bis er vom Schaufenster aus nicht mehr zu sehen war.

Meine Fingerspitzen wanderten sofort zu meinen Mundwinkeln und ich spürte, wie meine Lippen pochten, weil er mich gerade geküsst hatte. Ich hätte ihn nachdrücklicher bitten können zu gehen. Doch stattdessen war ich zu all den anderen Frauen geworden, die von ihm besessen waren. Ich hatte seinen Kuss erwidert – und ich hatte jede Sekunde genossen.

Ich hatte das Gefühl, dass ich ihn wiedersehen würde.

Samuel arbeitete für eine Versicherungsfirma. Er hatte dort mit achtzehn angefangen und sich langsam hochgearbeitet, bis er zum Betriebsleiter seiner Filiale geworden war. Er hatte sich sowohl um Autoversicherungen, als auch um Haus- und Lebensversicherungen gekümmert. Er hatte mir sehr viel über seinen Job erzählt, wonach ich nicht gefragt hatte, und das zog das Gespräch in die Länge.

Er war recht gut aussehend und hatte ein jungenhaftes Lächeln, das ihn von Natur aus charmant machte. Er schien mir nicht viele Fragen über mein Leben zu stellen und sprach nur länger, wenn er über sich selbst redete. Seine Augen wanderten während des Abendessens über meinen Körper und es war offensichtlich, dass er meine Brüste anstarrte.

Bosco tat das ebenfalls, doch es war nicht unheimlich, wenn er es tat.

Zu Samuel passte es einfach nicht.

Alles in allem war es eines der langweiligsten Dates, was ich je gehabt hatte. Er hatte im Blumenladen sehr viel charmanter gewirkt, als er einen Strauß für seine Mutter ausgesucht hatte. Doch nun, da wir uns unterhielten, hatte ich Mühe, nicht einzuschlafen.

Und nicht von dem Ladykiller zu träumen, bei dem einem feucht im Schritt wurde.

Ich drückte meine Oberschenkel zusammen, als ich an

unseren letzten Kuss im Blumenladen dachte. Er war kurz aber süß gewesen. Wenn ein einfacher Kuss mich so feucht machen konnte, was würde dann geschehen, wenn wir beide nackt im Bett lagen? Schweiß würde seine starken Muskeln bedecken und meine Hände würden über all die kleinen Vertiefungen in seinem Körper gleiten. Sein dicker Schwanz würde einfach in mich gleiten, da ich so verdammt feucht wäre.

„Carmen?" Samuel sah mich besorgt an, als hätte er gerade etwas Wichtiges gesagt.

„Entschuldige bitte, was hast du gesagt?" Die Gedanken an Bosco hatten meine Konzentration abschweifen lassen. Wir saßen in einem ruhigen Restaurant und an manchen Tischen saßen andere Paare. Wir saßen am Fenster, der Brotkorb stand unangerührt zwischen uns und unsere Weingläser waren leer. Ich wusste, dass dieses Date zu nichts führen würde, daher war ich versucht, einfach zu gehen und zu vergessen, dass es je stattgefunden hatte. Weshalb verschwendete er meine und seine Zeit?

„Ich habe dich gefragt, ob dir dein Essen schmeckt", sagte er, seine Stimme war leise und voller Enttäuschung. Mein Desinteresse musste ihm aufgefallen sein.

„Oh", sagte ich schnell. „Ja, es ist sehr gut." Ich drehte meine Gabel weiterhin in meinen Nudeln, ohne einen Bissen zu nehmen.

„Nun ... es sieht nicht so aus, als hättest du viel gegessen."

„Ich esse einfach langsam." Und es war schwer, zu essen, wenn man darüber nachdachte, mit einem anderen Mann zu schlafen.

Sein Handy klingelte in seiner Tasche, also holte er es heraus. „Es tut mir leid, ich muss rangehen. Man weiß nie, ob es ein Versicherungsanspruch ist ..."

„Schon in Ordnung." Ich saß lieber schweigend alleine da, als mit ihm zu reden.

Er hob das Handy an sein Ohr. „Samuel hier." Er schwieg, als er zuhörte. Sein ernster Gesichtsausdruck verwandelte sich und er wurde kalkweiß, als hätte er gerade furchtbare Neuigkeiten bekommen. Er sagte kein einziges Wort, sondern hörte weiterhin zu.

Ich konnte die Stimme am anderen Ende nicht hören, daher hatte ich keine Ahnung, was los war.

Zwei Männer in schwarzen Anzügen gingen an unserem Tisch vorbei und auf die anderen Paare im Restaurant zu. Nacheinander verließen alle Paare ihre Tische und ließen das Essen und den Wein zurück, die sie genossen hatten. Sie wurden schweigend weggeführt und die Anzugträger wirkten sowohl muskulös als auch einschüchternd.

Irgendetwas war ganz und gar nicht in Ordnung.

Ich blickte aus dem Fenster und sah ein Auto mit getönten Scheiben am Straßenrand stehen. Die Fenster waren pechschwarz und zwei weitere Männer im Anzug standen auf dem Gehweg, in ihren Ohren steckten Ohrhörer von Funkgeräten.

Oh scheiße.

Endlich sagte Samuel etwas ins Telefon. „Okay ..." Er legte auf und steckte das Handy wieder in seine Tasche.

„Ist alles in Ordnung?"

Samuel sah mir nicht wieder in die Augen, als er vom Tisch aufstand. Er schob nicht einmal seinen Stuhl wieder heran, bevor er eilig aus dem Restaurant stürmte und seine Jacke zurückließ.

Zwei Männer in Anzügen räumten sofort den Tisch ab, nahmen die Teller und Gläser mit, die Samuel zurückgelassen hatte. Sie stellten eine weiße Kerze in die Mitte des Tisches und dazu nur eine Flasche Champagner. Sie gossen zwei frische Gläser ein und als die Flasche wieder auf dem Tischtuch stand, erkannte ich den Namen.

Es war eine zweitausend Euro teure Flasche Champagner.

Die Männer gingen ohne Erklärung.

Ich wusste genau, wer hinter all dem steckte. Nur ein Mann in dieser Stadt konnte ein ganzes Restaurant räumen und binnen weniger Minuten schließen. Seine Wächter führten beliebige Kunden ohne Diskussionen aus dem Restaurant, was mir sagte, dass sie gut dafür bezahlt worden waren, damit es keine Widerrede gab. Ich hatte keine Ahnung, was zu Samuel gesagt worden war, aber nach seinem blassen Gesicht zu urteilen, war es vermutlich eine Drohung gewesen.

Ich versuchte nicht, zu gehen, weil ich wusste, dass mich Boscos Männer wieder auf meinen Stuhl setzen würden. Ich legte meine Beine übereinander und schlang meine Finger um das teure Glas Champagner, während ich darauf wartete, dass der skrupellose Mann sich zu mir gesellte.

Die Hintertür öffnete sich und er kam herein – mehr als ein Meter achtzig pure Attraktivität. In seinem dreiteiligen Anzug, seinen glänzenden Schuhen und der protzigen Uhr, sah er wie der reiche Mann aus, der er Bones Aussagen nach war. Mit perfekt gestyltem Haar und diesem verdammten schiefen Grinsen, sah er mich direkt an, als wäre dies eine Art Spiel.

Ich blickte geradeaus und ignorierte ihn.

Er betrat das Restaurant und seine Schritte erklangen hinter mir. Schwere Schritte, langsamer Gang – er nahm sich Zeit, als er auf meinen Tisch zuging. Ich nahm seinen Duft bereits wahr, bevor er überhaupt ankam, seine pure Maskulinität war um uns herum zu spüren.

Er schob den Stuhl zurück und setzte sich hin, womit er Samuel ersetzte, als wäre er nie da gewesen. Seine breiten Schultern bedeckten den Stuhl hinter ihm und er machte es sich mit seiner perfekten Haltung gemütlich. Seine Hände lagen auf seinem Schoß und er sah mich mit intensivem Ausdruck an, der die Kälte der Arktis widerspiegelte. Zwölf Männer nahmen ihre Plätze im Restaurant ein und sicherten jede Ecke sowie den Bürgersteig davor. Alle Männer waren bewaffnet und furchteinflößend – sie bewachten das ganze Gelände mit der Effektivität eines Geheimdienstes.

Er begrüßte mich mit keinem Wort, bevor er einen Schluck Champagner trank.

„Was machst du hier, Bosco?" Jede andere Frau wäre von seinem verstohlenen Auftreten beeindruckt, doch ich wehrte mich dagegen. Jeder Mann, der so viele Bodyguards hatte, war jemand, von dem ich mich fernhalten sollte. Der Fakt, dass er mich ins Auge gefasst hatte, sagte mir, dass es wahrscheinlich zu spät war – ich war bereits seine Gefangene.

„Unser Date. Erinnerst du dich?"

„Unser Date?", fragte ich, noch immer überrascht von seiner Arroganz. „Ich habe Nein gesagt."

„Du musst mich missverstanden haben, Süße. Ich habe nicht gefragt. Ich bin die Art von Mann, die nie fragt." Er hob sein Glas wieder an seine Lippen und nahm noch einen Schluck. Selbst diese einfache Handlung war sexy. Danach leckte er sich die Lippen und genoss jeden Tropfen, in dem sich die Bläschen mit der Frucht mischten und einen klaren und reinen Geschmack bildeten.

„Das war ziemlich unhöflich."

„Lass uns nicht so tun, als hätte ich dich nicht gerade vor dem langweiligsten Date aller Zeiten gerettet. Es schien so, als hättest du die meiste Zeit nicht zugehört. Das wiederum ist wirklich sehr unhöflich."

Ich schüttelte meinen Kopf leicht. „Dieses Arschlochverhalten mag bei anderen funktionieren, aber nicht bei mir."

„Nein, dieses Arschlochverhalten bin einfach nur ich. Ich täusche nichts vor. Und ich glaube, dass es bei dir sehr wohl funktioniert. Du hast noch kein einziges Mal versucht zu gehen."

„Als ob du mich hättest gehen lassen."

„Wann habe ich dich je *nicht* gehen lassen?" Er neigte seinen Kopf leicht zur Seite und sein Blick konzentrierte sich auf mich. „Du hast jedes Recht zu gehen, wann du willst. Nein zu sagen. Du könntest mir sogar eine runterhauen, wenn du wolltest. Aber du willst mich genauso sehr, wie ich dich will."

„Du bist so arrogant."

„Vielleicht", sagte er schulterzuckend. „Aber ich habe auch recht."

Ich verdrehte die Augen.

„Dann geh." Er forderte mich mit mehr als nur mit seinen Worten heraus. „Steh auf und geh."

Ich hielt meine Finger um den Stiel des Glases gelegt, mein Blick auf den einschüchternden Mann auf der anderen Seite des Tisches gerichtet. Sein Anzug passte ihm wie eine zweite Haut. Der Stoff schmiegte sich perfekt an die Muskeln seiner Arme. Die Venen in seinem Nacken waren verführerisch. Er hatte sich an diesem Tag rasiert, sodass sein Kinn weich und glatt war. Das ließ seine Augen noch mehr hervorstechen.

„Habe ich es mir doch gedacht." Er trank sein Glas aus und schenkte sich nach. „Lass den Scheiß, Süße. Du bist nicht die Art von Frau, die etwas tut, was sie nicht tun will. Also steh dazu – und sag, dass du mich willst."

Ich schwieg weiterhin und weigerte mich, ihm zu geben, was er wollte. „Samuel mag langweilig gewesen sein, aber er war wenigstens nett."

Bosco lachte leise, als hätte ich einen Witz gemacht. „Süße, ich bin nett. Glaub mir ..."

Ich sah mich noch einmal um und betrachtete all die Männer, die uns umringten. Sie waren zu unserem Schutz dort, doch sie machten mich nervös. Weshalb sollte ein Mann zum Abendessen eine solche Begleitung benötigen? Nur um Zeit mit einer Frau zu verbringen? „Was nun, Bosco?"

„Wir essen zusammen." Ohne seinen Blick von mir abzuwenden, hob er seine Hände leicht und erweckte die Aufmerksamkeit einer seiner Männer. Er bestellte, was er wollte, und reichte dem Mann dann meinen Teller. „Wärme das auf und lass uns kein Essen verschwenden."

Der Mann verschwand und ließ uns wieder alleine.

Es war ein interessantes Abendessen. „Laufen all deine Dates so ab?"

„Nein. Ich habe keine Dates."

„Also bin ich dein erstes Date?", fragte ich ein wenig überrascht.

„Scheint so."

„Kein Wunder, dass es so seltsam ist." Ich trank einen Schluck aus meinem Glas und ließ die Beleidigung ankommen.

Es schien ihn nicht zu treffen. „Warum bist du überhaupt mit einem Kerl wie Samuel ausgegangen?"

„Er ist nett."

„Du willst keinen netten Kerl. Du willst einen Kerl, der dich kommen lässt. Glaub mir, er passt nicht ins Bild."

„Schaust du dir Männer oft so genau an?", neckte ich.

Er trank wieder einen Schluck. Als er das Glas wieder

auf den Tisch stellte, lächelte er leicht. „Ich weiß, wie man Menschen liest. Er ist nicht dein Typ."

„Und was ist mein Typ?" Ich hatte noch keine ernste Beziehung gehabt, daher wusste ich nicht, was ich bevorzugte.

Er sah mich lange an, so selbstbewusst, dass er mich mit seiner Gegenwart berühren konnte, ohne einen Finger zu rühren. „Ich."

„Du?", fragte ich ungläubig. „Alles, was ich über dich höre, ist negativ."

„Und weiter?"

Da ich in einer anderen Realität lebte, war ihm das vermutlich egal. Der Bösewicht hielt sich immer für den Helden seiner eigenen Geschichte. „Ich will nichts mit einem Kriminellen zu tun haben."

„Und doch ist Bones dein Schwager."

„Ich habe ihn nicht geheiratet."

„Du siehst ihn trotzdem als Familie an. So sieht er dich zumindest. Er will dich beschützen."

Ich wusste, dass Bones alles für mich tun würde, weil Vanessa seine ganze Welt war.

„Und ich bin froh, dass du ihm gegenüber nichts von all dem erwähnt hast – seinetwegen."

Ich tanzte immerzu am Rande der Abneigung. Boscos Arroganz war erdrückend, aber sobald er mir sein schönes Lächeln schenkte, wollte ich ihn wieder küssen. Ich hasste seine bedrohliche Präsenz, aber sie dämpfte meine Gefühle für ihn nicht. „Ich brauche keinen Mann, der mich beschützt. Ich kann mich um mich selbst kümmern."

Er nahm einen Schluck von seinem Champagner und antwortete nichts.

Meine Beine waren unter dem Tisch überkreuzt und ich drückte meine Beine zusammen, weil ich mich zu seiner

Kinnpartie hingezogen fühlte. Ich wollte Küsse darauf verteilen und seine weichen Lippen erneut spüren. Aber ich verachtete ihn zur gleichen Zeit auch. Ich war innerlich noch nie so zerrissen gewesen wie in diesem Moment.

„Die Barsettis sind eine sehr angesehene Familie. Dein Onkel und dein Vater haben einen interessanten Ruf."

„Weshalb dieses Date eine schlechte Idee ist."

Er stützte beide Arme auf dem Tisch ab und seine Hände lagen in der Mitte. Seine Uhr reflektierte das Licht und er lehnte sich leicht vor, sodass er mir näherkam. „Egal, was du von meinem Charakter hältst, ich bringe Leute nicht gerne um. Wenn du deine Familie also beschützen willst, würde ich vorschlagen, dass du den Mund hältst. Ich habe nicht vor, dir wehzutun, also bist du nicht in Gefahr."

„So wirkt es aber nicht."

Er kniff die Augen noch weiter zusammen und wurde furchteinflößender. „Wenn du es wärst, wüsstest du es."

Dieser Mann war ein Mysterium. Er schien ein Krimineller mit Moralvorstellungen zu sein.

„Du kannst jederzeit gehen, wie bereits gesagt."

„Du hast mich gezwungen, dich im Tausch für meine Freiheit zu küssen."

Er grinste. „Süße, ich hätte dich gehen lassen, wenn du mehr gegen mich angekämpft hättest. Aber wir wissen beide, dass du das nicht wolltest. Genauso, wie du die letzten beiden Male wolltest, dass sich unsere Lippen berühren. Du versuchst, dagegen anzukämpfen, aber ich weiß nicht genau, weshalb. Ich bin ein guter Kerl, wenn du mich kennenlernst."

„Bones hat mir gesagt, dass ich mich von dir fernhalten soll."

„Natürlich hat er das. Ich sehe das nicht anders."

Ich nahm mein Glas und trank einen großen Schluck,

trank aus und spürte, wie mir die Flüssigkeit den Hals hinunterfloss. „Vielleicht sollte ich dann auf seinen Rat hören."

Er nickte in Richtung Ausgang. „Dort ist die Tür." Er wusste, dass ich bluffte, wusste, dass ich mich zu ihm hingezogen fühlte, seit wir einander in der Gasse geküsst hatten. Wir waren beide von dem gleichen Zauber verführt worden, unfähig, gegen die Leidenschaft anzukämpfen, die unsere Körper entflammte. „Erzähl mir etwas über dich."

„Ich vermute, dass du bereits alles weißt ... da du in meinem Laden aufgetaucht und mein Date unterbrochen hast."

„Erzähl mir etwas, das ich nicht herausgefunden haben kann." Er trank wieder einen Schluck aus seinem Glas und als er es gerade auf den Tisch stellte, kam der Kellner mit unserem Essen. Die Teller wurden vor uns gestellt, zusammen mit neuem Besteck und einem Korb voll frischem Brot. Bosco sah mich die ganze Zeit an und nahm nicht wahr, was um uns herum geschah.

Als wir wieder alleine waren, sprach ich. „Ich will mich verlieben und jede Nacht für den Rest meines Lebens neben dem gleichen Mann schlafen. Ich will vier Kinder und ein Haus hier in Florenz, damit ich jeden Tag zur Arbeit laufen kann. Wenn ich diesen Mann treffen soll, werde ich ihn treffen. Bis dieser Moment kommt, werde ich Spaß haben."

Auf Boscos Gesicht war keine Reaktion zu sehen. „Vier Kinder?"

„Vier."

„Wow. Das ist ehrgeizig."

„Ich mag Herausforderungen."

Als Antwort lächelte er mich leicht an. „Du hast die

richtigen Hüften, um Kinder zu bekommen – und um sie zu machen."

Jedes Mal, wenn er mir ein Kompliment machte, machte mein Herz einen Sprung. Er war in seinem Verlangen durchschaubar und seine Maskulinität sorgte dafür, dass ich mich sehr feminin fühlte. Seine schmalen Hüften würden perfekt zwischen meine Oberschenkel passen. Seine breiten Schultern würden meinen Körper bedecken, während er auf mir lag und sein Gewicht mich tief in die Matratze drückte, während er sich in mir bewegte. „Wie viele Kinder willst du haben?"

Seine Mundwinkel hoben sich zu einem Lächeln. „Du weißt, wie viele."

Ich hatte Kerle wie ihn zuvor getroffen – eingebildet und gut aussehend. Sie würden sich nicht niederlassen, bis ihr gutes Aussehen langsam verging und ihre Promiskuität lächerlich wurde. Bosco bestand nur aus symmetrischen Merkmalen, mit seinem perfekten Kiefer, seinen Wangenknochen und Augen, die so kalt waren, dass sie schon wieder heiß waren. Wenn er älter wurde, würde er noch besser aussehen, wie ein edles Gemälde.

„Erzähl mir von deinem Blumenladen."

„Ich habe ihn seit drei Jahren. Ich wusste immer, dass ich Floristin sein will – und nun bin ich es."

„Beeindruckend."

„So beeindruckend ist das nicht. Mein Vater hat den Laden für mich gekauft – aber ich zahle es ihm zurück."

„Das ist nichts anderes, als hättest du das Geld von einer Bank bekommen. Also ist es trotzdem beeindruckend."

„Mein Job fühlt sich nicht wie Arbeit an. Ich erschaffe jeden Tag schöne Dinge. Ich mache Gestecke für Hochzeiten und Feiern. Ich machte die perfekten Blumenarrangements für Beerdigungen. Es ist sehr erfüllend. Ich hoffe, dass ich das den Rest meines Lebens tun kann."

Im Gegensatz zu Samuel schien Bosco ehrlich an dem interessiert zu sein, was ich sagte. Sein Blick hing an mir, während er zuhörte, und er starrte nie auf meine Brust oder mein Haar. Er sah mir in die Augen und er hörte eindringlich zu. „Ich bin mir sicher, dass du das können wirst."

„Meine Cousine Vanessa besitzt ihre eigene Galerie ein paar Straßen weiter. Es scheint, als hätten wir beide kreative Gene."

„Da stimme ich zu."

„Sie ist diejenige, die Bones geheiratet hat."

„Also ist er dein Schwiegercousin, nicht dein Schwager."

Ich zuckte mit den Schultern. „Vanessa ist wie eine Schwester für mich und so sehe ich sie. Und Bones behandelt mich so, wie es ein Bruder tun würde, und beschützt mich selbst dann, wenn es nicht nötig ist."

„Du solltest dankbar sein, jemanden wie ihn auf deiner Seite zu haben. Viele Frauen würden alles dafür geben, sich so beschützt zu fühlen."

Das war einer der Gründe, weshalb Vanessa sich in ihn verliebt hatte. Sie sagte, dass sie sich nie sicherer fühlte, als wenn sie mit ihm zusammen war. Ich wollte nicht, dass er mich heimbrachte, weil ich nicht seine Verantwortung war. „Eines Tages werde ich den richtigen Mann finden. Aber für den Moment kann ich mich selbst verteidigen."

Er widersprach mir nicht, obgleich er derjenige war, der mich gerettet hatte. „Mir ist aufgefallen, dass du überall mit dem Taxi hinfährst."

Es überraschte mich nicht, dass er mich ausspionierte, danach zu urteilen, wie er das Restaurant infiltriert hatte.

„Das ist clever."

„Bones hat mich darum gebeten."

„Du respektierst ihn sehr."

„Das tue ich. Aber er ist auch ein Teil der Familie ... und man tut viel für die Familie."

Er nahm seine Gabel auf und begann zu essen, reagierte jedoch nicht auf meinen Kommentar über Familie. Er hielt seinen Blick auf mich gerichtet, während er aß, und kontrollierte alles in seinem Umfeld.

Mein Essen war wieder warm und sehr viel leckerer als zuvor. „Was hast du mit Samuel gemacht?"

„Ich habe ihm gesagt, dass ich dein Ehemann bin."

Ich spuckte beinahe mein Essen aus. „Du hast *was* gemacht?"

„Und ihm gedroht, dass ich ihn umbringen würde, wenn er dir je wieder zu nah kommt." Er sagte es beiläufig, als wäre es keine große Sache.

„Wow. Also hast du mich wie eine Ehebrecherin aussehen lassen. Und dann hast du den Mann bedroht, dessen einziges Verbrechen es war, mich einzuladen?"

„Du mochtest ihn sowieso nicht, was spielt es also für eine Rolle?" Er aß nicht weiter, sondern trank einen Schluck Champagner.

„Ich mag dich langsam nicht mehr." Ich legte meine Gabel hin und nahm meine Clutch vom Tisch. Ich mochte selbstbewusste Männer, aber keine kontrollierenden Psychopathen. „Gute Nacht, Bosco." Ich stand auf und meine Kniekehlen schoben den Stuhl zurück.

Bosco war sofort auf den Beinen. „Süße –"

„Erstens." Ich hielt meinen Zeigefinger in die Luft. „Ein Mann nennt mich nicht Süße, wenn er es nicht verdient hat. Und das hast du definitiv nicht, Bosco." Ich hielt einen zweiten Finger hoch. „Zweitens. Du hast gesagt, dass ich gehen kann, und genau das werde ich tun."

Er steckte seine Hände langsam in seine Taschen und

seufzte leise. Er biss die Zähne zusammen und seine Wangenmuskeln bewegten sich leicht. Enttäuschung brannte in seinen Augen, während er gegen das hilflose Gefühl ankämpfte.

„Ja, ich finde dich heiß. Aber ich denke auch, dass du ein Psychopath bist, der Grenzen überschritten hat. Es ist mir scheiß egal, ob du die ganze Stadt in der Tasche hast und Berge versetzen und Restaurants einnehmen kannst. Dein Geld und deine Macht beeindrucken mich nicht. Ich bin nicht wie die Frauen, an die du gewöhnt bist – dumm, unterwürfig und oberflächlich. Also verschwende keinen Moment deiner Zeit mehr auf mich – denn ich will es nicht." Ich drehte mich um und marschierte davon und zu meiner Erleichterung versuchte keiner seiner Männer, mich aufzuhalten. Ich legte die lange Strecke zum Eingang des leeren Restaurants zurück und trat endlich in die kühle Nachtluft. Meine Adern waren von so viel Adrenalin erfüllt, dass ich meinen Mantel nicht brauchte – obwohl es mein Lieblingsmantel war.

Ich ging um die Ecke und suchte nach einem Taxi, aber die Straße war wie leer gefegt. Ich wollte nicht herumstehen, während Bosco mich durch das Fenster anstarrte, also ging ich weiter.

„Carmen." Seine mächtige Stimme erklang hinter mir und hallte von den Mauern der Häuser wider, obwohl er nicht laut sprach.

Ich hätte einfach weitergehen sollen, aber aus irgendeinem idiotischen Grund blieb ich stehen. Ich bis meine Zähne aus Selbsthass zusammen, während ich in meinen Stiefeln dastand und die eiskalte Luft in meinen Lungen brannte. Ich schloss meine Augen und versuchte, mich dazu zu bringen, weiterzugehen. Stattdessen drehte ich mich um.

Er kam zu mir und hielt mir meinen schwarzen Mantel

hin, damit ich ihn anziehen konnte. Er blickte noch immer genauso enttäuscht drein, aber seine Lippen waren fest aufeinandergepresst, als würde er sich davon abhalten, etwas zu sagen.

Mein Herz wurde bei dieser Geste weich und ich hasste mich dafür, Mitleid mit ihm zu haben. Aber ich mochte diesen Mantel so gerne, dass ich meine Arme in die Ärmel gleiten ließ.

Bosco zog mir den Mantel über die Schultern und strich den Stoff dann über meinen Arme glatt. Sein Duft war sofort in der Luft, zusammen mit seinem Frust. Seine Hände drückten mich sanft, bevor er mich losließ.

Ich drehte mich um, sah ihn wieder an und fand ihn im Schatten noch schöner als im Restaurant. Das Licht der Straßenlampe erleuchtete sein Gesicht perfekt und ließ seine Augen in besonderer Farbe erleuchten. Seine Arme hingen an seinen Seiten und er hielt ein wenig Abstand zwischen uns. „Du hast recht. Du bist nicht meine Sorte von Frau."

Ich weigerte mich, das als Beleidigung anzunehmen.

„Deshalb mag ich dich."

Ich zog meinen Mantel um meinen Körper und sperrte die Wärme darin ein.

„Du weißt nichts über mich. Aber du hast recht, ich bin kein guter Kerl. Ich bin nicht der Mann, den du heiraten wirst. Ich werde dir keine vier Kinder geben. Aber ich werde dir mehr Spaß bescheren, als du je haben wirst, die Art von Sex, bei der sich deine Zehen einrollen. Bis du den Mann findest, nach dem du suchst, kann ich alles andere sein, was du brauchst. Verschwende deine Zeit nicht mit Kerlen wie Samuel. Steig mit einem richtigen Mann ins Bett. Steig mit mir ins Bett." Seine Arme blieben an seinen Seiten, aber er zitterte vor Zurückhaltung. Sein Blick war intensiv, beinahe verzweifelt. Er war daran gewöhnt, zu bekommen, was er wollte, aber in meinem Fall war es nicht ganz so einfach.

Ich hätte nicht zustimmen sollen, aber ich stand in der Kälte und wünschte mir, dass er mich wärmen würde. Bosco war der letzte Mann, mit dem ich zusammen sein wollte, aber der Gedanke, jemand anderen zu finden, war unattraktiv. Alles, was ich tun würde, wäre, an ihn zu denken, was mein Date mit Samuel bewiesen hatte.

Es bestand eine einvernehmliche Abmachung, dass es bedeutungslos sein würde. Sex war das Einzige, was ich von ihm wollte, und es schien, als sei es auch das Einzige, was er von mir wollte.

Als ich nichts sagte, fuhr er fort. „Lass mich dich heimbringen."

Ich kam ihm näher, unfähig, der magnetischen Anziehungskraft zwischen uns zu widerstehen. Ich wollte seinen Duft einatmen und riechen, wie er sich mit Schweiß mischte. Ich wollte seine Haut sowie seine Lippen schmecken und seinen Rücken zerkratzen, bis ich seine Haut aufschlitzte. Meine Hände wanderten zu seinem Bauch und spürten seine Bauchmuskeln durch den Stoff seines Anzugs. „Solange du weg bist, bevor es Morgen wird."

4

BOSCO

Wir saßen nebeneinander im Fond des Wagens, während mein Fahrer uns zu ihrer Wohnung fuhr. Ich hatte sie nicht nach ihrer Adresse gefragt, weil ich bereits ganz genau wusste, wo sie wohnte.

Das schien sie nicht zu überraschen.

Ich sah aus dem Fenster in die Dunkelheit hinaus, doch tatsächlich beobachtete ich ihre Reflexion im Glas. Ein paar Strähnen rahmten ihr Gesicht ein und sie war außergewöhnlich schön. Mit ihren zarten Wangen, vollen Lippen und strahlend grünen Augen war sie eine unglaubliche Fantasie. Ihr dunkles Haar bildete einen leichten Kontrast zu ihrer olivfarbenen Haut. Sie war fast einen Kopf kleiner als ich, aber mit solch langen Beinen wirkte sie sehr viel größer. Sie hatte die Sanduhrfigur eines Models, eine perfekte Taille, einen perfekten Hintern und perfekte Titten.

Ich konnte es kaum erwarten, sie zu ficken.

Ich hatte darüber nachgedacht, seit ich sie das erste Mal geküsst hatte.

Der Gedanke nahm mich ständig voll und ganz ein. Sie

war die eine Frau, die ich nicht haben konnte, die eine Frau, die sich überhaupt nicht für mich interessierte. Der einzige Weg, wie ich sie davon überzeugen konnte, mit mir zu schlafen, wäre, wenn ich ihr bewies, wie bedeutungslos es sein würde.

Sie hatte klargemacht, dass sie mich aus keinem anderen Grund wollte.

Sie hatte kein einziges Mal gefragt, wie ich mein Geld verdiente. Sie hatte kein einziges Mal gefragt, wie viele Menschen ich umgebracht hatte. Sie hatte mich kein einziges Mal etwas ansatzweise Persönliches gefragt.

Denn sie interessierte sich rein gar nicht für mich.

Sie war eine intelligente Frau, die ihre Zeit nicht mit einem Mann verschwenden wollte, der niemals gut genug für sie sein würde.

Das respektierte ich – ungemein.

All die Frauen in meinem Leben wollten mehr. Eine Nacht war nie genug. Und wenn es mehrere Nächte gab, wurden sie nur anhänglicher. Diese Art von Frauen waren von meiner eisernen Macht beeindruckt. Sie wollten meine Königin sein, an meiner Seite stehen, während ich die Stadt regierte.

Carmen interessierte all das nicht.

Der Fahrer blieb vor ihrem Haus stehen und wir gingen in den dritten Stock, wo wir die neunzig Quadratmeter große Wohnung betraten, in der sie alleine wohnte. Sie war genauso dekoriert wie der Blumenladen, mit pinkfarbenen Sofas und einem blauen Couchtisch. Es war ein Einrichtungsstil, der direkt aus einem Katalog stammte. Sie schaltete das Licht ein und ließ dann ihren schweren Mantel ihre Arme hinabgleiten, bevor sie ihn an die Garderobe hängte.

Ihr schwarzes Kleid war rückenfrei und offenbarte die kleinen Muskeln links und rechts ihrer Wirbelsäule. Die steile Kurve ihres Rückens war sehr ausgeprägt, so sexy, dass ich mir beinahe auf die Backe biss, während ich sie anstarrte. Ich knöpfte mein Jackett auf und trat hinter sie, mein Mund sehnte sich nach ihrer schönen Haut.

Ich ergriff ihre beiden Arme, während meine Lippen sich zu ihrem Nacken bewegten. Sobald mein Mund ihren Körper berührte, war ich verloren. Meine Hände drückten ihre Gliedmaßen und ich küsste sie fester, verschlang sie im Eingangsbereich. Ich zog sie gegen meine Brust, während meine Küsse sich in Richtung ihres Gesichtes bewegten. Ich drückte sie gegen mich und zwang ihren Kopf in den Nacken, sodass ihr Hals für mich frei lag. Mein warmer Atem berührte ihre Haut, als ich sie küsste und meinen Schwanz in meiner Hose gegen ihren Hintern rieb. Ich hatte die ganze Nacht immer wieder einen Steifen gehabt und nun war mein Schwanz kurz davor, meine Hose zu durchlöchern.

Sie stöhnte sofort, wölbte ihren Rücken und drückte sich gegen mich, als sie zuließ, dass ich sie mir nahm. Sie wollte, dass ich sie nahm, bettelte mich praktisch an. Binnen weniger Momente wusste ich, dass sie eine erfahrene Frau war, die Art von Frau, die keine Angst davor hatte, einem Mann genau zu sagen, wie sie befriedigt werden wollte.

Ich küsste ihre Ohrmuschel, bevor ich ihr ins Ohr flüsterte. „Verdammt schön." Ich zog an ihrem Arm und drehte sie um, meine Hand glitt in ihr Haar und mein anderer Arm legte sich um ihre Taille. Ich zog sie an meine Brust und küsste sie dann fest auf den Mund.

Sie küsste mich noch fester.

Ich führte sie den Flur entlang in Richtung des Schlafzimmers, während meine Hände diese Frau noch intimer als zuvor erforschten. Nun, da ich wusste, wie es enden würde, packte ich sie noch fester, küsste sie noch härter.

Jede Umarmung war genüssliches, erotisches Vorspiel, das zu der Art von Sex führen würde, die ich nie vergessen würde. Ich schob sie weiter rückwärts, bis wir ihr Schlafzimmer betraten.

Sie legte eine Hand auf meine Wange und küsste mich so, wie sie es in der Gasse getan hatte. Ihre Lippen schenkten mir einen zielstrebigen Kuss, der mich umhaute. Sie war nie nachlässig und nie langsam, sie hatte perfektes Timing. Ihre weichen Lippen waren so weich, perfekt, um sie in meinen Mund zu saugen und sie um meinen Schwanz zu spüren. Sie schob mir mein Jackett über die Schultern und ließ es zu Boden fallen, bevor sie an meiner Krawatte zog. Als hätte sie es schon viele Male getan, hatte sie kein Problem damit, mir meine Krawatte auszuziehen. Sie zog sie mir schneller aus, als ich es selbst konnte.

Ihre Finger wanderten als Nächstes zu meinem Hemd und knöpften schnell jeden Knopf auf, doch unsere Küsse wurden nie langsamer. Dann schob sie mir mein Hemd über die Schultern und ließ es am Bettende zu Boden fallen. Ihr Mund wich plötzlich von meinem und sie betrachtete meine Brust.

Die Hitze war unterbrochen, da sie es ohne Vorwarnung beendet hatte. Es schien, als hätte sie ihre Meinung geändert, als hätte sie erkannt, dass es ein Fehler wäre, mit dem sie nicht würde leben können. Doch dann brannte die Lust in ihren Augen und sie ließ ihre Hände über meine Brust wandern, spürte die Festigkeit meiner Brust- und Bauchmuskeln. Sie bewegte sich langsam und biss sich auf die Unterlippe.

Oh Gott.

Ich sorgte immer dafür, dass Frauen sich sexy fühlten. Doch noch keine Frau hatte es je geschafft, dass ich mich so sexy fühlte.

Ihre Finger verfolgten die Täler meiner Bauchmuskeln, berührten die festen Muskeln, die von tausend Bauchpressen am Tag kamen. Ihre Fingerspitzen wanderten immer weiter nach unten, bis sie meine Hose erreichten. Ihre Hände waren ruhig, als sie den Knopf löste und den Reißverschluss öffnete. Sie nahm sich Zeit und folterte mich absichtlich. Dann glitt ihre Zunge über ihre Unterlippe, als wäre der Anblick meines Körpers alles, was sie je gewollt hatte.

Sie packte meine Hose und meine Boxershorts und zog gemächlich daran, während sie vor mir auf die Knie ging, wobei ihr Kleid langsam über ihre Hüften glitt und sich um ihre Taille sammelte. Ihre durchtrainierten Beine wurden entblößt, zusammen mit ihrem petrolfarbenen Höschen.

Sie zog meine Hose herunter, bis sie um meine Knöchel hing, und starrte meinen Schwanz mit der gleichen Lust an wie den Rest meines Körpers. „Oh ... wow." Ihre Hand glitt meine muskulösen Beine hinauf, bis sie meine Hüften packte. Langsam beugte sie sich vor und drückte mir einen Kuss auf die Eichel, um meinen Schwanz langsam und verführerisch zu begrüßen.

Wer in aller Welt war diese Frau?

Sie ließ ihre Zunge über meine Spitze gleiten und schmeckte die Lust, die ich für sie entwickelt hatte. Sie schloss ihren Mund und genoss den Geschmack, bevor sie es erneut tat und meinen Schwanz mit ihrer Spucke befeuchtete.

Selbst, wenn ich dafür bezahlte, machte es keine Frau so gut mit dem Mund.

Sie öffnete ihren Mund und legte ihre Zunge flach, bevor sie ihren Mund über meinen Schwanz schob. Sie schloss ihre Augen für einen Moment, als würde sie es genießen, wie meine Dicke ihren Hals dehnte.

Ich hatte angenommen, dass sie zu diesem Zeitpunkt bereits auf dem Bett liegen und wir miteinander schlafen würden.

Doch das war auch gut.

Sie schob meine Länge so weit wie möglich in sich, ohne keine Luft mehr zu bekommen, bevor sie zurückwich. Sie bewegte sich langsam, drückte ihre Zunge gegen mich und hielt ihren Mund weit geöffnet, damit ihre Zähne mich nicht kratzten. Sie lutschte meinen Schwanz, als genösse sie es, als genösse sie alles – von der Größe bis hin zum Geschmack.

Als ich meine Hand in ihr weiches Haar gleiten ließ, öffnete sie ihre Augen und sah mich an.

Verdammte Scheiße.

Strahlend grüne Augen blickten in meine und offenbarten brennende Lust. Sie hielt nicht inne, während sie fortfuhr, meine Länge in ihren Hals zu schieben, ganz langsam, sodass sie jeden Zentimeter genießen konnte. Ihre Hände wanderten zu meinen Eiern und sie massierte sie mit ihren weichen Fingerspitzen.

Meine Hände schloss sich um ihr Haar und ich vergaß zu atmen. Ich hatte schon oft einen geblasen bekommen, aber noch nie auf diese Weise. Der Druck war perfekt und obwohl sie sich langsam bewegte, fühlte es sich so richtig an. Ihr Mund war warm und weich und sie war vorsichtig, damit ich mich zwischen ihren Lippen willkommen fühlte.

Sie bewegte sich weiter und schob ein paar Zentimeter mehr in sich, nahm so viel von mir auf, wie sie konnte. Sie ließ ein paar Zentimeter meines Schafts aus, doch das war mehr, als die meisten Frauen schafften.

Meine Füße standen schulterbreit da und ich bewegte mich langsam mit ihr, gab ihr meinen Schwanz in dem Tempo, in dem sie ihn aufnahm. Sie machte mich so nass und ich nahm an, dass es ihr genauso ging. Eine Frau tat so etwas nicht, wenn sie nicht jede Sekunde genoss.

Sie saugte an meiner Eichel, bevor sie ihre Zunge darüber gleiten ließ. Als sie zurückwich, hing ein Faden aus Spucke zwischen ihren Lippen und meinem Schwanz. Sie leckte ihn mit ihrer Zunge ab und sah nie weg. Diese Frau war so selbstbewusst, fühlte sich in ihrer Haut so wohl, und das war unglaublich sexy. Manche Frauen taten so, als wären sie etwas, das sie nicht waren, versuchten, selbstbewusst und cool zu sein, um mich zu beeindrucken, doch sie fühlten sich in ihrer eigenen Haut nie wirklich wohl. Dieser Frau war es wirklich egal, was andere von ihr dachten.

Sie packte meine Hüften und drückte mir einen sanften Kuss auf den Schwanz, als würde sie sich liebevoll verabschieden. Sie saß auf ihren Knien und ihr petrolfarbiger Tanga war sichtbar – sie sah zu perfekt aus, um echt zu sein.

Sie packte meine Hände und zog sich hoch, bevor sie sich umdrehte, ihr Haar über eine Schulter legte und mir den Reißverschluss auf der Rückseite ihres Kleides zeigte.

Doch alles, was ich beachtete, war ihr kecker Hintern in ihrem petrolfarbenen Tanga. Zwei perfekte Backen, die mich an runde Nektarinen erinnerten. Die Farbe ihrer Haut war neben diesem kleinen Stück Stoff unglaublich schön. Ich atmete in ihr Haar, während ich es anstarrte und mich wie ein Teenager fühlte, der das erste Mal Sex hatte.

Endlich ergriff ich den Reißverschluss und öffnete ihn, ließ ihn über die steile Kurve ihres Hinterns gleiten und zu dem zusammengeschobenen Stoff, da ihr Kleid hochgeschoben worden war. Ich zog es herunter, das Kleid öffnete sich und fiel herunter.

Ihr nackter Rücken war wunderschön, eine makellose Wirbelsäule, die von kleinen Muskeln umringt war, die sich unter ihrer Haut rührten, wann immer sie sich bewegte.

Makellos und unberührt war er der ideale Empfänger meiner Küsse. Ich begann mit ihrem Nacken und küsste dann ihre Schultern, während meine Finger mit der Spitze ihres Tangas spielten. Ich wickelte das Material um meinen Zeigefinger und zog leicht daran, sodass ich mehr von ihrem Hintern sehen konnte. Anstatt sie weiter zu küssen, hätte ich sie aufs Bett drücken und mich zwischen ihren Beinen vergraben können, doch ich nahm mir gerne Zeit. Ich liebte es, jeden Zentimeter dieser exquisiten Frau zu erforschen.

Ich packte ihre Hüften, drehte sie um und sah sie in nichts als ihrem Tanga und ihren High Heels. Sobald ich ihre kecken Titten sah, atmete ich tief ein, als hätte ich noch nie in meinem Leben Brüste gesehen. Mit ihrer perfekten Form, der perfekten Rundung und ihren perfekten Nippeln waren es die heißesten Titten, die ich je gesehen hatte. Sie waren groß genug, um beide meiner Hände zu füllen. „Gott verdammt." Ich hob sie hoch, sodass ihre Titten direkt vor meinem Gesicht waren. Ich packte ihre Arschbacken, während ich sie gegen meine Taille gedrückt hielt, und küsste das Tal zwischen ihren Brüsten.

Sie legte ihre Beine um meine Taille und vergrub ihre Hand in meinem Haar, dabei atmete sie hart, als ich ihre Nippel in meinen Mund saugte.

Sie schmeckten wie Honig und rochen wie Blumen. Meine Zunge verschlang jeden Millimeter ihrer schönen Oberweite und mein Gesicht verlor sich in der Weichheit ihrer kecken Brüste. Ich liebte jede Eigenschaft einer Frau, aber ihre perfekten Formen machten mich plötzlich zu einem Mann, der besonders auf Titten stand.

Ich trug sie zum Bett, meine Knie sanken in die Matratze, als ich sie sanft auf die Kissen legte. Meine Lippen saugten ihre Brust wieder in meinen Mund, während ich ihr ihren rechten Schuh auszog. Ich tat das Gleiche mit dem anderen Schuh, bevor ich ihren Tanga in die Hand nahm.

Ich lehnte mich zurück und saß auf meinen Fußballen, bevor ich ihren Körper vom letzten Rest Stoff befreite und ihn über ihre trainierten Oberschenkel und sexy Knie schob. Sie beugte ihre Knie, sodass ich ihr den Tanga über die Knöchel ziehen und von ihrem Körper entfernen konnte.

Anhand ihres Höschens konnte ich sehen, wie feucht sie war. Ich starrte das glänzende Material an, bevor ich sie ansah.

Dort lag kein Hauch von Scham. Sie sah mich wild an, als wollte sie, dass mein Schwanz spürte, wie feucht sie war.

Ich wickelte ihren Tanga um meinen Schwanz und schmierte ihre Lust auf mich.

Sie atmete tief ein und ihre Nippel wurden hart wie ein gespitzter Bleistift.

Ich hielt ihren Blick und rieb mich selbst, spürte, wie ihre warme Klebrigkeit mich vom Schaft bis zur Spitze umhüllte. Sie war so verdammt feucht, dass es genug war, um meinen ganzen Schwanz zum Glänzen zu bringen.

Ich ließ das Höschen auf dem Bett liegen und öffnete dann ihre Beine, damit ich einen Vorgeschmack direkt von der Quelle bekommen konnte. Ich küsste ihren Eingang, ohne sie vorzuwarnen, und sobald meine Lippen auf ihr waren, legte sie ihren Kopf in den Nacken und stöhnte.

„Bosco."

Meine Zunge glitt über ihren Kitzler, sobald ich meinen Namen auf ihren Lippen hörte. Ich hatte schon früher schöne Frauen meinen Namen rufen hören, immer aus Leidenschaft, doch es hatte nie so gut geklungen, wie als sie es sagte. Ihr Stöhnen wurde von einem schmerzenden

Zucken begleitet, als wäre sie so erregt, dass es wehtat. Wenn sie nicht bald käme, würde sie explodieren.

Ich nahm mir Zeit, ihre Muschi zu küssen und mich mit ihr vertraut zu machen, um sie als die meine zu markieren. Meine Zunge glitt in ihren Eingang und ich schmeckte ihre Lust. Sie war so erregt, dass sie meine Spucke nicht brauchte, um feucht zu werden. Ich wollte sie dennoch schmecken, um sie so zu genießen, wie sie mich gerade genossen hatte.

Sie wölbte ihren Rücken und wand sich auf dem Bett, sodass sie mir eine lustvolle Aufführung darbot. Ihre Finger vergruben sich in meinem Haar und sie rieb ihren Schoss gegen meinen Mund, nahm sich aggressiv das, was sie wollte.

Sexy.

Ich wusste, dass sie in mein Gesicht kommen wollte und dass sie fast so weit war. Doch ich hatte andere Pläne für sie.

Als sie kurz davor war zu kommen, nahm ich meinen Mund von ihrem Eingang und leckte ihren Geschmack von meinen Lippen.

Sie knurrte frustriert. „Bosco …“

Ich erhob mich von ihr und griff nach meiner Hose auf dem Boden.

„Warte.“ Sie ergriff meinen Arm und zog mich wieder auf sie. Dann öffnete sie ihren Nachttisch und fischte ein Kondom heraus. Ich erhaschte einen Blick in die Schublade und sah einen Stapel mit mindestens zwanzig davon, zusammen mit der Pille und ein paar Schmuckstücken. Sie riss die Folie auf und drückte das Kondom auf meine Eichel, dann rollte sie es sanft bis zum Schaft wie eine Lehrerin im Aufklärungsunterricht. Doch sie hielt ihren Blick auf mich gerichtet, während ihre Finger die ganze Arbeit erledigten.

Ich wusste nicht, was heißer war – wie sie mit

Kondomen umgehen konnte oder der Fakt, dass sie einen ganzen Nachttisch voller Kondome hatte. Sie übernahm die Kontrolle bei ihren Sexkapaden, wenn sie glückliche Männer für eine leidenschaftliche Nacht mit einer Sexgöttin in ihre Wohnung einlud.

Und ich war einer dieser glücklichen Männer.

Ich durfte mit dieser Königin schlafen.

Ich positionierte mich auf ihr, sodass meine Brust gegen ihre nassen Titten drückte und meine muskulösen Oberschenkel ihre schlanken Beine öffneten. Meine schmalen Hüften passten perfekt zwischen ihre Beine und meine Hand führte die Spitze meines Schwanzes in ihren Eingang. Ich spürte die Feuchtigkeit und drang in sie ein, glitt langsam in ihre Enge und vergrub mich tiefer in ihrer nassen Muschi.

Verdammt.

Sie packte mich sofort, ihre Augen brannten vor Lust. Sie ergriff meinen Nacken und zog an meinem Haar, dabei stöhnte sie leise in mein Gesicht, als sie spürte, wie jeder Zentimeter sie weiter dehnte.

Ich glitt weiter in sie und drang immer tiefer in ihre Muschi ein. Ich konnte spüren, wie feucht und eng sie war, fühlte, wie ihr Körper auf meinen reagierte. Sie packte meine Länge, als wollte sie nicht, dass ich sie je wieder herauszog.

Als ich bis zu den Eiern in ihr war, hielt ich über ihr inne und genoss das Gefühl, wie sich unsere Körper aneinanderschmiegten. Ich hatte mit ihr schlafen wollen, seit ich sie gegen die Mauer in der Gasse gedrückt und meinen steifen Schwanz gegen ihren Kitzler gerieben hatte. Ich hatte seitdem an sie gedacht und an dem Fleck auf meiner Jeans gerochen, bevor ich mir einen runterholte.

Ich hielt mein Gesicht über ihrem, sah die gleiche

Befriedigung in ihrem Blick, die auch ich spürte. Ich hatte noch nicht einmal angefangen, mit ihr zu schlafen, und dennoch war es der beste Sex, den ich je gehabt hatte. Sie wollte mich so sehr. Ich konnte es an der Art spüren, wie sie mich drückte, als würde sie gleich kommen.

Der Geschmack ihrer Muschi auf meinen Lippen schien ihr egal, denn sie küsste mich und vergrub ihre Hand tief in meinem Haar. Sie saugte an meiner Unterlippe und gab mir dann ihre Zunge, die mit meiner tanzte, während ihre Muschi sich um mich zusammenzog. Sie beendete den Kuss, nahm ihren Mund jedoch nicht von meinem. „Fick mich." Die Worte kamen als sexy Flüstern hervor, ein Befehl einer wunderschönen Anführerin. Sie sah mir in die Augen, als sie es sagte, und besaß dabei die Macht einer Königin.

Es war das eine Mal, das ich gehorchen wollte.

Ich bewegte mich langsam in sie, nahm mir Zeit, während ich das Gefühl unserer sich aneinander reibenden Körper genoss. Sie war unglaublich feucht, sodass wir wie gut geölt waren. Ich glitt durch ihre Nässe, die Wände ihrer Muschi drückten mich mit der Kraft einer eisernen Faust. Ich presste mich jedes Mal fest gegen sie, wenn ich bis zu den Eiern in ihr war und traf ihren Kitzler mit meinem Schambein, um ihr besonders viel Genuss zu bereiten.

Sie begann, wie verrückt zu stöhnen, als könne sie ihren Mund nicht länger als eine Sekunde geschlossen halten. Sie legte ihre Arme um meinen Körper und klammerte sich an meine Schultern. Ihre grünen Augen blickten in meine und ihr Mund war offen, während sie atmete. Sie hielt ihre Beine weit geöffnet und gab mir genug Platz, um sie tief zu treffen. „Ja …" Sie biss sich auf die Unterlippe, während ihre Titten mit meinen Stößen wackelten. „Genau so." Sie packte meine Arschbacke und zog mich noch tiefer in sich, zeigte mir, wo genau ich sie treffen sollte.

Verdammt, sie war so schön. Mir genau zu sagen, was sie wollte, ohne zu zögern, war so sexy. Sie hatte keine Angst vor ihrer Sexualität und war nicht zu schüchtern, um einem Mann genau zu sagen, wie sie gefickt werden wollte.

„Ja ..." Sie schloss ihre Augen einen Moment lang und biss sich fest genug auf die Lippe, dass sie zu bluten anfing. Sie vergrub eine Hand in ihrem Haar, während sie sich vor Genuss wand und sich darauf vorbereitete, dass die Bombe zwischen ihren Beinen explodierte.

Es war die heißeste Darbietung, die ich je gesehen hatte.

„Ja ... genau da." Sie öffnete ihre Augen erneut und sah mich an, dann kam sie wie ein Zug, der in eine Steinmauer krachte. Genau wie in der Gasse, fingen ihre Augen mit dem gleichen Feuer an zu tanzen. Doch dieses Mal war es ein Inferno und sie schrie so laut, dass all ihre Nachbarn wussten, dass sie nebenan gefickt wurde. „Bosco ..." Sie sah mich während ihres Orgasmus die ganze Zeit an, ihre Finger pressten sich gegen meine Brust und glitten durch meinen Schweiß. Sie öffnete ihre Beine noch weiter, sodass ich es ihr noch härter besorgen und ihren Orgasmus so lange wie möglich andauern lassen konnte. „Ja ... ja." Sie biss sich wieder auf die Unterlippe und genoss ihren Orgasmus, bis sie ganz fertig war. Ihre Finger entspannten sich an meiner Brust und ihre Zähne vergruben sich nicht mehr in ihrer Unterlippe. Die Glut in ihren Augen erstarb langsam und ihre Muschi hörte auf, mich mit ihrem festen Griff zu quetschen.

„Wunderschön." Ich öffnete ihre Beine und vertiefte den Winkel, fickte sie noch härte, da ihr Orgasmus vorbei war.

Sie legte eine Hand auf meine Wange und küsste mich, zeigte mir mit ihrer Zunge heiße Zuneigung. „Lass mich nochmal kommen." Sie sprach zwischen unseren Küssen, ihre Tonlage tief und sexy. Sie hatte keine Angst, um das zu bitten, was sie wollte. Ich fragte mich, ob die Männer, mit denen sie zusammen gewesen war, das überhaupt schaffen konnten oder ob ich der Einzige war, der das geschehen lassen konnte. Ich glaubte an Letzteres.

Ich saugte ihre Unterlippe, bevor ich sie wieder ansah. „Ich werde dich immer zwei Mal kommen lassen."

ICH LAG neben ihr und rang nach Atem. Mein ganzer Körper war schweißbedeckt. Ich hatte das Kondom mit so viel Sperma gefüllt, dass es beinahe zu platzen schien. Es war ein unglaublich guter Orgasmus gewesen – so stark und stürmisch. Mein ganzer Körper erschauderte und ich genoss es so sehr, dass ich direkt danach erschöpft war.

Sie war eine verdammt tolle Frau.

Nun starrte ich an die Decke, während sie neben mir lag und sich auf die Seite drehte, in die entgegengesetzte Richtung. Sie versuchte nicht, mit mir zu kuscheln. Sie sagte kein einziges Wort.

Ich strich mir mit den Fingern durchs Haar und versuchte zu verstehen, was gerade geschehen war.

Ich hatte den heißesten Sex meines Lebens gehabt. Weder Peitschen noch Ketten waren involviert gewesen und es hatte auch keiner besonderen Position bedurft. Wir hatten es in der Missionarsstellung direkt zum Punkt gebracht – einfacher Sex mit Kondom. Doch diese Frau ließ etwas Mittelmäßiges himmlisch erscheinen.

Ich würde wieder mit ihr schlafen.

Als ich ein wenig abgekühlt war, stand ich auf und zog mich an. Ich ließ die Krawatte lose um meinen Hals hängen und machte mir nicht die Mühe, sie zu binden. Mein Fahrer wusste ganz genau, was ich in dieser

Wohnung tat, daher ergab es keinen Grund, es verstecken zu wollen.

Carmen hatte mich nicht gebeten zu bleiben. Sie hatte mich nicht mehr angesehen, als sie dalag, als würde sie versuchen, nicht einzuschlafen. Nackt und schön war sie das erotischste Bild, dass ich je gesehen hatte – eine befriedigte Frau.

Ich zog mir mein Jackett über die Arme und knöpfte es zu.

Als ich fertig war, stand sie auf und nahm einen neuen Tanga aus der Schublade. Dann ging sie an mir vorbei und auf den Eingang zu.

Ich beobachtete sie, starrte ihren perfekten Körper an, während ihre Hüften schwangen. Mit ihrer Sanduhrfigur und ihren wunderschönen Beinen war sie ein sexy Engel ohne Flügel. Als ich mich von der göttlichen Erscheinung erholt hatte, folgte ich ihr.

Sie stand hinter der offenen Tür, bereit, mich loszuwerden. In ihren Augen schimmerte ein schläfriger Blick, als wünschte sie, dass sie direkt ins Bett hätte gehen können, ohne mich rauslassen zu müssen. Sie wollte mich so schnell wie möglich aus ihrer Wohnung haben. Sie hatte bekommen, was sie wollte, und nun hatte sie keinen weiteren Nutzen mehr für mich.

Verdammt heiß.

„Gute Nacht." Sie ergriff mein Hemd, zog mich hinter die Tür, um ungesehen zu sein, und gab mir einen hastigen Kuss auf den Mund. Ihre weichen Lippen liebkosten meine weniger aggressiv als zuvor. Sie gab mir ihre Zunge kurz, bevor sie mich losließ.

Ich studierte ihren sexy Körper, unfähig, meinen Blick von ihren schönen Kurven und ihrer femininen Perfektion abzuwenden. Wie konnte ich gehen und ihr den Rücken zukehren, wenn ich wusste, was sich auf der anderen Seite dieser dünnen Tür befand? „Gute Nacht." Sobald ich über die Schwelle trat, machte sie die Tür zu und schloss sie ab. Ihre Schritte erklangen, als sie den Flur entlangging, wahrscheinlich ging sie direkt ins Bett.

Sie hatte nicht gefragt, wann sie mich wiedersehen würde. Sie hatte mich auch nicht nach meiner Telefonnummer gefragt. Sie hatte bekommen, was sie wollte, und sobald das erledigt war, hörte sie auf, über mich nachzudenken. Sie war die Art von Frau, die keinen Mann brauchte.

Und das machte sie zur perfekten Frau.

5

CARMEN

„Da wurde gestern Nacht jemand flachgelegt.“ Vanessa erschien in meinem Blumenladen an der Theke und trug einen losen Pullover, der ihren Babybauch verbarg. Ihr Haar war zurückgebunden und um ihren Hals trug sie einen roten Schal. Das Auffälligste an ihr war der riesige Klunker, den sie an ihrer linken Hand trug.

„Wie kommst du darauf?“ Ich ließ den Stift auf die Theke fallen und schob das Bestellformular zur Seite.

„Wegen dieses Lächelns. Es ist das gleiche Lächeln, das ich jeden Tag trage.“

Sie hatte den Nagel auf den Kopf getroffen. „Du hast mich erwischt.“

„Und der Sex war gut, nehme ich an?“

Jetzt konnte ich wirklich nicht mehr aufhören zu lächeln. „Unglaublich.“

„Oh ... Wer ist dieser Kerl?“ Sie beugte sich über den Tresen und ihre Augen weiteten sich vor Interesse. „Können wir beim Mittagessen darüber reden? Das Baby hat ständig Hunger.“

Ich verdrehte die Augen. „Hat wirklich das Baby Hunger? Oder ist das eine Ausrede, damit du essen kannst, was du willst?“

Sie zuckte mit den Schultern. „Beides.“

Wir gingen in ein Restaurant gleich um die Ecke und setzten uns an das Fenster. Ich bestellte einen Salat und einen Eistee, und Vanessa bestellte ein Sandwich und eine extra Portion Pommes.

„Das Baby sehnt sich nach Pommes, also esse ich sie ständig.“

„Nochmal, das Baby oder du?“

Sie verdrehte die Augen und nippte an ihrem Wasser. „Hören wir auf, über meine Gelüste zu reden, und reden wir über deine. Also, wer ist dieser Kerl?“

„Sein Name spielt keine Rolle.“ Er würde nie etwas anderes für mich bedeuten als Sex, also wollte ich seinen Namen niemandem gegenüber erwähnen. „Aber ich nenne ihn Ladykiller.“

Sie klatschte in die Hände und lachte. „Wow, dieser Kerl klingt wie ein Traum.“

„Im Bett, ja. Aber er ist auch ein riesiges Arschloch.“

„Nicht das Schlimmste auf der Welt. Griffin war auch ein Arschloch, als wir uns das erste Mal trafen.“

Ich hatte das Gefühl, dass unsere Geschichte nicht so enden würde wie ihre. „Er ist einfach nicht mein Typ. Ich bin scheinbar auch nicht wirklich sein Typ, also ist es in Ordnung. Da ist diese Chemie zwischen uns … Es ist wie ein Inferno. Ich wollte nichts mit ihm zu tun haben und sagte ihm, er solle verschwinden, aber er bot mir Sex an … Also nahm ich an. Ich bereue nichts.“

„Ist er der Beste, den du je hattest?“

„Ja.“ Meine Antwort kam schneller als mein nächster Herzschlag. „Aber das werde ich ihm nie sagen.“

„Kluger Schachzug." Sie trank ihr Eiswasser, das Einzige was sie jetzt, im zweiten Trimester ihrer Schwangerschaft, trinken konnte. „Lass sein Ego nicht noch größer werden."

„Ich glaube nicht, dass es noch größer werden kann."

Sie lachte wieder. „Du klingst, als würdest du ihn wirklich hassen. Was hat dieser Kerl getan?"

„Du weißt schon, das Übliche. Ein Pinkelwettbewerb. Ich hatte ein Date mit einem Kerl und er hat es platzen lassen – er hat mein Date verjagt."

„Oh Mann, das ist eine ziemlich miese Nummer. Hattest du dich amüsiert?"

„Nein, nicht wirklich. So hat er es auch gerechtfertigt. Er sagte, ich sah gelangweilt aus."

„Warst du gelangweilt?", entgegnete Vanessa.

„Ein bisschen."

„Wolltest du den Kerl wiedersehen?"

„Nein, eher nicht."

Vanessa zuckte mit den Achseln. „Dann hat er dir vielleicht etwas Zeit erspart."

Ich verdrehte die Augen. „Er hat sich wie ein Arsch verhalten. Das wissen wir beide."

„Das kann ich nicht leugnen", sagte sie. „Aber es ist ja nicht so, als ob du mit deinem Seelenverwandten oder so zu Abend gegessen hattest. Was hat er sonst noch gemacht?"

Ich wollte Vanessa nicht die Wahrheit sagen, nicht weil ich Angst hatte, dass sie es Bones sagen würde, selbst wenn ich sie bitten würde, es nicht zu tun. Ich wollte nur nicht, dass jemand erfuhr, dass ich mit einem Verbrecher schlief. Ich wollte nicht zugeben, dass ich keinen netten Mann finden konnte, der auch gut im Bett war. Einen Mann, zu dem ich mich sehr hingezogen fühlte. Vanessa würde mich nicht verurteilen, da sie sich mit Griffin in einer schlechteren Situation befunden hatte, aber ich wollte nicht ehrlich zu mir selbst sein – da ich mich selbst verurteilen würde. „Er ist einfach nicht der Richtige für mich. Ich werde es dabei belassen."

Ich arbeitete im Laden, als Griffin mich anrief.

„Hey, was gibt es Neues?" Ich schob das Telefon zwischen Schulter und Ohr, während ich die Dornen von den Stielen abschnitt. „Ich war gestern mit Vanessa Mittagessen und sie hat einen ganzen Korb Pommes gegessen. Sag ihr nicht, dass ich dir das gesagt habe."

Er kicherte leise. „Gut. Sie muss mehr essen."

„Oh, sie isst definitiv mehr." Immer wenn ich in ihrer Nähe war, wollte sie nur essen. Ihre Schwangerschaft hatte ihren Appetit wie verrückt gesteigert. „Das Baby wird ganz süß und fett. Was möchtest du? Einen Jungen oder ein Mädchen?"

„Das spielt für mich keine Rolle."

„Keinen Wunsch?", fragte ich überrascht. „Du scheinst ein Kerl zu sein, der einen Jungen haben will."

„Wenn wir eine Tochter bekommen, wird sie wie Vanessa aussehen … und ich mag diese Vorstellung."

„Wow", sagte ich leise. „Das ist süß. Also, warum rufst du an? Nur um zu plaudern?"

„Du weißt, dass ich kein großer Redner bin."

„Ja, das ist mir schon aufgefallen", sagte ich mit einem Lächeln.

„Ich wollte nur sichergehen, dass Bosco dich nicht belästigt."

Die verspielte Unterhaltung zwischen uns erstarb sofort. Ich hörte auf, die Blumen zu schneiden, und legte die Schere auf die Theke. Bei der Erwähnung seines Namens verlor ich sofort die Konzentration. Erst vor ein paar Tagen lag er zwischen meinen Beinen und wir bebten beide, weil der Sex so großartig war. Vielleicht hatte er immer so guten Sex, aber ich bestimmt nicht. Ich wusste noch immer nichts über Bosco, aber ich wusste, dass er ein ernsthafter Gegner war. Ich wollte keinen Scheiß zwischen ihm und Griffin aufwühlen. „Nein. Ich habe ihn nicht mehr gesehen." Ich fühlte mich schlecht dabei, Griffin anzulügen, aber ich wollte ihn nicht mit hineinziehen. Selbst, wenn ich ihm sagen würde, dass unsere Beziehung einvernehmlich ist, würde er wahrscheinlich trotzdem ausflippen. Ich hatte ihn schon wütend gesehen und wollte diesen Blick nie wiedersehen.

„Gut. Schön das zu hören. Bist du dir sicher?"

„Natürlich." Zumindest war das wahr.

„In Ordnung. Ich wollte nur nachfragen. Sag mir Bescheid, wenn du etwas brauchst."

Es war süß, dass er sich so um mich kümmerte wie um Vanessa. Da er nicht wirklich mein Bruder war, war die Geste noch rührender. Er war nicht für mein Wohlergehen verantwortlich, aber das änderte nichts. Er beschützte mich, ohne überheblich zu sein, was mein Vater nie geschafft hatte. „Das werde ich."

„Bis dann." Er legte auf, ohne auf meine Antwort zu warten.

Ich legte das Telefon beiseite und machte mich wieder an die Arbeit.

„Hallo, Schönheit." Seine maskuline Stimme ließ mich fast in die Luft springen. Ich hatte nicht bemerkt, dass er im Laden war, weil ich zu sehr in das Gespräch mit Griffin vertieft war, um es zu bemerken. Ich hatte meine Deckung fallen lassen, als es darauf ankam.

Ich blickte auf, um ihn auf der anderen Seite der Theke

stehen zu sehen, gekleidet in ein graues T-Shirt mit V-Ausschnitt und einen schwarzen Blazer. Er trug Denim Jeans, die eng an seinen Hüften saßen. Die Bartstoppeln in seinem Gesicht waren dichter als in der Nacht, in der wir zusammen waren, und seine Augen waren genauso lebendig wie zuvor. Mit ihrer Farbe waren sie hypnotisierend und könnten selbst eine Schlange verzaubern. Mich konnte er jedenfalls bezaubern. „Hör auf, dich an mich heranzuschleichen."

„Fang einfach an, darauf zu achten, wer in deinen Laden kommt." Er griff nach dem Rand der Theke und starrte mich an, fühlte sich wohl mit diesem intensiven und direkten Augenkontakt. Wenn ich nicht mit ihm sprach, würde er mich stundenlang so anstarren. Meine Feindseligkeit hatte keine Wirkung auf ihn.

„Gibt es etwas, womit ich dir helfen kann?"

Er nickte zu dem Arrangement, an dem ich arbeitete. „Für wen ist das?"

„Für das Schaufenster." Ich stellte die Blumen hinein. Die lila Rosen vermischten sich mit den großen weißen Blüten. Es war ein Frühlingsarrangement, obwohl es mitten im Winter war.

„Sie stehen also zum Verkauf?"

„Ja."

„Ich nehme sie." Er öffnete seine Brieftasche und warf das Geld auf die Theke.

„Das war ein schneller Verkauf." Ich schob die Vase auf ihn zu und nahm das Geld. „Für wen sind sie?"

Seine Mundwinkel hoben sich zu einem Lächeln. „Eifersüchtig?"

„Ich werde nicht eifersüchtig. Ich unterhalte mich nur."

„Ich glaube, du wärst eifersüchtig, wenn du mich mit einer anderen Frau sehen würdest."

„Wirklich?“ Seine Arroganz überraschte mich immer wieder. „Dann beweise es.“

Er lächelte weiter, als wäre das ein komischer Witz. „Vertrau mir, du willst nicht, dass ich das tue.“

Ich verdrehte die Augen. „Schönen Tag noch.“ Ich versuchte, ihn loszuwerden, obwohl ich wusste, dass es nicht funktionieren würde.

„Du hast ihn angelogen.“ Er steckte die Hände in die Taschen und beobachtete mich. „Gute Entscheidung.“

„Ich wollte ihn nicht beunruhigen.“

„Und er wäre definitiv beunruhigt gewesen. Er wäre zu meinem Haus marschiert und hätte sich erschießen lassen. Oder noch besser, er wäre in den Ring geworfen worden.“

Ich wollte nicht fragen, was der *Ring* war. „Mein Privatleben geht ihn nichts an. Er fragte, ob du mich belästigst – und ich sagte ihm die Wahrheit.“

Dieses charmante Lächeln würde nicht so schnell verschwinden. „Ich wusste, dass du mich magst.“

Mir gefiel nur, was wir im Bett veranstaltet hatten. „Gibt es sonst noch etwas, womit ich dir helfen kann?“

„Rein geschäftlich, was?“

„Nun, es ist unhöflich, mich an meinem Arbeitsplatz zu stören.“

„Oh, also belästige ich dich?“ Er trat näher an die Theke heran und drang in meine intime Zone ein, hob seine Anwesenheit so sehr hervor, dass der solide Tisch zwischen uns nicht breit genug war, um uns auseinanderzuhalten. Er neigte seinen Kopf leicht zur Seite und beobachtete all die kleinen Reaktionen in meinem Gesicht.

Ich hasste mich selbst dafür, dass ich sein Selbstvertrauen so liebte, die Art und Weise, wie er jeden Raum betreten und ihn besitzen konnte. Ich hasste es, wie ich alles an ihm verachtete, aber meine Beine trotzdem breitmachen wollte. Ich hasste diese schönen blauen Augen und die Art und Weise, wie sie in meine starrten, als sie mich kommen sahen. Ich hasste es, dass ich jemanden wollte, der so falsch für mich war. „Ich komme nicht in dein Büro, also solltest du auch nicht in meines kommen."

„Du kannst jederzeit vorbeikommen, wann immer du willst. Ich würde dich gerne auf meinem Schreibtisch ficken."

Und einfach so blieb mir die Luft weg und die Erregung stieg. Ich war mit hübschen Männern ausgegangen, die charmant waren, aber diese Art von Leidenschaft hatte ich noch nie empfunden. Männer hatten mich nie so erbeben lassen, wie dieser Kerl es tat. „Ich werde vorbeikommen."

Er machte sich auf den Weg um die Theke, bis er auf meiner Seite war. Dann trat er an mich heran und drückte seine Brust gegen meine Schulter. Er starrte auf mich herab und der Atem seiner Nase traf meinen Kopf. „Warum glaube ich dir nicht?"

Weil er nicht dumm war. „Ich muss wieder an die Arbeit." Ich entfernte mich von seiner Brust und hielt mich von diesem gefährlichen Mann fern. „Es gibt nur eine Sache, die ich von dir will. Ich will dich nicht noch einmal in meinem Laden sehen." Ein Teil von mir fühlte sich schlecht, weil ich ihn so kalt abservierte, aber wenn ich ein Mann wäre, würde es niemanden stören.

„Auf den Punkt gebracht, hm?", fragte er mit einem Lächeln, unbeeindruckt von meiner Ablehnung.

Ich schnappte mir eine Visitenkarte und drehte sie um. Mit einem schwarzen Marker kritzelte ich meine Handynummer drauf und schob sie ihm hin. „Schreib mir eine Nachricht."

Er nahm die Karte nicht, seine Augen konzentrierten

sich noch immer mit laser-scharfer Intensität auf mich. „Ist das jetzt eine Booty-Call Situation?"

„Es war immer eine Booty-Call Situation." Griffin kam gelegentlich vorbei, ebenso wie mein Vater und mein Onkel. Es wäre für mich unmöglich, die Anwesenheit von Bosco zu erklären, ohne die Wahrheit preiszugeben. Nach allem, was Vanessa mit Griffin durchgemacht hat, wollte ich das nicht wiederholen. „Auf Wiedersehen, Bosco."

Er nahm die Karte und steckte sie in seine Vordertasche. „Bis dann, Schönheit." Er drehte sich wieder zu mir, damit er mich küssen konnte. Aber er lehnte sich nicht ganz zu mir, sondern hielt sich ein paar Zentimeter entfernt. Sein Eau de Cologne umhüllte mich wie ein Umschlag einen Brief und seine eisblauen Augen bohrten sich mit kühner Aggression in meine. Er machte nicht den letzten Schritt und brachte mich dazu, ihn zu tun.

Als ich ihn nicht küsste, zog er sich zurück. „Danke für die Blumen." Er ging an mir vorbei, nahm die Vase und stellte sie vor mich. „Sie sind für dich." Er wandte sich schnell ab und kümmerte sich nicht um meine Reaktion auf die Geste.

Ich starrte auf seinen muskulösen Rücken und erinnerte mich daran, wie ich meine Nägel in seine durchtrainierten Muskeln gegraben hatte. Ich hatte ihn härter in mich hineingezogen, als ich nicht genug bekam, und er lieferte es. Ich hatte bereits gewusst, dass der Sex perfekt sein würde, basierend auf unserer heißen Umarmung in der Gasse, aber er hatte meine Erwartungen noch übertroffen.

Ich sollte meine Deckung aufrechterhalten und ihn gehen lassen, aber ich fühlte, wie mein Körper vor Bedauern weich wurde, als ich ihn gehen sah. „Bosco."

Er blieb vor der Tür stehen, drehte sich aber nicht um. „Ja?"

Meine High Heels klackerten auf dem Boden, als ich mich ihm von hinten näherte. Ich blieb stehen, als mein Gesicht fast seine Schulterblätter berührte.

Dann drehte er sich um und versuchte, das Lächeln zu unterdrücken, das auf seinem Mund erschien. „Ich wusste, dass du mich nicht gehen lassen würdest.“ Während er seine Augen auf mich gerichtet hielt, verriegelte er die Ladentür und grub seine Hand in mein Haar. Er drückte seine weichen Lippen gegen meine und küsste mich vor dem Fenster, vergrub seine Hand in meinen Haaren, als wären es Zügel und ich wäre sein Pferd. Sein anderer Arm schlang sich um meine Taille und er zog mich an sich, hielt mich warm mit seinem heißen und harten Körper.

Sobald sich unsere Münder berührten, verlor ich mich in der Leidenschaft und Chemie unserer Körper. Meine Hände fuhren zu seinen Schultern, mein Lieblingsmerkmal seines Körpers, und ich saugte seine Unterlippe in meinen Mund. Ich wollte nicht, dass er mir entglitt, nicht, wenn es sich so gut anfühlte.

Er beendete die Umarmung zuerst und hatte die Kraft, die mir fehlte. Ein sanftes Lächeln war auf seinen Lippen, als hätte er gerade eine Art Spiel gewonnen. „Ich wusste, dass du mich nicht hasst.“ Er küsste meinen Mundwinkel. „Nicht, wenn du mich so küsst.“

Ich warf ein weiteres Holzscheit in das Feuer, weil die Flammen langsam nachließen. Es war eiskalt in dieser Nacht, so kalt, dass meine Heizung nicht mehr mithalten konnte. Der Wind hatte einen stechenden Biss und sobald ich zu Hause war, wusste ich, dass ich erst wieder am

Morgen rausgehen würde, wenn ich zur Arbeit gehen musste.

Ich saß im Sessel in meinem Wohnzimmer und ließ die Hitze des Feuers meine Zehen auftauen. Ich trug dicke Wollsocken, aber das war nicht genug für diese eisigen Temperaturen. Es war einer der kältesten Winter, den Florenz je erlebt hatte, und einige Leute dachten, es würde in dieser Saison schneien, obwohl es hier noch nie Schnee gegeben hatte.

Mein Telefon leuchtete mit einer SMS von einer Nummer auf, die ich nicht kannte. Aber die Nachricht selbst sagte mir genau, wer es war. *Darf ich reinkommen?*

Meine Nackenhaare stellten sich sofort auf. Gerade als ich dachte, dass ich mit der Stille, die mich umgab, allein war, wurde mir klar, dass ich falsch lag. Er war nicht nur vor meiner Tür, er wusste auch, dass ich zu Hause war. *Ich bin überrascht, dass du überhaupt fragst.*

Ich muss nicht fragen. Das Geräusch der sich öffnenden Tür erreichte eine Sekunde später meine Ohren. Die Tür war verriegelt, zusammen mit der Sicherheitskette. Aber es gelang ihm trotzdem, ohne Probleme reinzukommen.

Ich trug meine Jogginghose, einen ausgebeulten Pullover und dicke Omasocken, aber ich hatte keine Zeit, mich darauf vorzubereiten, dass dieser schöne Mann meine Wohnung betrat. Ich schloss das Buch, das ich las, und legte es auf den Tisch neben mir, neben die heiße Tasse Tee, die ich getrunken hatte.

Seine Schritte erklangen in der Küche, sein schweres Gewicht war bei jedem Schritt hörbar. Er bog um die Ecke, seine Augen bewegten sich zu mir, als wüsste er genau, wo ich war, schon bevor er die Wohnung betrat.

Ich stand auf und hielt mich mit der gleichen Würde, die ich immer ausstrahlte. Es war mir egal, dass ich meine alten Klamotten anhatte und nicht geschminkt war. Er hatte mir nur fünf Sekunden gegeben, bevor er in meine Wohnung gestürmt war, als hätte er jedes Recht, alles zu tun, was er wollte. Ich strich mir die Haare hinter das Ohr und verschränkte die Arme vor der Brust, als ich mit dem gleichen Selbstvertrauen, das er zeigte, seinem schönen Blick begegnete „Ich hoffe, du hast meine Schlösser nicht kaputtgemacht."

„Nein." Seine Augen wanderten über meinen Körper, als hätte ich Dessous und nicht ausgeleierte Klamotten an. Er schien mich auf die gleiche Weise zu wollen, ob ich Make-up trug oder nicht. Die Spannung zwischen uns stieg und es fühlte sich an, als könne er es kaum erwarten, mich zu berühren. „Aber, wenn du wirkliche Sicherheit willst, brauchst du ein Upgrade."

„Irgendwelche Empfehlungen?"

„Ja." Er trat näher an mich heran und glitt mit seiner Hand in meine Haare. „Mich." Er beugte seinen Hals nach unten und küsste mich, seine begierigen Lippen nahmen meine, als wären sie sein Eigentum. Er saugte aggressiv an meiner Unterlippe, bevor er mir gezielte Küsse gab, mich erst zärtlich umarmte und einen Moment später fester. Seine Küsse waren nie vorhersehbar, voller Leidenschaft, die mich zu ihm hinzog. Seine Hand schlang sich in mein Haar und er hatte es fest im Griff, als könnte ich versuchen wegzulaufen.

Nun war ich gefangen.

Mit dem Rücken zum Feuer küsste er mich weiter, sein langärmeliges Hemd bedeckte die gebräunte Haut seiner Arme und Brust. Das kühle Metall seiner Uhr streifte meine Haut, als er mich küsste, aber je länger wir uns berührten, desto wärmer wurde es.

Sein Arm legte sich in die tiefe Kurve in meinem

Rücken, und er zog mich fest an sich, und sorgte dafür, dass ich die Kontur seines steifen Schwanzes durch seine Jeans spüren konnte. Mein ausgeleierter Pullover und die weiten Hosen löschten sein Feuer nicht. Er bewegte seine Hand unter meinen Pullover, berührte die nackte Haut meines Rückens und packte mich begierig.

Noch nie hatte ein Mann mich so berührt, er packte mich so fest, dass seine Arme zu zittern begannen. Seine Küsse bewiesen, dass er den ganzen Tag an mich gedacht hatte und auf den Kuss wartete, den wir in diesem Moment teilten. Er küsste wahrscheinlich jede Frau so, ließ jede Frau vor Lust schreien, während er zwischen ihren Beinen lag, und jedes Mal, wenn er ging, hatten sie gebrochene Herzen. Aber es war leicht zu glauben, dass ich die Einzige war, die er auf diese Weise verschlang ... dass ich etwas Besonderes war.

Diese Einbildung war nicht echt, aber es machte Spaß, daran zu glauben.

Er unterbrach unsern Kuss einen Herzschlag lang, nur um sein Hemd auszuziehen. Er ließ es auf den Boden fallen und seine Hände waren wieder auf meinem ganzen Körper. Sein muskulöser Körper war so stark wie immer. Seine Finger berührten sanft meinen Hals, meine Haare und meine zierlichen Schultern. Er berührte mich überall und küsste mich mit zunehmendem Elan.

Meine Hände begannen, über seine Schultern zu gleiten und spürten die markanten Rillen, die die Muskeln zwischen seinen Schultern und Armen trennten. Das Tal war signifikant, weil die Muskeln gewaltig waren. Meine Hände glitten über seine Arme, erreichten die enormen Bizepse und glitten weiter über die einzelnen Sehnen seiner Unterarme. Gemeißelt und definiert war er eine lebende Skulptur, die die griechischen Götter selbst geschaffen hatten.

Als Nächstes bewegten sich meine Hände auf seine Brust und spürten die sengende Hitze, die viel heißer war als das Feuer, das nur wenige Schritte entfernt brannte. Ich spürte seine harten Muskeln, große Muskelplatten, die sich wie Brocken aus Beton anfühlten. Meine Finger rutschten nach unten und spürten sein gemeißeltes Eightpack, die Muskelreihen unter der schönen gebräunten Haut.

Er küsste mich immer weiter, während ich ihn erkundete, als ob er wusste, dass sein Körper eine Art Vorspiel war.

Er war so verdammt heiß.

Ich war schon mit einigen gut aussehenden Männern zusammen gewesen, aber keiner von ihnen war mit diesem Mann vergleichbar. Bosco war in jeder Hinsicht perfekt, von den Bartstoppeln auf seinem Kinn bis hin zu seinem gemeißelten Körperbau. Bosco war alles, was eine Frau von einem Mann wollte. Der einzige Hauch von Licht in seinem dunklen Äußeren waren seine außergewöhnlich blauen Augen. Sie hatten die Farbe eines Sommerhimmels an einem klaren Tag – ein wunderschönes Blau.

Er gab mir seine Zunge, kurz bevor er meinen Pullover über meinen Kopf zog.

Ich trug nichts darunter, nicht einmal einen BH.

Er hielt inne, um mich anzusehen. Seine Augen genossen den Anblick meiner Brüste ohne Scham. Seine Hand war noch immer tief in meinem Haar vergraben und ein leises Stöhnen entwich seinen Lippen. „Mein Gott." Er fiel vor mir auf die Knie, sein Körper traf den Teppich, der den Parkettboden bedeckte. Er packte meine Hüften und küsste meinen Bauch. Seine Zunge fuhr über das Piercing, das ich in meinem Nabel hatte. Er küsste meine Hüften, ging dann zu meinem Brustbein und nahm sich Zeit, mich zu schmecken. Seine Hände zogen meine Jogginghose herunter und enthüllten meine langen Beine und meinen schwarzen Stringtanga. Meine Unterwäsche war die einzige sexy Sache, die ich in meinem Ensemble trug.

Er küsste als Nächstes meine Oberschenkel, bevor er seinen Mund direkt zwischen meine Beine bewegte. Der Stoff trennte seine Lippen von meinem Kitzler, aber der Druck war immer noch genug, um meine Hüften leicht zucken zu lassen.

Als wir das erste Mal miteinander geschlafen hatten, zögerte er nicht, bevor er sein Gesicht zwischen meine Beine presste. Er verschlang mich wie ein Buffet, saugte an meinem Kitzler und tauchte seine Zunge tief in mich hinein. Ein Mann tat das normalerweise nicht, bis wir uns eine Weile kannten, aber Bosco machte es sofort.

Es war so gut. Genauso gut wie der Sex.

Meine Finger gruben sich in sein Haar, als ich fühlte, wie er mich durch mein Höschen küsste. Ich war seit der ersten Minute unseres Kusses bereit für ihn. Jetzt konnte ich nicht aufhören, ihn mir auf mir vorzustellen, wie er in mich hineinstieß mit diesen kraftvollen Muskeln, die sich beugten und bewegten. Sein riesiger Schwanz war so gut. Es dehnte mich auf eine Weise, wie es noch kein Mann zuvor getan hatte. Bei dem Gedanken daran keuchte ich und fantasierte über den Mann, der mich in diesem Moment genoss.

Er stand wieder auf, aber diesmal hob er mich in die Luft und brachte meine Brüste perfekt in Einklang mit seinem Mund. Er saugte meine linke Brustwarze in seinen Mund und knabberte mit seinen Zähnen verspielt daran. Das Gleiche tat er mit der anderen und versorgte meine Brüste mit heißen Küssen. Er war so verliebt in meinen Körper wie ich in seine Schultern. Die meisten Männer fühlten sich wegen der Größe und Lebhaftigkeit besonders von meinen Brüsten angezogen und Bosco zeigte die gleiche Reaktion. Er leckte das Tal zwischen meinen Brüsten und küsste sie erneut. Sein Schwanz pochte an meinem Kitzler.

Er hielt mich mit einem Arm, als er seine Jeans aufknöpfte und sie zusammen mit seinen Boxershorts nach unten schob. Er trug mich auf die Couch und legte sich hin, wiegte mich gegen ihn und hielt meine Muschi direkt über seinem Schwanz. Mit meinen Brüsten im Gesicht küsste er sie wieder, als er sich gegen mich drückte. „Verdammt, ich liebe deine Titten." Er biss leicht in meine linke Brustwarze und atmete schwer vor Erregung.

Meine Muschi drückte gegen seinen Schwanz und ich fühlte seine enorme Dicke unter mir. Er war der größte Mann, den ich je gehabt hatte, und besaß einen Umfang, der mich beeindruckte. Man sagte, dass Größe keine Rolle spielt, aber nachdem ich mit ihm geschlafen hatte, wusste ich, dass das nicht stimmte. Er ließ mich die ganze Zeit ausgedehnt fühlen und er machte mich so nass, dass sich unsere Körper leicht zusammen bewegten. „Ich liebe deinen Schwanz."

Er hob seinen Blick, um meinem zu begegnen. Dieser dunkle Ausdruck wurde von Minute zu Minute sexyer. Sein Kiefer war fest zusammengepresst und seine Finger gruben sich so tief in meine Hüften, dass er mich fast verletzte.

Ich hob meinen Körper, um meinen Tanga herunterzuziehen, aber ich kam nicht weit.

„Warte." Er packte den Stoff mit beiden Händen und zerriss ihn. Die Venen an seiner Hand verdickten sich bei der Anstrengung. Er schob den String hinab, bis er auf seinem Knie lag, zog mich wieder runter und drückte mich direkt gegen seinen Schwanz. „Verdammt ..." Langsam drückte er sich gegen mich und spürte meine feuchte

Muschi. Meine Erregung schmierte sich über seine gesamte Länge und bedeckte ihn von seiner Spitze bis zur Basis.

Anstatt ein Kondom überzuziehen, rieb er weiter gegen mich und zerrte an meinen Hüften, sodass ich mich vorwärts und rückwärts bewegte. Er starrte eine Weile auf meine Brüste, bevor er mir in die Augen sah. Sein sexuelles Verlangen tobte wie ein Waldbrand.

Ich legte meine Hände gegen seine Brust und fuhr fort, mich gegen ihn zu reiben, rollte langsam meine Hüften und drückte fester. Seine Dicke war so hart, dass sie sich perfekt an meinem Kitzler anfühlte, der richtige Druck, um mich wild zu machen. Ich brauchte ihn nicht einmal in mir, um den Beginn des Höhepunkts zu spüren.

Bosco bewegte sich unter mir und rieb sich mit der gleichen Verzweiflung an mir. Anstatt uns zu küssen, hielten wir unsere Augen aufeinander und genossen uns auf einer intimen Ebene, die ich noch nie mit einem anderen Liebhaber geteilt hatte.

Er packte mit seinen großen Händen meine Brüste. „Verdammt, du bist so verdammt nass."

„Für dich." Ich war noch für niemanden so nass geworden. Eigentlich war ich noch nie in meinem Leben so nass gewesen.

Seine Augen verdunkelten sich, als hätte ich gerade einen unsichtbaren Knopf gedrückt. Seine Finger gruben sich etwas fester in mich und seine Hüften drückten sich mit noch mehr Druck gegen mich. „Kein Kondom." Er formulierte es nicht als Frage, aber er wartete auf meine Erlaubnis.

Ich nahm die Pille, aber das war wegen meiner Krämpfe und als zusätzliche Vorsichtsmaßnahme gedacht. Meine Familie wäre so enttäuscht von mir, wenn ich jemals ohne eine ernsthafte Beziehung schwanger werden würde. „Ich habe mich nie von einem Mann ohne Kondom ficken lassen. Du wirst da keine Ausnahme sein, Bosco."

Anstatt ihn zu verärgern, schien ihn das noch mehr anzumachen. „Oh Gott, du bist so sexy." Er beugte sich vor und küsste wieder meine Brüste, während er mich fester gegen seine Länge drückte.

Ich neigte meinen Kopf nach hinten, drückte meinen Körper fester gegen ihn und spürte, wie der Schweiß meinen Rücken hinunterlief. Es war so viel Nässe zwischen uns, dass wir ohne Reibung hin und her glitten.

Mein Kitzler zog sich über seine nasse Länge und mein Körper straffte sich, als die pure Lust meinen Körper erstrahlen ließ. Ich wurde von einem anschwellenden Gefühl überrascht, einem Höhepunkt, der mich zucken ließ und mich dazu brachte, mich noch härter gegen ihn zu drücken, während er an meinen Brüsten saugte, bis sie wund waren. „Bosco ..." Es war mir egal, ob es sein Ego wie einen Ballon aufblasen würde. Er ließ mich mit Leichtigkeit kommen und er ließ mich immer hart kommen. Er verdiente es, seinen Namen auf meinen Lippen zu hören, so zu hören, wie er mich befriedigte.

Er saugte hart an meinen Brustwarzen und biss aggressiv hinein, als mein Orgasmus langsam abklang. „Verdammt, du bist gerade noch feuchter geworden." Er leckte das Tal zwischen meinen Brüsten und lehnte sich dann auf der Couch zurück, seine Atmung tief und ermüdet. Er griff in die Tasche seiner noch um die Knie liegenden Jeans und fischte ein Folienpaket heraus. Er riss es auf und zog dann seinen Schwanz zu seinem Bauch, seine großen Finger lagen um seine dicke Länge.

Ich beobachtete, wie er das Kondom auf seine lange Länge rollte und die Luft aus Spitze drückte, sodass er genug Platz hatte, um seine Ladung zu platzieren. Er behielt mich dabei im Auge und brachte den Gummi mit Gefühl in die richtige Position. Als er bereit war, packte er meine Hüften und zog mich über seine Länge, sein Schwanz schob sich durch meine Erregung. Er führte mich weiter, bis ich jeden Zentimeter seiner Länge unter Kontrolle hatte, seine Eier lagen direkt unter meinem Hintern.

Als ich ihn fühlte, gruben sich meine Nägel in seine Brust, und nach dem intensiven Höhepunkt, den ich gerade erlebt hatte, war ich überrascht, dass ich einen weiteren wollte. Seine Dicke lud meine Batterien sofort wieder auf und erfrischte meinen Körper, sodass ich noch einmal über seinem Schwanz kommen konnte. „Lass mich nochmal kommen." Ich entschuldigte mich nicht für meinen Egoismus. Der Grund, weshalb wir das nicht taten, war, dass wir beide egoistisch waren. Wir wollten nur guten Sex haben, ohne Verpflichtung vögeln und ohne Erklärungen abgeben zu müssen.

Er stieß in mich hinein und fickte mich tief und hart mit seinem massiven Schwanz. „Ja, Schönheit."

Nachdem ich mich im Badezimmer gewaschen hatte, zog ich mir einen neuen Stringtanga an und ging dann ins Wohnzimmer und erwartete, dass Bosco weg sein würde, weil unser Spaß vorbei war. Er hatte mich wieder dazu gebracht zu kommen, und ich musste ihm ins Gesicht schreien, weil der Höhepunkt so gut war, und dann hatte ich gesehen, wie er explodierte, sah zu, wie sein wunderschöner Kiefer noch enger wurde, als er seine Zähne zusammenbiss.

Nur zuzusehen, wie er gekommen war, hatte mich wieder heißgemacht.

Als ich ins Wohnzimmer zurückkehrte, saß er in seinen Boxershorts auf der Couch. Seine muskulösen Oberschenkel waren gespreizt, während er das niederbrennende Feuer anstarrte. Seine breiten Schultern drückten sich in die Couch und er legte die Finger auf sein Kinn und fühlte die Bartstoppeln unter seinen Fingerspitzen.

Ich hatte erwartet, dass er inzwischen verschwunden wäre. „Willst du etwas Wasser?"

„Ich nehme Scotch, wenn du welchen hast."

„Ja, hab' ich." Jetzt, da der Spaß vorbei war, wollte ich, dass er meine Wohnung verließ, damit ich schlafen konnte, aber ich wollte nicht unhöflich sein. Er wusste, dass ich nicht wollte, dass er bei mir übernachtete, also versuchte er es auch nicht. Ich ging in die Küche und goss zwei Gläser ein, bevor ich mich zu ihm auf die Couch setzte.

Seine Mundwinkel hoben sich zu einem Lächeln. „Ich mag eine Frau, die Scotch zur Hand hat."

„Mein Vater trinkt viel davon. Ich bevorzuge Wein, aber manchmal ist Scotch die bessere Wahl." Ich nahm einen großen Schluck, bevor ich das Glas auf den Couchtisch stellte. Als ich das Feuer betrachtete, bemerkte ich, dass die Flammen heller brannten, weil er ein weiteres Holzscheit hineingeworfen hatte.

Er trank sein ganzes Glas in einem Schluck aus, bevor er es auf den Tisch stellte. Er lehnte sich zurück, legte seinen Arm um meine Schultern und zog mich sanft an seine Seite. Seine Augen blickten auf meine Brüste. „Du solltest dich immer so anziehen."

„Ich dachte, du wärst schon weg, wenn ich ins Wohnzimmer komme."

„Solange du diese Brüste zur Schau stellst, gehe ich nirgendwo hin." Seine Hand bewegte sich in mein Haar, zog es von meiner Schulter und enthüllte mehr von meinem

Gesicht. Für einen so harten Mann konnte er überraschend sanft sein.

Ich nahm die Decke von der Rückenlehne der Couch, wickelte sie um mich und hielt mich in der kalten Wohnung warm.

Er versuchte nicht, sie mir abzunehmen. „Du hast eine schöne Wohnung."

Ich war mir sicher, dass er in einer Villa lebte, aber es war trotzdem nett von ihm, das zu sagen. „Danke."

Er fuhr mit den Fingern durch meine Haare, während er seinen Blick zum Feuer richtete. Er beobachtete, wie die Flammen tanzten, hörte dem sanften Knacken und zufälligen Knallen zu, das die Stille meiner Wohnung erfüllten. Die Vorhänge an den Fenstern waren geschlossen, aber ich wusste, dass sie von der Kälte gefroren waren.

Ich hatte ihm einen Drink und ein wenig Smalltalk gegeben, also fand ich es nicht mehr unhöflich, ihn rauszuwerfen. „Ich muss morgen früh aufstehen ..."

Er starrte das Feuer an, als hätte er kein Wort gehört. „Du hast mir keine einzige Frage über mich gestellt." Nach einer langen Pause drehte er sich wieder zu mir um und die orangefarbenen Flammen spiegelten sich in seinen blauen Augen wider. „Nicht einmal nach meinem Nachnamen hast du gefragt."

„Ist dein Nachname wichtig?", entgegnete ich. „Wenn wir nur vögeln, denke ich, dass dein Vorname ausreicht."

Er lächelte schief, aber nicht lange. „Mein Angebot steht noch."

„Ich habe nichts gefragt, weil ich nichts wissen will. Ganz einfach."

„Bones hat dir nicht alles über mich erzählt?"

„Nein. Er hat nur gesagt, dass du das gesamte Geld in Florenz kontrollierst ... so etwas in der Art. Er sagte, du bist kein Menschenhändler, das ist alles, was mich wirklich interessiert. Der Rest deiner Geschichte spielt aufgrund der Umstände unserer Beziehung keine Rolle."

Er schaute wieder ins Feuer.

„Wir vögeln nur, also muss ich nichts über dich wissen."

„Bist du nicht mal ein bisschen neugierig?", sagte er leise.

„Nein." Ich interessierte mich nicht für seine kriminellen Aktivitäten. Seine Hobbys waren mir egal. Mir war nichts anderes wichtig als sein schönes Äußeres.

„Hat dir jemand wehgetan, Süße?"

„Nein." Ich löste mich aus seiner Umarmung, stand auf und hielt die Decke um mich. „Ich würde nie zulassen, dass mir ein Mann wehtut. Unsere Beziehung ist rein sexueller Art. Es ist mir egal, wo du nachts schläfst oder was du tagsüber machst. Nenn mich herzlos. Nenn mich kalt. Es ist mir egal. Du bist ein Verbrecher, der illegale Dinge tut, jemand, den ich meiner Familie nie vorstellen würde. Ich würde nie in Betracht ziehen, in dir etwas anderes zu sehen als einen Liebhaber. Es ist ziemlich einfach, nicht neugierig auf jemanden zu sein, von dem man weiß, dass er einem nichts bedeutet." Ich sah auf ihn hinunter und betrachtete sein Seitenprofil, während er ins Feuer schaute.

Er drehte sich langsam zu mir, seine Augen waren leer und sein Kiefer angespannt. „Ich habe noch nie eine Frau wie dich getroffen." Er stand auf und überragte mich. Er sah mich an, sein Kopf war leicht zur Seite geneigt. Seine Augen bewegten sich hin und her. „Ich hatte noch nie eine Frau, die mich so benutzt hat. Ich hatte noch nie eine Frau, die so pragmatisch ... und klug war. Du hast recht, ich bin nicht gut genug für dich. Ich bin kein guter Mann. Ich töte jeden Tag Männer ... regiere diese Stadt ohne Krone. Ich bewundere deine Sensibilität, den Abstand zu halten. Viele Frauen sagen mir dasselbe, dass ficken genug ist ... aber das ist es nie. Du bist die erste Frau, die das gesagt hat und es auch wirklich so gemeint hat."

Wenn er meinen Standpunkt verstanden und sogar zugestimmt hatte, warum war er dann noch hier? „Dann solltest du jetzt gehen." Ich drehte mich um, hob meinen Pullover vom Boden auf und zog ihn über meinen Kopf. Die Frauen, die gedacht hatten, dass es eine gute Idee wäre, sich mit Bosco einzulassen, taten mir leid. Auf seiner Stirn stand Herzensbrecher geschrieben. Er war nicht nur gefährlich für alle, mit denen er in Kontakt gekommen war, er war auch gefährlich für alle Frauen, die ihm zu nahekamen. Er war nicht zu bändigen, ein verträumter Mann mit perfektem Aussehen und perfekten Bewegungen. Jede Frau konnte sich vorstellen, dass er der Traum war, den sie jede Nacht neben sich schlafen haben wollte. Ich nahm es ihm nicht übel, dass er sie alle in seinen Bann gezogen hatte, aber ich würde ihre Fehler sicherlich nicht wiederholen.

Er stand auf und zog sich an, bevor er sich hinter mich stellte. Seine Arme legten sich um meine Hüften und er legte sein Kinn auf meinen Kopf. „Ich bin ein gefährlicher Mann aus einer gefährlichen Welt. Ich habe Dinge getan, die du dir nicht einmal vorstellen kannst. Aber ich möchte, dass du weißt, dass ich dich niemals verletzen würde." Er schlang seine Arme um meine Brust und hielt mich fest in seinem Griff. „Körperlich und auch emotional. Das ist kein Versprechen, das ich jedem gebe, nur denen, die meinen Respekt verdienen. Und du hast dir meinen Respekt millionenfach verdient." Er löste seine Umarmung, drehte sich weg und ließ mich alleine vor dem Feuer stehen.

Ich hatte nie Angst davor, dass er mir wehtun würde. Er hatte mir immer den Luxus gegeben, meine eigenen Entscheidungen zu treffen. Wenn ich Nein sagte, akzeptierte er es. Aber nur, weil er nett zu mir war, bedeutete das nicht, dass andere auch so viel Glück hatten. Ich hielt meinen Blick auf das Feuer gerichtet und wartete darauf, dass sich die Tür hinter ihm schloss.

„Mein Nachname ist übrigens Roth.“ Er schloss die Tür hinter sich und die Stille folgte.

Bosco Roth.

Ich hatte mit Bosco Roth geschlafen.

6

BOSCO

Ich saß an meinem schwarzen Schreibtisch und starrte auf meinen Laptop. Die Konten füllten sich mit dem Geld, das von den Mitgliedern an diesem Nachmittag überwiesen wurde. Wenn die Leute in meinem Casino spielen wollten, mussten sie ihre monatlichen Gebühren zahlen. Sie bezahlten nicht nur für die Spiele, sondern auch für Geheimhaltung, Privatsphäre, Alkohol und natürlich für Frauen.

Hier konnte nicht jeder spielen.

Ein Klopfen ertönte an der Tür und ich blickte auf den Bildschirm an der Wand, um zu sehen, wer es war.

Ronan.

Ich drückte den Knopf und öffnete die Tür.

Er trat ein, gekleidet in ein eng anliegendes T-Shirt und Jeans. Seine schweren Stiefel waren auf den schwarzen Fliesen laut zu hören, als er auf mich zukam. Mit den gleichen blauen Augen und der gleichen gebräunten Haut, sah mein jüngerer Bruder eher wie mein Zwilling aus. „Es sind vier Männer im Keller."

„Ein Double Feature, was?"

„Jep. Die Männer haben zu viel Angst, um uns abzuzocken, also bringen unsere Kunden ihre eigenen Feinde mit, die Teil ihrer Aufnahmegebühr sind."

Wenn jemand dumm genug war, uns abzocken zu wollen, warfen wir sie in den Ring, damit sie um ihr Leben kämpften. Wenn sie gewannen, behielten sie ihr Leben, wurden aber zu meinen Sklaven. Wenn nicht ... Das war selbsterklärend. Es waren illegale Kämpfe und ich verdiente einen Großteil meines Geldes damit. Männer liebten es, auf diesen Sport zu wetten, und es war immer unterhaltsam. Meine Grausamkeit war für jeden in der Unterwelt offensichtlich, also war es selten, dass jemand das Casino abzocken wollte. Deshalb gingen uns die Kämpfer aus, daher stellten die Mitglieder ihre Feinde freiwillig zur Verfügung – und verdienten dadurch viel Geld.

„Gut. Es wird großartig." Ich schloss meinen Laptop, obwohl Ronan von dem Geld wusste, weil er diese Welt mit mir regierte. Es war zu groß für eine Person, aber ich war derjenige an der Spitze.

Ronan setzte sich gegenüber von meinem Schreibtisch hin, seine muskulösen Arme dehnten sein T-Shirt. „Ich habe einen neuen Fisch an der Leine. Aber ich höre nur schlechte Dinge über diesen Kerl."

Ich verdrehte die Augen. „Das Gleiche gilt für jedes andere Mitglied hier. Wir sind Mörder, Diebe und Tyrannen. Warum denkst du, dass wir so gut miteinander auskommen?" Ich lehnte mich in meinem Ledersessel zurück und zwinkerte ihm zu.

„Aber dieser Typ ist unberechenbar. Er ist gerissen."

„Was hast du gehört?"

„Sie nennen ihn den Schlächter. Ich glaube, er hat seine ganze Familie getötet."

Ich zuckte mit den Achseln. „Ich wollte dir das Gleiche schon ein paar Mal antun."

Ronan reagierte nicht auf meinen Witz. „Aber er war erst fünfzehn, als er seine ganze Familie tötete – mit einem Messer."

Das war verdammt blutig. „Was macht er jetzt?"

„Das ist die Sache – nichts Besonderes. Er beraubt die Leute wahllos und tötet einige von ihnen. Hat eine Gruppe von Schlägern, die seinen Befehlen folgen. Er macht auf diese Weise richtig viel Kohle, beraubt die Reichen und droht, ihre Kinder zu töten, wenn sie die Polizei rufen."

„Klingt wie ein Engel, verglichen mit einigen der Arschlöcher hier bei uns."

„Aber manchmal nimmt er nichts mit ... manchmal schlachtet er eine ganze Familie nach dem Zufallsprinzip ab und geht einfach ..."

Das ließ mir das Blut in den Adern gefrieren. Kriminelle hatten normalerweise ein Motiv und das machte sie durchschaubar. Wenn sie nur eine Sache wollten, waren sie berechenbar und leicht zu manipulieren. Aber wenn sie keine Motivation hatten, war das eine andere Geschichte. Ich hatte in meinem Leben viele Männer getötet, aber nie ohne Grund. Und ich hatte noch nie eine Frau oder ein Kind getötet. Unschuldige Menschen abzuschlachten, war nie mein Ding gewesen, aber ich würde definitiv nicht alles daransetzen, sie zu retten. „Interessant."

„Verstehst du, was ich meine? Er ist eine tickende Zeitbombe."

„Du willst ihm den Zutritt verweigern?"

Er zuckte mit den Achseln. „Vielleicht."

„Wir haben hier viele Killer."

„Ja, aber sie sind berechenbar. Sie töten aus einem

bestimmten Grund. Dieser Typ nicht – was ihn zu einem Psychopathen macht.“

Einen Psychopathen abzuweisen, war manchmal schlimmer, als ihn reinzulassen – und ihn im Auge zu behalten. „Er kennt die Regeln hier. Unabhängig davon, welches Unternehmen er führt, wird er uns nie gefährlich werden können. Und wenn er aus der Reihe tanzt, schicken wir ihn in den Ring. Ich bin sicher, viele Leute würden ihn gerne totgeschlagen sehen.“

„Falls er nicht gewinnt“, konterte er.

Wenn er wirklich so gefährlich war, gab es Möglichkeiten, das zu umgehen. „Ich werde dafür sorgen, dass er es nicht tut.“

Ich lag neben einer Frau, fertig, aber nicht erfüllt.

Sie war wunderschön und wusste, wie man einen Mann zufriedenstellte, aber ich langweilte mich dabei, und meine Gedanken wanderten in eine andere Richtung.

Zu jemand anderem.

Es gab keine ungezügelte Leidenschaft oder unbändige Lust. Es gab kein Beben, das meine Arme zittern ließ. Es gab nicht die langsame Entzündung, die sich in ein wütendes Inferno verwandelte. Es war lahm – gewöhnlich. Sie kam und ich kam nur, weil ich es wollte.

Jetzt fühlte ich, wie sich mein Körper mit Bedauern füllte. Ich wünschte, ich wäre in dieser Nacht woanders hingegangen, anstatt auf das Angebot dieser Frau einzugehen.

Ich war mir nicht einmal sicher, wie sie hieß.

Michelle?

Melanie?

Wie auch immer, es spielte keine Rolle.

Ich setzte mich im Bett auf, fuhr mir mit der Hand durch die Haare und fragte mich, ob Carmen gerade allein in ihrer Wohnung war. Schlief sie mit anderen Männern? Hatte sie feste Freunde, die sie einlud? Oder war ich ihre erste Wahl? Ich würde fragen, aber sie gab keine persönlichen Informationen preis, da sie darauf bestand, sich von mir fernzuhalten.

Was eine kluge Entscheidung war.

Wie-Sie-Auch-Heißen-Mochte fuhr mit ihrer Hand über meinen Rücken. „Bosco?"

Ich ignorierte sie.

„Komm ins Bett."

Wenn ich mit ihr im Bett liegen wollte, müsste sie nicht fragen. „Ich muss früh aufstehen, also solltest du gehen." So wie Carmen mich rausgeworfen hatte, behandelte ich diese Frau mit derselben Gleichgültigkeit. Ich stand auf und zog meine Boxershorts an, ärgerte mich wieder, dass Carmen mich vergessen konnte, sobald ich ihre Wohnung verließ. Sie hatte mich nicht gebeten zu bleiben. Als sie mit mir fertig war, entsorgte sie mich wie ein altes Kondom.

Warum machte mich das so wütend?

War es nur mein Ego?

Oder war es etwas anderes?

„Ich bin zu müde, um aufzustehen", flüsterte Wie-Sie-Auch-Heißen-Mochte und blieb unter meinen Laken liegen.

Ich drehte mich zu ihr um, angewidert von ihrer Anhänglichkeit. „Zwing mich nicht, es dir noch einmal zu sagen." Ich warf ihr Kleid nach ihr und ging hinaus.

CARMEN GING in dieser Nacht mit ein paar Freunden aus. Sie

hingen fast die ganze Nacht in einem Club herum, tranken und tanzten. Es dauerte nicht lange, bis ein gut aussehender Kerl den Mut aufbrachte, ihr einen Drink auszugeben.

Ich saß in der Ecke und meine Männer verteilten sich im Club. Ich hatte eine Tischnische für mich allein und jedes Mal, wenn eine Frau versuchte, sich mir zu nähern, scheuchte einer meiner Männer sie weg. Carmen bemerkte es nicht, da sie durch viele andere Dinge abgelenkt wurde.

Einer meiner Männer machte einen Scan des Gesichts des Kerls und gab die Informationen sofort an mich weiter. „Anfang dreißig. Geschieden. Hat eine junge Tochter. Arbeitet als Assistenzprofessor an der Universität. Er unterrichtet Mathematik."

Im Grunde genommen, war er der langweiligste Typ auf dem Planeten. „Danke, Rio. Werde ihn los." Ich stand auf und strich meine Lederjacke glatt, bevor ich durch den Raum und zu Carmen an die Bar ging. Ich wusste, dass meine Männer den Kerl loswerden würden, bevor ich ankam, also verlor ich keine Zeit und ignorierte die enttäuschten Blicke der Frauen, die sie mir zuwarfen, als ich sie nicht beachtete.

Ich näherte mich ihr von hinten und sah, dass sie ein lila Kleid und schwarze High Heels trug. Es passte perfekt zu ihrer Sanduhrfigur, der schönen Rundung ihrer Hüften und zeigte ihre wunderschönen langen Beine.

Dieser Typ hat keine fünf Minuten ihrer Zeit verdient.

Nein, er hat keine Sekunde ihrer Zeit verdient.

Sie stand alleine da und hielt einen Scotch in der Hand.

Es war so sexy, dass sie Scotch trank.

Ich streifte im Vorbeigehen ihre Schulter, stellte mich dann vor sie und beobachtete die Überraschung in ihrem Gesicht, als sie merkte, dass ich es war. Aber sie vertuschte es schnell und setzte ein beeindruckendes Pokerface auf.

„Ich hoffe aufrichtig, dass nicht du der Grund bist, warum Pietro gerade gegangen ist."

Ich nahm ihr Glas und trank einen Schluck. „Ich lüge nicht gerne, deshalb sage ich besser nichts."

Ihre grünen Augen verengten sich in sofortiger Feindseligkeit. „Bosco, das ist nicht lustig."

„Ich versuche nicht, dich zum Lachen zu bringen. Du weißt, dass ich dich nur gerne kommen lasse."

Sie hielt ihren wütenden Ausdruck aufrecht, aber ich wusste, dass ihre Wut schon nachgelassen hatte. „Ich will, dass du gehst."

„Nein, tust du nicht." Ich trat näher an sie heran, meine Brust berührte fast ihre. Ich umgab sie mit meinem Eau de Cologne und meiner Gegenwart und ließ sie meine immense Macht spüren. Ich hatte den gesamten Club unter meiner Kontrolle und sie wusste es nicht einmal. Meine Hand ging zu ihrer Taille, ich drückte sie sanft und erinnerte sie daran, dass sie zu mir gehörte, auch wenn sie es vergessen hatte. „Er hat ein Kind und ist geschieden. Das ist nicht das, wonach du suchst."

Ihre Augen verengten sich wieder. „Du hast kein Recht, mir das zu sagen."

„Ich habe das Recht zu tun, was immer ich will. Ich bin sicher, er wollte diese Informationen so lange wie möglich für sich behalten."

„Na und?", antwortete sie, ihre Augen blitzten vor Ärger. „Es ist nichts falsch daran, geschieden zu sein und ein Kind zu haben."

„Ist es nicht. Aber das ist nicht das, wonach du suchst. Du hast mir gesagt, dass du dich in den richtigen Kerl verlieben und den Rest deines Lebens mit ihm verbringen willst. Du wirst das nicht tun, indem du einen Kerl in einer Bar aufliest."

„Eine Seitengasse ist besser?“

„Ich habe nie gesagt, dass ich der Richtige bin. Aber ich bin besser als er. Willst du wirklich mit einem Kerl nach Hause gehen und mittelmäßigen Sex haben?“

„Ich ficke nicht jeden Kerl, den ich treffe. Normalerweise habe ich erst ein oder zwei Verabredungen, nicht, dass es dich etwas angeht.“

„Nun, das würde nirgendwo hinführen.“

„Woher soll ich das wissen?“, fragte sie. „Du verjagst jeden Kerl, mit dem ich rede.“

„Und ich habe es gern getan.“

Wut blitzte in ihren Augen auf und sie griff nach ihrem Glas, um es mir ins Gesicht zu schütten.

Ich war schneller und schob das Glas aus ihrer Reichweite, ohne die Augen von ihr abzuwenden. „Hör mir zu.“

„Dir zuhören?“, zischte sie. „Du beobachtest buchstäblich jede Bewegung, die ich mache. Das ist verdammt nervig.“

„Das tue ich eigentlich nicht. Aber es sieht so aus, nicht wahr?“

„Ich habe gerne meine Freiheit, Bosco. Ich werde nicht zulassen, dass du sie mir nimmst.“

„Lass mich dich daran erinnern, dass ich der einzige Grund dafür bin, warum du deine Freiheit noch hast.“ Ich trat näher an sie heran und legte meinen Arm um ihre Taille. Obwohl sie wütend auf mich war, wies sie meine Berührung nicht zurück. Ich wusste, dass ihre Wut nicht so groß war, dass sie mich noch immer wollte, auch wenn sie es nicht sagen würde. „Ich hätte weitergehen können und du wärst jetzt schlimmer dran als tot.“

„Nur, weil du Griffin einen Gefallen schuldig warst …“

„Das ist verdammt egal.“ Ich packte ihren Nacken und richtete ihren Blick auf mich.

Sie stieß mich nicht weg.

„Ich war in dieser Nacht dort. Ich war derjenige, der dich gerettet hat. Du schuldest mir etwas und wir beide wissen das."

Ihre Augenbrauen hoben sich. „Alles, was ich dir schulde, ist ein Dankeschön. Ich werde nicht deine Schlampe sein, Bosco. Ich werde mich niemals einem Mann unterwerfen, solange ich lebe. Jeder Mann, der das will, ist von Natur aus schwach."

Mein Schwanz ließ wegen dieses Kommentars fast meine Jeans platzen. Ich liebte das Feuer in ihren Augen, die Art und Weise, wie sie einem Gegner, der doppelt so groß war, über den Mund fuhr. Ich liebte es, wie sehr sie sich um ihre Würde sorgte. Ich liebte es, wie sie nicht wie die anderen in meinen Händen schmolz. Sie war besser als das, klüger als das. Eine Frau, die sich nicht auf Bullshit einließ, war eine ganz besondere Art von Frau. „Das war keine Frage, Schönheit."

„Hörte sich aber so an."

Um zu beweisen, wie viel Macht ich über sie hatte, beugte ich mich vor und küsste sie.

Sie küsste mich nicht sofort zurück, das war ihre Form des Widerstands, aber langsam begannen sich ihre Lippen zu bewegen, und sie gab mir sogar ihre Zunge.

Ich zog sie näher zu mir und machte mit ihr direkt an der Bar rum, was meinen Standpunkt millionenfach bewies. Sie konnte so wütend auf mich sein, wie sie wollte, aber nichts, was ich tat, würde ändern, was zwischen uns war. Wir waren wie ein Stecker und eine Steckdose – wir passten perfekt zusammen und erzeugten Elektrizität.

Ich beendete den Kuss, starrte sie an und sah, wie die Wut aus ihrem Gesicht verschwand. „Wirst du mir jetzt zuhören?"

„Ich war noch nie ein guter Zuhörer."

Meine Hand bewegte sich zu ihrem Haaransatz und ich ließ sie meine Länge spüren, als ich sie an mich drückte und sie daran erinnerte, dass dies der einzige Schwanz war, den sie in dieser Nacht in sich spüren wollte. „Ich möchte, dass du mir eine Chance gibst."

„Eine Chance wofür?", fragte sie und war wirklich verwirrt von der Frage.

„Eine Chance, wie du sie diesen Verlierern gibst."

Ihre Augen verengten sich erneut und sie konnte noch immer nicht meiner Logik folgen.

„Ich will eine Chance, etwas mehr für dich zu sein. Ich weiß nicht genau was, aber ich will etwas. Irgendwas."

„Bosco, du bist nicht die Art von Mann, nach der ich suche."

„Was?", fragte ich. „Mächtig? Reich? Gut im Bett? Du willst einen durchschnittlichen Kerl, der dir ein durchschnittliches Leben geben kann? Du hättest lieber jemanden wie Pietro als jemanden wie mich?" Ich weigerte mich zu glauben, dass eine Frau sich für Letzteres entscheiden würde.

„Woher kommt das?", fragte sie. „Neulich schien alles in Ordnung zu sein und jetzt willst du etwas ganz anderes als das, worüber wir gesprochen haben." Sie starrte mich verwirrt an.

Ich hatte nie gezögert, die Wahrheit zu sagen, also zögerte ich auch jetzt nicht. „Ich habe neulich Abend mit einer anderen geschlafen."

Sie reagierte überhaupt nicht.

„Sie war nichts im Vergleich zu dir." Ich hielt ihren Blick und hielt meinen Arm um ihre Taille, in der Hoffnung, dass diese Offenbarung sie nicht von mir wegstoßen würde. Aber gleichzeitig wollte ich Schmerzen in ihren Augen sehen, um zu wissen, dass sie bei dem Gedanken an mich mit einer anderen eifersüchtig wäre.

Es gab kein Zeichen von dem, was ich sehen wollte.

„Mir wurde klar, dass du die einzige Frau bist, die ich im Moment will. Das ist mir noch nie zuvor passiert."

Sie brach schließlich den Blickkontakt ab und schaute weg, während sie die anderen Leute in der Bar beobachtete. Meine Worte schienen ihr Unbehagen zu bereiten, denn sie schaute nie weg, wenn ich sie anstarrte. Sie behielt immer ihre Würde. „Ich will mich nicht mit jemandem wie dir einlassen."

„Schönheit, du kennst mich nicht."

„Und dabei will ich es belassen", flüsterte sie. „Nur so funktioniert das. Ich will einen guten Kerl."

„Gute Kerle werden überbewertet."

„Ich weiß, was ich will." Sie hob ihren Kopf und sah mich wieder an.

„Ich verlange ja nicht, dass es für immer ist." Ich küsste ihren Mundwinkel. „Ich bitte doch nur um ein bisschen von dir ... für eine Weile.

7

CARMEN

Ich wusste nicht, was ich mir dabei gedacht hatte.

Weshalb hatte ich Ja gesagt?

Er hatte recht gehabt, als er über die Männer gesprochen hatte, mit denen ich ausging. Keiner von ihnen brachte mein Blut so in Wallung wie er. Sie waren durchschnittlich ... und langweilig. Keiner von ihnen brachte mich dazu, meine Schenkel vor Lust zusammenzupressen. Keiner von ihnen schaffte es, dass ich mich anspannte, wenn sie durch die Tür kamen.

Warum musste der einzige Mann, den ich mochte, ein Krimineller sein?

Was stimmte mit mir nicht?

Ich tat mein Bestes, ihn auf Distanz zu halten und meine Gefühle in einem Safe in meinem Herzen einzuschließen, aber nun verfolgte er mich mit mehr Nachdruck, und es wurde schwer, ihn zu ignorieren. Es wurde schwerer, so zu tun, als bedeute er mir nichts.

Um ehrlich zu sein, war ich es müde auszugehen, um jemand Besonderen zu finden, nur um dann immer wieder enttäuscht zu werden. Der Rest meiner Familie hatte sich mit den perfekten Partnern niedergelassen, selbst Vanessa. Conway hatte ein Model geheiratet und nun hatten sie ein Kind, mein Bruder hatte Mia und auch sie war reizend. Und Vanessa hatte einen Mann, der sie mehr als alles andere auf der Welt liebte.

Ich war die Einzige, die alleine war.

Alleine zu sein, hatte mich nie gestört, weil es einen entscheidenden Unterschied machte, ob man alleine oder einsam war.

Ich fühlte mich nie einsam.

Doch ich wollte den besonderen Mann finden, mit dem ich den Rest meines Lebens verbringen konnte.

Langsam fragte ich mich, ob er wirklich existierte.

Ich war zu Hause, als Bosco mich anrief.

Ich atmete tief durch, bevor ich ranging. „Hi." Nun, da die Beziehung anders war, wusste ich nicht, wie ich mit ihm reden sollte. Er war nicht mein Freund. Aber er war auch nicht nur irgendein Kerl, mit dem ich schlief. Ich war mir nicht sicher, was er war.

Er kam direkt zum Punkt. „Geh heute Abend mit mir aus."

Ich stand in meinem Wohnzimmer und hatte meinen Arm um meine Taille geschlungen. Ich war mit dutzenden Männern ausgegangen, aber keine meiner Verabredungen hatte mich nervös gemacht. Dieser Mann machte mich verdammt nervös ... weil ich bei ihm nicht wusste, was ich tat. „Okay."

„Ich warte draußen – wann immer du bereit bist."

„Vielleicht hättest du erst fragen sollen, damit du nicht ewig im Flur warten musst."

„Ich sitze nicht im Flur. Ich bin im Auto auf der Straße. Einer meiner Männer wird dich begleiten." Klick.

Dieser Mann schien überallhin von zwei Dutzend

Männern begleitet zu werden. Ich fragte mich, ob er wieder ein ganzes Restaurant leerräumen würde wie das letzte Mal. Das erschien übertrieben und unnötig.

Ich hatte meine Haare und mein Make-up bereits hergerichtet, also zog ich mir ein schwarzes Cocktailkleid und High Heels an, bevor ich meine Wohnung verließ. Genau wie Bosco angekündigt hatte, wartete ein Mann in Anzug im Flur auf mich. Er lief vor mir her und führte mich die Stufen hinab. Er sprach in das Funkgerät, das er im Ohr hatte. „Sie ist unterwegs, Sir."

Ich tat mein Bestes, nicht die Augen zu verdrehen.

Bosco stand auf dem Gehweg neben seinem verdunkelten Auto. Davor und dahinter standen je zwei weitere Autos, sodass er wie ein Präsident aussah, der vom Geheimdienst beschützt wurde. Er stand mit den Händen in den Taschen seiner Jeans da. Er trug einen weißen Pullover mit V-Ausschnitt und ein schwarzes Jackett – er war schick angezogen, aber nicht übertrieben schick. Sein Blick ruhte auf mir und er sah mich mit der gleichen Intensität wie immer an, als wolle er mich gegen das Auto pressen und mich an Ort und Stelle ficken.

Ich ging zu ihm und mein Herz raste. Ich war nervös, weil ich zugestimmt hatte, mit ihm auszugehen.

Er legte seine Hände sofort um meine Taille und lehnte sich zu mir, um mich sanft auf den Mund zu küssen. Er zog mich näher an sich und intensivierte den Kuss und beanspruchte mich gleich auf dem Gehweg vor seinen Männern für sich. Er packte den Stoff meines Kleides, sodass es ein wenig hochrutschte.

Zunächst wollte ich mich zurückziehen, doch ich konnte nicht. Sein besitzergreifender Kuss hypnotisierte mich und alles, was ich tun konnte, war, ihn in Empfang zu nehmen.

Endlich wich er zurück und öffnete die hintere Tür für mich.

Ich stieg ein und er setzte sich neben mich. Das Auto fuhr los und wir bewegten uns in Richtung unseres Ziels.

„Ich hoffe, du hast heute nicht wieder vor, das ganze Restaurant zu schließen."

„Nur so esse ich." Er blickte nach vorn, seine Beine waren gespreizt und er stützte sich mit einem Arm am Fenster ab. „Ich mag weder Menschen noch die Öffentlichkeit."

„Nun, Menschen mögen auch kein Arschloch, das ihr Lieblingsrestaurant schließt."

Er lächelte leicht. „Das stört dich wirklich, nicht wahr?"

„Ich finde es ein wenig übertrieben." Okay, nicht nur ein wenig. Extrem übertrieben.

„Na gut. Dann lasse ich es nicht schließen."

„Gut."

Er blieb auf seiner Seite des Wagens und versuchte nicht, meine Hand zu nehmen oder mir Zuneigung zu zeigen. Er versuchte auch nicht, mit mir zu reden.

Ich war noch immer nervös – nervös, dass ich ein echtes Date mit einem Mann hatte, von dem ich mich fernhalten sollte.

Wir kamen ein paar Minuten später an und Bosco legte seinen Arm um meine Taille, als er mich hineinführte.

Der Mann am Empfang wurde sofort panisch, als er Bosco sah. „Wir können das Restaurant räumen, Sir. Geben Sie uns nur –"

„Das ist nicht nötig", sagte Bosco und hielt mich an seiner Seite. „So wünscht es sich die Lady."

„Oh …" Der Kellner hatte offenbar nicht erwartet, dass Bosco je um etwas anderes bat. Er nahm zwei Speisekarten und führte uns an einen Tisch, der weit von den anderen

Gästen weg stand und uns Privatsphäre gab. Die brennende Kerze und die kleine Vase, in der Rosen steckten, schafften eine romantische Atmosphäre.

Wie ein Gentleman half Bosco mir auf meinen Stuhl, bevor er sich hinsetzte. Der Kellner tauchte aus dem Nichts auf und Bosco bestellte eine Flasche Wein für uns.

Ich erkannte den Namen sofort wieder, weil meine Familie diesen Wein herstellte. „Du magst Barsetti-Weine?"

„Ja." Er blickte in die Speisekarte, bevor er mich ansah. „Sie machen gute Weine."

„Ich hoffe, das sagst du nicht, um mich zu beeindrucken."

„Ganz und gar nicht", sagte er. „Du hast sehr deutlich gemacht, was dich beeindruckt."

„Was da wäre?", fragte ich, weil mich seine Antwort interessierte.

Er sah mich ernst an, seine blauen Augen waren schmerzhaft schön. „Nichts."

Unsicher, was ich sagen sollte, starrte ich ihn nur weiterhin an.

„Eine Frau, die nichts braucht, kann man nicht beeindrucken – und deshalb mag ich dich." Er stützte sich auf seine Ellbogen und lehnte sich zu mir, durchdrang mich mit seiner Gegenwart, als wäre er direkt neben mir. Er ignorierte alle anderen im Restaurant, obwohl ich sah, wie ein paar schöne Frauen ihn ansahen. Er war unbestreitbar gut aussehend, hatte dunkles Haar, das zu seiner gebräunten Haut passte, und Schultern, die in seinem Jackett sogar noch breiter aussahen. Der V-Ausschnitt seines Pullovers zeigte ein wenig Haut, die auf die mächtigen Brustmuskeln hindeutete, die darunterlagen. Er war ein großer Mann mit einer mächtigen Statur, daher zog er die Aufmerksamkeit jeder Frau im Raum auf sich – inklusive meiner. „Der Name Barsetti ist hoch angesehen, selbst in meiner Welt.“

„Es ist schön, das zu hören … glaube ich.“

„Ich weiß, dass dein Vater und dein Onkel sich vor Jahrzehnten in ein ruhiges Leben zurückgezogen haben, bevor ich überhaupt geboren wurde, aber ich habe Geschichten über ihre Brutalität und Stärke gehört. Ich nehme an, dass deine Familie einer der Gründe ist, weshalb Bones aufgehört hat, denn er war nie die Art von Mann, von der ich das erwartet hätte. Er ist zu gut in dem, was er tut – und er liebt Geld zu sehr.“

„All das hat sich verändert, als er jemanden getroffen hat, den er mehr als Geld liebt – meine Cousine.“

„Sie muss eine außergewöhnliche Frau sein.“

Der Kellner kam mit der Flasche Wein zurück und goss uns zwei Gläser ein. Dann nahm er unsere Bestellung auf und ging wieder.

Bosco sah mich weiterhin an, als wolle er, dass ich auf das reagierte, was er gesagt hatte.

„Das ist sie. Wir sind einander sehr ähnlich. Es fühlt sich an, als wären wir Schwestern und nicht Cousinen.“

„Das erklärt sehr viel. Barsetti-Frauen scheinen besondere Qualitäten zu haben.“

„Das trifft auf alle Barsettis zu“, sagte ich stolz, wissend, dass wir eine eng verbundene Familie waren, der Loyalität wichtiger als alles andere war.

Seine Mundwinkel hoben sich zu einem Lächeln. „Ich mag stolze Frauen. Eine weitere sexy Eigenschaft.“

„Warum erzählst du mir nicht etwas von deiner Familie?“ Es war das erste Mal, das ich ihm eine persönliche Frage stellte.

Seine Augen wurden sanft, als wüsste er die Frage zu

schätzen. „Meine Mutter ist vor fünf Jahren an Krebs gestorben."

„Das tut mir leid." Es war einer der grausamsten Wege zu sterben und mir tat jeder leid, der das durchmachen musste.

Er nickte. „Es war schwer. Ich stand ihr sehr nahe. Genau wie mein Bruder, Ronan."

„Was ist mit deinem Vater?"

„Das Arschloch ist abgehauen, als Ronan geboren wurde. Er hat beschlossen, dass es nicht seine Stärke sei, Vater zu sein, also hat er uns verlassen. Ich wurde von einer alleinstehenden Mutter erzogen und glaub mir, das hat sie verdammt gut gemacht. Sie musste zwei Jobs machen, um uns ernähren zu können. Sie hat uns auf die besten Schulen geschickt und uns das beste Leben geschenkt, das sie uns geben konnte."

Ich mochte es, wie er über seine Mutter sprach. In seiner Stimme hörte ich den gleichen Stolz wie in meiner. „Hast du nie wieder von deinem Vater gehört?"

„Nein. Es wäre dumm von ihm, sich blicken zu lassen. Ich würde ihn direkt in den Bauch schießen und zuschauen, wie er verbluten und sterben würde."

Ich nahm mein Glas und hielt es fest, etwas irritiert davon, mit welcher Leichtigkeit er diese Worte aussprach.

„Ich bin nicht sauer auf ihn, weil er gegangen ist. Ronan und mir ging es ohne Vater gut. Unsere Mutter hat beide Rollen übernommen und sie hat es sehr viel besser gemacht, als er es je gekonnt hätte. Ich hasse ihn meiner Mutter wegen. Ich hasse ihn dafür, dass er sie verlassen hat, dafür, dass er sie geschwängert hat und dann abgehauen ist. Deshalb verdient er es zu sterben. Ich weiß, dass ich ein besseres Leben ohne ihn hatte. Meine Mutter war diejenige, die es schwer hatte, nicht ich."

Nun hatte er etwas gesagt, was mich überraschte, etwas, das mein Herz berührte. „Es klingt, als hättest du sie wirklich geliebt." Es ergab Sinn, dass er so geworden war, ein Krimineller – weil sein Leben nicht so perfekt gewesen war wie das meine.

„Das habe ich. Ich vermisse sie jeden Tag." Er trank seinen Wein und leckte sich dann die Lippen. „Ich habe mit Anfang zwanzig angefangen, viel Geld zu verdienen. Damals habe ich ihr gesagt, dass sie aufhören soll zu arbeiten, um sich zu entspannen. Ronan und ich haben ihr eine schöne Wohnung hier in Florenz gekauft und ihr dazu noch ein gutes Taschengeld gegeben. Sie sagte, dass das die besten Jahre ihres Lebens waren. Sie hatte sogar einen Freund."

„Das ist süß." Es war selten, von jemandem zu hören, der seine Eltern unterstützte. Ich konnte mir nicht vorstellen, das für meine Eltern zu tun, da sie so wohlhabend waren. Doch ich wusste, dass wenn etwas Furchtbares geschähe, Carter und ich alles tun würden, um für sie da zu sein. „Wusste sie, womit du deinen Lebensunterhalt verdienst?"

Er nickte. „Ja."

Und es war für sie in Ordnung gewesen, dass er Gesetze brach? Dass er Menschen verletzte?

Als hätte er meine Gedanken gelesen, sprach er sie an. „Gut und böse sind nicht schwarz und weiß. Man tut, was man tun muss, um zu überleben, und ich werde mich dafür weder entschuldigen, noch Ausreden für meine Entscheidungen suchen. Ich breche jeden Tag Gesetze, aber ich bereue nichts."

Ich verstand noch immer nicht, was genau er tat, weil ich nie gefragt hatte. Nach allem, was Griffin mir gesagt hatte, wusste ich nicht, ob ich es wissen wollte. „Und was genau tust du?"

Er beobachtete mich lange Zeit, sein Blick war ernst, als würde er über seine Antwort nachdenken. Es war eine Frage, die ich mich zu stellen geweigert hatte, daher hatte er sie nie beantworten müssen. Doch nun hatte ich endlich nach den Dingen gefragt, die ich so ungern erfahren wollte. „Als Bones dir erzählt hat, dass ich das gesamte Geld der Stadt kontrolliere, war das recht genau. Exakt das tue ich."

„Kannst du es noch genauer ausdrücken?"

„Ich betreibe das größte illegale Casino Italiens. Es ist hier in Florenz. Bösewichte und Verbrecher bezahlen Millionen, um Mitglied zu werden. Jeder, der mich oder mein Casino auf irgendeine Weise hintergeht, wird in den Ring geworfen."

Ich hatte ihn diesen Begriff bereits zuvor benutzen hören. „Den Ring?"

„Dort findet der Kampf statt. Zwei Männer sind in der Mitte und alle Mitglieder wetten darauf, wer gewinnen wird. Es ist das Highlight des Casinos und dort wird das meiste Geld verdient und gehandelt."

„Also kämpfen sie, bis einer aufgibt?"

Er schüttelte leicht den Kopf, in seinen Augen schimmerte ein finsterer Blick.

Das beantwortete meine unausgesprochene Frage.

„Sie kämpfen bis zum Tod", sagte er laut. „Der Gewinner überlebt."

Oh Gott. „Und du verwaltest all das?"

Er nickte. „Ja. Mein Bruder und ich kümmern uns zusammen darum."

Ich wusste nicht, was ich sagen sollte. Es war nicht so schlimm, wie es hätte sein können, aber es war auch nicht gut. Er sah jede Nacht zu, wie Menschen für ihre Verbrechen starben. Sie stellten sich über das Gesetz und ignorierten es ganz und gar. Bosco hatte sichtlich immense Macht, wenn er erwachsene Männer dazu bringen konnte, wie Tiere ums Überleben zu kämpfen.

Er beobachtete mich weiterhin, als erwarte er irgendeine Reaktion von mir.

Ich wusste nicht, wie ich reagieren sollte. Griffin war früher ein Auftragskiller gewesen, bevor er sich für Vanessa zur Ruhe gesetzt hatte. Auf eine gewisse Weise war dies nicht ansatzweise so schlimm. Doch andererseits war es fast schlimmer. „Ich weiß nicht, was ich sagen soll …"

„Es ist in Ordnung, wenn du nichts dazu sagst. Es ist, was es ist."

Ich trank meinen Wein aus und schenkte mir nach. Er sagte, dass er sein Casino speziell für Kriminelle betrieb, also nahmen normale Männer nicht teil. Das hieß, dass er immerzu von Verbrechern und Killern umgeben war, Menschen wie Griffin. „Wirst du deshalb überallhin von Bodyguards begleitet? Weil es Menschen gibt, die dir wehtun wollen?"

„Nicht zwangsläufig", sagte er. „Es ist vorwiegend ein Symbol der Macht. Damit Menschen Angst vor dir haben, musst du ihnen einen Grund dafür geben. Ich habe überall Augen und Ohren. Es gibt nichts, was in meinem Casino oder meinem Leben geschieht, von dem ich nicht weiß."

„In der Gasse …"

„Das waren Mitglieder meines Casinos. Und wenn ich einen Befehl ausspreche, folgen sie ihm. Sonst verlieren sie ihre Mitgliedschaft oder noch schlimmer, sie werden in den Ring geworfen und gezwungen, für das Recht zu kämpfen weiterzuatmen."

„Ich verstehe …" Dieser Mann hatte mehr Macht, als selbst Griffin je gehabt hatte. „Und Menschen wie mir zu helfen, interessiert dich nicht?" Mein Bruder und mein Cousin hatten beide hart gearbeitet, um unschuldige Frauen zu retten, die gefangen genommen worden waren. Doch Bosco war vorbeigelaufen und es schien ihm egal zu sein, dass ich Hilfe brauchte.

„Nein." Er zeigte keinen Hauch von Reue. „Diese Art von Mann bin ich nicht. Ich bin kein Held und ich will auch keiner werden. Wenn du in diesem Leben überleben willst, musst du jeden Schritt genau bedenken. Es ist egal, ob du eine Frau oder ein Mann oder ein Hund bist. Du musst nach vorn sowie nach hinten blicken. Das hast du nicht getan – und deshalb brauchtest du mich in der Gasse."

Seine Antwort machte mich nicht wütend, da seine Intentionen von Anfang an klar gewesen waren. Er hatte nie so getan, als wäre er etwas, was er nicht war, und selbst, wenn er kein guter Mann war, war er wenigstens ehrlich.

„Aber ich bin froh, dass ich dich gerettet habe. Es war die beste Entscheidung, die ich je getroffen habe."

Mein Blick wanderte wieder zu seinem Gesicht und ich sah die Aufrichtigkeit in seinen blauen Augen. „Gut, dass du Griffin einen Gefallen geschuldet hast."

„Ja. Zum Glück. Doch ich vermute fast, dass ich dich so oder so gerettet hätte."

„Warum?", fragte ich, als ich in seine sanften Augen starrte.

„Ich habe noch nie eine Frau gesehen, die sich so gewehrt hat. Sie weinen und schreien nur. Du hast nicht aufgegeben. Du hast deine Würde selbst dann noch bewahrt, als du in Gefahr warst. Es war egal, dass sie in der Überzahl waren. Du hättest nicht aufgehört, bis du frei gewesen wärst. Davor habe ich Respekt.."

Das Kompliment schmeichelte mir, obwohl es das nicht sollte. Jeder andere hätte das Gleiche getan. Anzunehmen, dass Frauen nur weinen und aufgeben würden, war falsch. Frauen waren so viel stärker als das. „Warum hast du ihm überhaupt einen Gefallen geschuldet?", fragte ich und bezog mich auf Griffin.

„Einer meiner Dealer hat sich Geld in die eigenen Taschen gesteckt und ist mit ein paar Millionen abgehauen. Bones ist der Beste im Geschäft, daher habe ich ihn angeheuert, um diesen Dealer wieder einzufangen. Anstatt Geld zu bekommen, wollte Bones einen Gefallen als Bezahlung."

„Wie funktioniert das?", fragte ich. „Mit einem Gefallen bezahlt zu werden?"

„Es bedeutet, dass er mich jederzeit um alles bitten kann. Das macht Bones so einzigartig. Er arbeitet sowohl für Loyalität, als auch für Geld, und deshalb ist es so leicht für ihn, die Informationen zu bekommen, die er braucht, und auch, um ganz im Geheimen zu arbeiten – weil ihn niemand verraten wird. Als du in der Gasse sagtest, dass er Teil deiner Familie sei, musste ich eingreifen."

Nun würde ich Griffin immer dankbar sein, dass er bei einigen seiner Aufträge um Loyalität anstatt um Geld gebeten hatte. Ich wollte nicht darüber nachdenken, was geschehen wäre, wenn ich nicht dieses Ass im Ärmel gehabt hätte. Ich hätte weitergekämpft, doch es war wahrscheinlich, dass ich nicht davongekommen wäre. Ich hätte ... ich wollte nicht einmal darüber nachdenken.

Boscos Augen ruhten auf meinem Gesicht, als ob mir die Worte ins Gesicht geschrieben standen und er sie wie ein Buch las. Er beobachtete mich mit einem mächtigen Starren und ignorierte den Wein auf dem Tisch, weil er sich so sehr auf mich konzentrierte. „Ich kann dich beschützen, meine Schöne. Mit mir musst du nie wieder Angst haben. Du kannst nackt durch die Straßen laufen und keiner wird dich auch nur ein zweites Mal anschauen – weil sie wissen werden, dass du mir gehörst."

„Ich habe nie gesagt, dass ich Angst habe."

„Nein." Er neigte seinen Kopf leicht. „Ich bin ein guter Pokerspieler. Wahrscheinlich der beste in Italien. Ich kann Menschen extrem gut lesen, egal wie sehr sie versuchen, ihre Unsicherheiten zu verstecken. Ich weiß, dass du eine starke Frau bist, die ihren Kopf selbst dann hochhalten wird, wenn sie in der Unterzahl ist – und dafür respektiere ich dich. Aber ich weiß auch, dass du Angst hast, dass diese Erfahrung dich bis ins Innerste erschüttert hat und dir gezeigt hat, wie verletzlich du bist. Wenn Bones kein Teil deines Lebens wäre, wo wärst du dann jetzt? Es ist ein erschreckender Gedanken – und du solltest Angst haben."

Ich hielt seinem Blick mit der gleichen Entschlossenheit stand, doch innerlich spürte ich, wie mein Herz erzitterte. Ich konnte mir Angst nur schwer eingestehen, doch als er mich so in die Enge trieb, konnte ich es nicht leugnen. Ich hatte aufgrund des Vorfalls einige Albträume gehabt, obwohl ich vor Vanessa und Griffin so getan hatte, als ob es mir gut ginge. Ich hatte danach kein Taxi genommen, um Griffin glücklich zu machen. Ich hatte es getan, weil ich Angst davor hatte, im Dunkeln allein heimzugehen.

Bosco feierte seinen Sieg nicht. „In meiner Gegenwart müsstest du keine Angst haben. Du wärst unbesiegbar. Unantastbar." Er streckte seine Hand langsam über den Tisch hin aus, bis seine Fingerspitzen auf meinen ruhten. „Als die Frau an meinem Arm wärst du die zweitmächtigste Person der Stadt."

„Und was willst du im Gegenzug haben?", fragte ich, obwohl ich die Antwort kannte, bevor er sie mir gab.

Er brachte meine Hand an seine Lippen und küsste meinen Handrücken. „Dich."

Wir stiegen hinten ins Auto ein und es fuhr los.

Ich wusste sofort, dass ich nicht heimgefahren wurde, weil wir in die entgegengesetzte Richtung fuhren. Läden und Cafés flogen vorüber, als wir in Richtung der westlichen Seite der Stadt fuhren, wo die Häuser perfekte Aussicht auf die Hügel der Toskana boten.

Er saß neben mir im Fond des Wagens, seine große Hand lag auf meinem Oberschenkel und seine Finger schoben mein Kleid leicht hoch. Sein Duft erfüllte das Auto, sein Aftershave, gemischt mit Seife, verbreitete ein mächtiges Aroma purer Maskulinität. Er drehte sein Gesicht zu mir und starrte mich an, während wir durch die ruhigen Straßen von Florenz fuhren. Es war dunkel auf dem Rücksitz und sein gemeißeltes Kinn verschwand beinahe in der Dunkelheit. Das Licht der Straßen beleuchtete seine Augen perfekt, sodass sie wie Diamanten leuchteten. Er war ein schöner Mann, doch einige seiner besten Merkmale wurden von der Dunkelheit verschluckt – genau wie in seiner Seele.

Er beobachtete mich einige Minuten lang, dabei blinzelte er kaum, weil er mich so eindringlich betrachtete. Nun, da ich zugestimmt hatte, ihm eine Chance zu geben, schien er noch besitzergreifender zu sein als zuvor. Vorher hatte er sich ferngehalten und mir zugehört, doch nun waren diese Grenzen aufgelöst worden.

Ich wandte ihm meinen Blick zu und sah ihn furchtlos an, weigerte mich, von diesem Blick eingeschüchtert zu sein, der mein Höschen tropfnass machen konnte. Ich beobachtete, wie seine Augen leicht hin und her wanderten, während er mich ansah. Seine weichen Lippen wurden von dem dunklen Bartschatten umringt, der auch sein maskulines Kinn zierte. Im Vergleich zu ihm wirkte ich klein, er war von Kopf bis Fuß, von Schulter zu Schulter, ganz männlich. „Ja?“, flüsterte ich, obwohl die Trennwand zwischen dem Fahrer und uns geschlossen war.

Er antwortete nicht. Als hätte er mich nicht gehört, starrte er mich weiter mit der gleichen Intensität an. Seine Hand glitt in mein Haar und er hielt meinen Kopf sanft fest, damit er mich besser betrachten konnte. Sein Daumen glitt über meine Unterlippe, doch er küsste mich nicht. „Du bist schön. Von dem wilden Blick in deinen Augen bis zu deinen langen Beinen bist du absolut perfekt. Ich will dich unter mir, will, dass du meinen Namen immer wieder flüsterst, während du kommst. Du bist eine Königin und ich bin froh, dass du mir eine Chance gibst, dein König zu sein.“

Ich hielt den Atem an, weil er mich verzauberte. Er sagte die richtigen Dinge, um mich feucht zu machen, so feucht, dass mein Höschen langsam meine Beine hinabglitt, da es immer schwerer wurde. Er war der einzige Mann, den ich je getroffen hatte, der mich etwas fühlen ließ, wegen welchem ich meine Beine zusammenpresste und so tat, als wären meine Hüften mittig. Ich erkannte, dass ich mich tiefer in eine Situation begab, in der ich nicht sein wollte, doch ich konnte nicht anders. Ich war immer eine logische Person gewesen, hatte aus gutem Grund die richtigen Entscheidungen getroffen, nicht aus Lust und Verlangen. Ich wusste, dass dieser Mann nicht gut für mich war, doch ich entschied mich dennoch für ihn.

Einige Minuten später kamen wir bei einem fünf Meter hohen Tor an, welches ein Gebäude abriegelte, und fuhren hindurch, bis wir zum Eingang des Hauses kamen. Die historische Architektur wurde von moderner Technologie ergänzt, sodass das Haus wie eine unzugängliche Festung erschien.

Das Auto fuhr bis zur Vorderseite und der Fahrer öffnete Bosco die Tür.

Bosco stieg als Erster aus und half mir dann aus dem Auto. Er legte seinen Arm sofort um meine Taille und wir gingen zur Haustür, die von zwei bewaffneten Männern für Bosco geöffnet wurde. Wir betraten die Eingangshalle, in welcher Männer vor Bildschirmen saßen, auf denen die gesamte Umgebung des Hauses zu sehen war. Zwei Männer standen nahe des Aufzugs und einer von ihnen drückte den Knopf, als wir uns näherten, sodass die Türen sich öffneten, als Bosco ankam.

Keiner von ihnen sprach mit Bosco. Sie sahen ihn auch nicht an. Und keiner von ihnen schenkte mir auch nur einen Blick.

Ich hielt den Atem an, als wir an den zwei Dutzend bewaffneten Männern vorbeigingen, die alle Boscos Angestellte waren. Sie waren alle ganz in Schwarz gekleidet und mit Gewehren und Pistolen bewaffnet, als wären sie auf einen Krieg vorbereitet. Sie sahen alle gleich aus, mit strengem Gesichtsausdruck und kurzem Haar.

Ich ließ mich nicht leicht einschüchtern, doch in Gegenwart von Boscos persönlicher Armee fühlte ich mich unwohl.

Als sich die Türen des Aufzugs schlossen und er in die Höhe stieg, atmete ich endlich aus.

Bosco sah mich an. „Du musst keine Angst haben."

„Ich habe keine Angst. Ich habe so etwas nur noch nie erlebt. Wir hatten Waffen im Haus, so lange ich denken kann, und ich weiß, dass mein Vater und mein Onkel sich gut mit Waffen und Kämpfen auskennen ... aber so etwas habe ich noch nie gesehen. Du hast deine eigene Armee."

„Zusätzlich zu den Männern, die die Umgebung des Hauses im Umkreis von einem Kilometer bewachen." Er schaute wieder nach vorne und sah zu, wie die Knöpfe aufleuchteten, während wir in den obersten Stock fuhren.

„Hast du viele Feinde?"

Die Türen öffneten sich und er betrat das Penthouse. „Wenn man keine Feinde hat, macht man etwas falsch." Er führte mich ins Wohnzimmer, einen gigantischen Raum mit vier Sofas, einem enorm großen Fernseher und einer eigenen Bar. Es gab auch einen rustikalen Kamin und an allen Wänden hingen Gemälde.

Er zog sich sofort sein Jackett aus und hängte es über die Rückenlehne eines Stuhles, sodass er nur in seinem engen T-Shirt und seiner Jeans dastand. Seine muskulösen Arme dehnten den Stoff und jedes Mal, wenn er sich bewegte, verlagerten sich seine Muskeln und sein T-Shirt wirkte anders an ihm. Er goss zwei Gläser Scotch ein und reichte mir eines.

Ich nahm es, dabei zitterte meine Hand leicht, weil mein Herz noch immer raste. Dieser Ort sah wie ein Penthouse in Manhattan aus, mit atemberaubendem Blick über die Stadt und Möbeln, die teurer als manches Auto waren.

Er wandte sich wieder der Bar zu und legte seine Uhr auf den Tresen, zusammen mit seinem Portemonnaie.

Ich nahm einen großen Schluck, um meine Nerven zu beruhigen. Meine Familie war immer reich gewesen, aber dies war eine andere Ebene von Reichtum. Bosco war die Art von Mann, die ein ganzes Land kaufen konnte, wenn er es wollte. Er besaß sein eigenes Haus, zusammen mit seiner privaten Artillerie.

Er stürzte seinen Scotch hinunter, bevor er wieder zu mir kam. „Soll ich dir eine Führung geben?"

„Wie groß ist es?"

„Drei Stockwerke."

Gott. „Dann lieber nicht."

Er lachte leise. „Dann zeige ich dir nur mein Schlafzimmer." Er nahm mir das leere Glas aus der Hand und ergriff dann mein Handgelenk. Er musste meinen unregelmäßigen Puls mit seinem Daumen erspürt haben, da er mich fragte: „Warum bist du so nervös?"

„Ich bin nicht nervös."

Er brachte mein Handgelenk an seine Lippen und küsste es, dabei spürte er meinen Herzschlag unter meiner Haut. „Dein Körper sagt etwas anderes."

„Ich habe Angst ... vor dir." Wenn ich diesen Mann hinterging, würde es keinen Ausweg geben. Meine Familie wäre gegen ihn machtlos. Selbst Griffin würde mir nicht helfen können. Dieser Mann hatte mehr Macht, als ein einzelner Mann haben sollte. Die gesamte Unterwelt war ihm ergeben, zusammen mit seiner eigenen Wache, die ihn überallhin begleitete. Er hatte ebenso große Macht und Sicherheitsvorkehrungen wie die Führer der Welt.

Er beobachtete mich lange Zeit, dabei ließ er meine Hand langsam wieder an meine Seite sinken. „Das solltest du auch. Ich bin ein schrecklicher Mann, der schreckliche Dinge getan hat. Wenn du das Pech hast, mein Feind zu sein, gibt es keinen Ausweg." Er schob seine Hand in mein Haar und hob mein Kinn, sodass meine Lippen nah an seinen waren. „Doch du musst nie Angst vor mir haben. Ich habe dich von dem Moment an respektiert, in dem ich dich getroffen haben. Du bist die einzige Person auf der Welt, die Macht über mich hat."

„Ich habe nur Angst, dass du mich nie gehen lassen wirst ..." Ich flüsterte ihm meine schlimmste Angst zu, dass ich seine Gefangene war, ohne es zu merken. Nun, da ich hier war, fragte ich mich, ob ich wirklich eine Wahl hatte. Wenn ich gehen wollte, könnte ich? Er könnte meine ganze Familie umbringen, um mich zur Kooperation zu zwingen.

Er konnte mir alles nehmen, was ich liebte, wenn ich nicht tat, was er wollte.

Er brachte seinen Mund auf meinen und küsste mich sanft. „Das macht auch mir Sorge." Er sah mir in die Augen, bevor er mich erneut küsste, dieses Mal fester. Er legte seinen muskulösen Arm um meine Taille und zog mich dann fest an sich, sodass ich seinen steifen Schwanz in seinen Jeans spürte.

Trotz der Angst in meinem Herzen erwiderte ich den Kuss und wurde Opfer der Anziehung, die ich nicht leugnen konnte. Mein Puls schlug mit dem Tempo der Gefahr, doch dadurch küsste ich ihn nur noch fester und klammerte mich verzweifelt an ihn. Mit meiner Hand ergriff ich sein kurzes Haar und ich saugte an seiner Unterlippe, bevor ich ihm meine Zunge gab. Das Einzige, was an unserer Beziehung Sinn ergab, war diese unbeschreibliche Leidenschaft, die ich noch nie erlebt hatte. Nun, da ich sie hatte, wollte ich sie verzweifelt; ohne sie konnte ich nicht leben. Der Gedanke daran, wieder zu gewöhnlichen Männern zurückzugehen, die kaum eines meiner Kriterien erfüllten, war das Traurigste auf der Welt.

Er erwiderte den Kuss mit der gleichen Aggression, die mich beinahe ganz und gar verschlang. Er führte mich rückwärts, während er mir mein Kleid über den Hintern zog und es an meiner Taille zusammenschob. Er umschloss meine Pobacken mit festem Griff, bevor er auf beide schlug.

Ich zog ihm sein T-Shirt aus und legte dann meine Arme um seinen Nacken, ließ ihn mich hochziehen und um seine Taille schlingen. Mein Kitzler traf seinen Schwanz durch seine Jeans und unsere Körper pulsierten gemeinsam, sehnten sich danach, sich Haut auf Haut zu spüren.

Er trug mich an den Fenstern vorbei und zu seinem Schlafzimmer, das sich an einer Ecke des Hauses befand. Es war riesig, mit bodentiefen Fenstern und einem atemberaubenden Blick über die Lichter der Stadt, einem Ausblick, den nur ein König haben konnte. Er setzte mich auf dem Bett ab und ließ seine Jeans und seine Boxershorts fallen, da er so schnell wie möglich nackt sein wollte. Sein Schwanz war frei, dick und pulsierend. Seine Eichel war dunkel, weil so viel Blut hineinfloss. Ich zuckte zusammen, als ich ihn direkt anstarrte, und leckte mir mit der Zunge über die Unterlippe.

Seine Augen wurden deutlich dunkler. „Zieh dir das verdammte Kleid aus."

Ich öffnete den Reißverschluss an meiner Taille und ließ das Kleid herabfallen, sodass meine nackten Brüste offenbart wurden. Auf beiden waren Stücke von Klebeband, damit man meine Nippel nicht sehen würde.

Er ergriff das Klebeband mit seinen Fingern und riss es schnell ab, sodass ich bei dem Ruck leise aufschrie. Dann drückte er mich rücklings aufs Bett, damit er an meinen Brüsten saugen konnte, bis sie wund waren, damit sie noch empfindlicher werden würden, als es bereits der Fall war. Seine Zunge glitt sanft über meine Haut und machte den brutalen Kuss wieder wett, den er mir einen Moment zuvor gegeben hatte. Mit ihm ging es immer auf und ab – von brutalem zu liebevollem Verhalten.

Er ergriff den zusammengeschobenen Stoff um meine Taille und zog daran, schob ihn mir über meine langen Beine und nahm mir meine Schuhe ab, als er dort ankam. Als Letztes kümmerte er sich um meinen Tanga, sodass ich splitternackt auf seinem Bett lag.

Ich nutzte Wachs, um meine Haare zu entfernen, sodass mein Körper stets perfekt war. Ich liebte es, wie er mich ansah, als hätte er in seinem Leben noch nie eine heißere Frau gesehen. Er musste vor mir hunderte wunderschöne

Frauen gehabt haben, doch als würde das keine Rolle spielen, dachte er nur an mich.

Wir hatten es die letzten beiden Male in der Missionarsstellung gemacht, deshalb drehte ich mich um und wölbte meinen Rücken, zeigte ihm die üppigen Kurven meines Hinterns. Ich ließ ihn mich von einem neuen Blickwinkel betrachten, mich auf eine Weise sehen wie nie zuvor.

Seine Knie sanken hinter mir in die Matratze und dann wanderten seine großen Hände über meine Pobacken, während sein Daumen über mein Poloch strich. „Verdammt perfekt." Seine Hände glitten meinen Rücken hinauf zu meinem Nacken. Er drückte mich fest, bevor er seinen Mund auf meinen Schlitz drückte und mich küsste.

Mich fest küsste.

Ich schloss meine Augen und stöhnte, liebte die aggressive Weise, auf die er mich sofort in Brand setzte. Es war selten, dass ein Mann die Eier hatte, meine Muschi mit dem Mund zu bearbeiten, und Bosco zögerte keine Sekunde.

Er wich zurück und bewegte sich an meinem gekrümmten Körper hinauf, bis er meinen anderen Eingang küsste.

Ich stöhnte unerwartet, schockiert davon, dass Bosco so schnell von diesem Bereich zum nächsten überging. Ich krallte mich in die Laken unter mir, genoss es und war gleichzeitig beunruhigt.

„Jeder Zentimeter an dir, von deinem Mund zu deiner Muschi, zu deinem Arsch, ist verdammt perfekt." Er rollte sich wieder auf seine Fußballen und drehte mich dann abrupt um, sodass ich auf dem Rücken lag und mein Kopf auf dem Kissen ruhte.

Er bewegte sich auf mich, öffnete meine Beine mit seinen und drückte seinen pochenden Schwanz gegen meine feuchte Muschi. Seine schönen Augen blickten in meine und er rieb sich langsam gegen mich, stimulierte meinen Kitzler mit seiner beeindruckenden Dicke.

Meine Hände wanderten über seine Brust und ich hatte aufgehört, über alles ansatzweise Logische nachzudenken. Ich dachte nur an diesen schönen Mann und ließ ihn mich verschlingen. Ich wollte ihn überall auf mir spüren. Ich wollte, dass er mich auf seine Liste der besten Frauen setzte, mit denen er geschlafen hatte. Ich wollte das Bett mit meiner Form markieren, meinen Duft auf den Laken hinterlassen, sodass er sich an mich erinnern würde, wenn ich weg war. Ich wollte immer und immer wieder um seinen Schwanz kommen und es war mir egal, was am folgenden Morgen geschah.

Er hielt über mir inne und rieb seine Nase gegen meine. „Du siehst in meinem Bett noch schöner aus."

„Schöner als all die anderen?", flüsterte ich, während meine Hand die Muskeln seiner Schulter erforschte.

Er küsste meinen Mundwinkel. „Sie können dir nicht das Wasser reichen." Er küsste meinen anderen Mundwinkel. „Und ich weiß, dass du eifersüchtig warst."

„Hast du deshalb mit dieser anderen Frau geschlafen?" Eine von Boscos Eigenschaften, die ich am liebsten mochte, war seine Ehrlichkeit. Er antwortete mir stets ehrlich, selbst wenn ich es nicht hören wollte. Es war im Vergleich mit den idiotischen Ausreden anderer Männer erfrischend.

„Ja. Genau hier." Er rieb sich weiter gegen mich. „Genau hier habe ich sie gefickt und mir gewünscht, dass du es wärst." Er küsste mich und saugte meine Unterlippe in seinen Mund. „Genau in diesem Moment habe ich erkannt, dass ich dich in dieses Bett kriegen muss und dich nie gehen lassen darf. In diesem Moment wusste ich, dass ich nur dich will." Er saugte wieder an meiner Unterlippe, bevor er mir in die Augen sah, während in den seinen Lust und Sehnsucht schimmerte.

Dieser Worte hätten mich nicht weicher werden lassen sollen, doch das taten sie. Ich spürte, wie mein Körper sich auf seinen Laken entspannte, und das bedeutete mir etwas. Ich war nicht eifersüchtig auf die Frau, die er vor ein paar Tagen gefickt hatte. Wenn überhaupt, war sie eifersüchtig auf mich.

„Ich liebe es, dich anzusehen, während ich mit dir schlafe. Du bist zu schön, um dich nicht anzusehen." Er richtete seinen Schwanz auf meinen Eingang und glitt langsam in mich hinein.

Es fühlte sich in diesem Moment so gut an, dass ich ihm beinahe keinen Widerstand entgegensetzte. Haut auf Haut und dazu so viel Erregung fühlte sich göttlich an. Er dehnte mich noch weiter aus, sodass mein weiches Fleisch seine Härte ganz umgab. Es war so gut, dass meine Fingernägel in seine Haut schnitten.

Doch dann fand ich die Stärke zu widerstehen. „Kondom."

Er hielt sich über mir, seinen Blick auf mein Gesicht gerichtet. „Nein." Er sank tiefer in mich.

Ich biss mir auf die Unterlippe, weil es sich so gut anfühlte, dass ich stöhnen musste. „Zieh ein Kondom an oder nichts passiert." Dieses Mal drückte ich gegen seine Brust und zwang ihn, nicht tiefer zu gehen. Er verwendete meine Lust gegen mich, um zu bekommen, was er wollte, doch das würde ich nicht geschehen lassen. „Sofort." Ich drückte gegen seine Hüften und zwang ihn, seinen Schwanz aus mir zu ziehen.

Er griff nach seinem Nachttisch und nahm ein Stück Papier anstatt eines Kondoms heraus. Er gab es mir, während er mich weiterhin anstarrte und darauf wartete, dass ich es las.

„Was zur Hölle ist das?“

„Ich bin sauber. Ich habe mich erst gestern untersuchen lassen.“

Ich konzentrierte mich und schaute mir das Datum und die Informationen genau an.

Er nahm mir das Blatt wieder ab und warf es auf den Boden. „Deine Papiere brauche ich nicht. Ich vertraue dir.“ Er schob sich wieder in mich.

„Moment.“ Ich drückte meine Hand wieder gegen seine Brust und hielt ihn davon ab, tief in mich zu gleiten. „Nur, weil wir sauber sind, bedeutet das nicht, dass dies geschieht. Kondome werden nur dann nicht benutzt, wenn –“

„Wir sind monogam. Ich ficke nur dich und du nur mich.“ Er stieß fest mit seinen Hüften zu und sank mit einer einzigen Bewegung tief in mich. Er glitt durch mein warmes Fleisch und drang ganz in mich ein, wobei er mich weit ausdehnte.

Ich packte seine Schultern und stöhnte laut, als ich ihn spürte und sich sein Schwanz so verdammt gut anfühlte, weil ich nicht klar denken konnte. Ich war so feucht und er war so hart. Ihn nackt zu spüren, war so viel besser, als wenn Latex uns trennte. Ich liebte das Gefühl seines warmen Fleisches, die eindeutige Härte seines Umfangs. Ich liebte dieses Gefühl, das so viel tiefer, so viel intimer war – auf eine Weise, wie ich es mit noch keinem Mann erlebt hatte.

„Du gehörst mir.“ Er legte seine Hand um meinen Hals, ohne zuzudrücken. Mit einem Hauch von Wut in seinen Augen besaß er mich auf jede erdenkliche Weise. Er nahm mich auf eine Art, wie es noch kein Mann getan hatte. Tief in mir vergraben und mit einem Umfang, dem kein anderer

Mann gerecht wurde, war er ein Mann, der das Unbezwingbare besiegte. „Und ich gehöre dir." Er drang tief und fest in mich ein, glitt durch meine Nässe und wand sich durch meine Enge. Er ließ mich wie eine Jungfrau fühlen, als würde er mich erneut entjungfern. Sein Schwanz dehnte mich mehr aus, als es jeder andere Mann zuvor getan hatte, sodass ich mich so fest an ihn klammerte, dass es schien, als würde ich ihn niemals loslassen.

Ich stöhnte in sein Gesicht, während er meinen Körper vor und zurück schob. „Bosco ..."

„Wunderschön." Er beobachtete mich, während er mich fickte und sein mächtiger Körper sich anspannte und bei jeder Bewegung verlagerte.

„Fick mich." Ich vergrub meine Hände in seinem Haar und öffnete meine Beine, so weit ich konnte, damit er mich nehmen und seinen Besitzanspruch an mich deutlich machen konnte. Ich hatte noch keinen Mann so in mich gelassen und nun war ich froh, dass ich so lange gewartet hatte. Bosco war der einzige Mann, der es verdient hatte, der es mir gut genug besorgt hatte, um meine nackte Muschi spüren zu dürfen. „Nimm mich."

Seine Augen wurden noch dunkler und er biss die Zähne zusammen, als wäre er wütend. Meine Worte machten ihn so heiß, dass er nicht wusste, wie er damit umgehen sollte. Er drang fester in mich ein, traf mich mit einem intensiveren Winkel, sodass er gleichzeitig meinen Kitzler rieb.

„Ja ..." Ich packte seinen Hintern und zog ihn tiefer in mich. „Genau so ..."

„Diese Muschi gehört mir." Er ließ das Kopfteil gegen die Wand krachen, sodass es laut widerhallte und ein donnerndes Geräusch auslöste.

„Ja. Dir." Ich rollte meinen Kopf in den Nacken und

spürte, wie das Feuer in meinem Bauch zu brodeln begann. Es wurde immer größer, von einem glühenden Anzündholz verwandelte es sich in ein loderndes Inferno. Es verbrannte mich von innen heraus und dann kam ich mit einem Schrei, dabei zog ich ihn tief in mich, während ich um seinen Schwanz herum kam. Haut auf Haut verteilte ich all meine Lust auf seinem Schwanz und durchnässte ihn bis zu den Eiern. „Bosco." Ich legte meine Arme um seinen Nacken und hielt mich an ihm fest, während mein Orgasmus abebbte und meine Füße sich verkrampften, weil ich meine Zehen so sehr angespannt hatte.

„Scheiße." Er fickte mich weiter, drückte mich tiefer in die Matratze, weil er sich so schnell bewegte. Er besorgte es mir fester als jeder andere Mann zuvor, drang mit der Ausdauer eines Rennpferdes in mich ein. Er biss die Zähne zusammen und blieb in Kontrolle, traf mich tief und kraftvoll, ohne dass er kam.

Ich wollte erneut kommen, doch zu sehen, wie sexy der Schweiß seine Muskeln bedeckte und wie angespannt seine Nackenmuskeln waren, sorgte dafür, dass ich erst erleben wollte, wie er sich ebenso in mir verlor, wie ich mich in ihm verloren hatte. „Bosco ... komm in mir." Ich ergriff seine Hüften und führte ihn in mich, damit er langsamer vorging, während ich meinen Blick auf ihn konzentrierte.

Er atmete tief durch, als hätte er minutenlang die Luft angehalten. Sein Blick wanderte vor und zurück und er spannte sich in mir leicht an. „Du willst meine Lust in dir spüren, Schönheit?"

„Ja ... bitte."

Er biss die Zähne zusammen und stöhnte. „Verdammt." Er gab mir seine letzten Stöße und schob sich dann ganz in mich, dabei stöhnte er so laut, dass es von allen Wänden widerhallte. Er drückte seine Stirn gegen meine, während er sich in mir entleerte und mich mit jedem Tropfen seiner Lust füllte. „Gott …“ Sekunden später wurde er weich, während sein warmes Sperma meine Muschi füllte. Er wich zurück und sah mir in die Augen, befriedigt und gleichzeitig erregt. „Du wirst so viel Lust in dir haben, dass du es eine Woche lang spüren wirst.“

Ich legte meine Hände um sein Gesicht und küsste ihn, während ich spürte, wie er weiter in mir weich wurde. „Kann ich das schriftlich haben?“

Es war zwei Uhr morgens, als wir endlich einschliefen.

Er lag in der Löffelchenhaltung hinter mir, sodass seine mächtige Brust sich gegen meinen Rücken drückte und sein Arm um meine Taille lag. Jedes Mal, wenn er einatmete, spürte ich seinen Atem auf meinem Nacken und in meinem Haar. Er war noch immer verschwitzt von all dem Sex und seine Wärme verscheuchte die Kälte des Winters.

Es wäre so einfach für mich gewesen, bis zum Morgen dort zu liegen, doch ich musste arbeiten und wollte nicht über Nacht bleiben. Zu übernachten fühlte sich zu romantisch an und obgleich wir eine engere Beziehung als zuvor hatten, wollte ich nichts Ernsteres als das.

Ich glitt sanft unter seinem Arm heraus und bewegte mich zur Bettkante.

Er bewegte sich nicht, doch seine mächtige Stimme erfüllte den stillen Raum seines Schlafzimmers. „Wenn du denkst, dass du heute Nacht heimgehst, hast du dich geschnitten. Beweg deinen Arsch wieder hierher.“

Ich hielt an Ort und Stelle inne und die Wut in seiner Stimme machte mir ein wenig Angst. „Ich muss morgen früh arbeiten.“

„Denkst du, dass interessiert mich auch nur im Geringsten?“ Er setzte sich auf und hielt mich am Handgelenk fest. Er zog mich aggressiv zu sich und hatte Kraft, die sich mit einem Bären messen konnte. Als er mich wieder mitten auf dem Bett hatte, blickte er auf mich herab, noch immer ebenso wütend wie zuvor. „Ich werde sichergehen, dass du rechtzeitig zur Arbeit kommst.“ Er legte sich wieder hin und seufzte frustriert, weil ich versucht hatte zu gehen. „Mach das nicht nochmal. Es ist unmöglich, dieses Penthouse ohne den Code zu verlassen oder zu betreten – also versuch es gar nicht erst.“

„Also bin ich gefangen?“, fragte ich.

„Du bist mit dem mächtigsten Mann des Landes gefangen.“ Er legte sich auf mich und sah mich an, als würde er mich hassen. „Das Einzige, was du tun solltest, ist tief und fest zu schlafen, wissend, dass es da draußen nichts gibt, was dir wehtun kann.“ Er legte sich wieder hin, dieses Mal auf seine Seite des Bettes, ohne mich zu berühren. Seine Zuneigung war verflogen, als ich ihn verärgert hatte. Nun hielt er sich auf der anderen Seite des Bettes. Er hatte seine Wärme mitgenommen und mich in der Kälte zurückgelassen.

Es war nicht mehr bequem.

Ein Arm lag hinter seinem Kopf, während der andere auf seinem Bauch lag. Er lag still da, während er an die Decke starrte. „Warum bist du so?“

„Wie?“, flüsterte ich.

„Du schläfst nicht mit Männern in einem Bett.“

Ich zuckte mit den Schultern. „Ich schlafe schon mein ganzes Leben lang alleine. Ich teile meinen Platz nicht gerne. Ich ändere meinen Rhythmus nicht gerne.“

„Das wird sich ändern.“ Er schloss die Augen und drehte

seinen Kopf in Richtung des großen Fensters, durch das man die ganze Stadt überblicken konnte.

Einen Moment zuvor hatte ich gehen wollen, doch das war eine instinktive Entscheidung gewesen. Ich war daran gewöhnt, mich herauszuschleichen oder Liebhaber aus meiner Wohnung zu werfen, sobald ich fertig war. Ich kehrte gerne zu meinem Singleleben zurück, sobald ich wusste, dass ein Mann nicht richtig für mich war. Nun, da ich mich in einer anderen Situation befand, wusste ich nicht, was ich tun sollte. Ich wusste nur, dass es sehr viel bequemer war, wenn dieser Mann seinen Arm um mich legte und mich wärmte. Nun war er sauer auf mich, da er sich davon angegriffen fühlte, wie ich mich aus seiner Wohnung und vorbei an seiner Armee, die unten vor dem Aufzug wartete, hatte schleichen wollen.

Nach ein paar ungemütlichen Minuten rutschte ich näher zu ihm und drückte mein Gesicht gegen seine Schulter. Ich legte meinen Arm um seine Taille und mein Bein zwischen seine – ich kuschelte mich an ihn, als wären wir in einer Beziehung. Sobald ich es mir bequem gemacht hatte, fühlte ich mich viel besser.

Seine tiefe Stimme drang wieder durch die Stille. „So ist es besser.“

8

BOSCO

Als ich am nächsten Morgen aufwachte, war Carmen genau dort, wo sie in der Nacht zuvor eingeschlafen war.

Ich spürte sie überall.

Ihre Hand lag auf meiner Brust, ihr Gesicht war an meine Schulter gedrückt. Sie hatte ihre tollen Beine auf mich gelegt und ihr langes Haar fühlte sich auf meinem Arm weich an. Sie schlief tief, schlummerte seelenruhig trotz ihres erbärmlichen Versuchs, sich mitten in der Nacht davonzumachen.

Als ob ich das zulassen würde.

Auch ich ließ Geliebte nicht übernachten. Meine Partner wurden in einem Wagen mit Begleitung heimgefahren, damit ich mich nicht zu sehr wie ein Arsch fühlte. Doch Carmen bei mir zu haben, war etwas anderes. Ich erwartete von ihr, dass sie die Nacht bei mir verbrachte. Ich hatte ihr gesagt, dass sie mir gehörte – und das traf auf jede Weise zu.

Ich rollte sie auf den Rücken und sah zu, wie sie langsam ihre Augen öffnete und mich ansah. Ihre grünen Augen waren am Morgen noch schöner, obwohl ihre

Mascara und ihr Eyeliner verschmiert waren. Ihr Lippenstift war schon lange verschwunden, wahrscheinlich hatte sie ihn auf meinem Körper verteilt. Ich positionierte eines ihrer Knie über meiner Schulter, um ihre Beine weiter zu öffnen, damit ich meinen fetten Schwanz in sie gleiten lassen konnte.

Das weckte sie auf.

Ihre Hände glitten sofort meine Arme hinauf und sie packte mich fest, als sie spürte, wie mein dicker Schwanz sie ausdehnte. Sie stöhnte in mein Gesicht, während ich mich in ihr bewegte und es ihr schön langsam besorgte, ganz anders als in der Nacht zuvor. Sie war noch immer von meiner Lust erfüllt, doch ich würde ihr noch mehr geben, bevor wir beide unseren Tag begannen.

Ihre Hände strichen durch mein Haar und sie stöhnte leise für mich, genoss das langsame Tempo. Sie liebte meinen Schwanz und konnte es unmöglich verbergen, besonders nicht nach ihrer Darbietung in der Nacht zuvor. Manchmal bestand sie aus zwei verschiedenen Personen. Sie tat so, als wäre ich ihr egal, doch wenn wir auf diese Weise zusammen waren, konnte sie nicht verstecken, was sie wirklich empfand.

Sie war verrückt nach mir.

Ich hatte angenommen, dass irgendein Arschloch ihr das Herz gebrochen hatte. Doch da das nicht stimmte, wusste ich, dass sie so sehr zufrieden damit war, allein zu sein, dass sie es nicht riskieren wollte, dass ihr das Herz gebrochen wurde. Wenn sie sich nicht sicher war, würde sie dieses Risiko nicht eingehen.

Ich war keine sichere Sache.

Ich konnte es ihr nicht übel nehmen. Ich war nicht gerade die Art von Mann, die man seiner Mutter vorstellte.

Doch so weit würde es ohnehin nie kommen. Dies war

nur eine intensive Affäre, eine monogame Beziehung, die andauern würde, bis das Feuer erloschen war. Ich war mit noch keiner Frau so intim gewesen, da mir wahllose Liebschaften mit Frauen, an deren Namen ich mich nicht erinnern konnte, lieber waren. Ich hatte nie mit der gleichen Frau zweimal geschlafen – bis ich Carmen getroffen hatte. Nun tat ich etwas Neues, vertraute mich einer einzigen Frau längere Zeit an. Alles, was ich wusste, war, dass ich sie wollte und niemanden außer ihr wollte. Ich wollte sie ganz und gar genießen, tief in ihr kommen und sie mit meiner Lust erfüllen. Ich wollte sie zum Essen ausführen und sie zur Schau stellen. Ich wollte sie mit in mein Casino nehmen, damit mich die Männer noch mehr hassten, als sie es bereits taten. Ich wollte sie als die meine, und nur als die meine, genießen.

Und ich wollte sie beschützen. Damit sie sich wie eine Königin fühlte. Ich wollte sie intensiv kommen lassen, dass sie keinen anderen Mann außer mir wollen würde.

Es schien, als würde mein Plan funktionieren.

Ich hatte es ihr schön langsam besorgt und sie auf die sinnlichste Weise befriedigt. Ich hatte ihren Kitzler gerieben, wie sie es mochte, und sie um meinen Schwanz kommen lassen, sodass sie tief in meine Matratze gesunken war, wie ich es wollte.

Und sie hatte sich mir hingegeben.

Sie stöhnte in mein Gesicht und drückte ihre Oberschenkel gegen meine Hüften, während sie vor Lust leicht zuckte. „Bosco ... ja."

Mein Name hatte noch nie heißer geklungen.

Ich hatte einen Steifen gehabt, seit ich aufgewacht war, also stieß ich nur ein paar Mal zu, bevor ich mehr in ihrer Muschi verteilte, die nun mir gehörte. Ich gab ihr jeden Tropfen, während meine Wirbelsäule erzitterte. Es gab nichts Besseres, als in einer Frau zu kommen. Dies war mein erstes Mal – und es war besser, als ich es mir je vorgestellt hatte.

Ich rollte mich von ihr herab und sah dann auf die Uhr auf meinem Nachttisch. Wir waren beide in unter fünf Minuten gekommen.

Es war einfach, sie zu befriedigen.

Ich stand auf und zog mir meine Boxershorts und Sporthose an.

Sie lag da, ihr Körper war ruhig und ihre Augen geschlossen, als könnte sie wieder einschlafen.

„In zehn Minuten ist das Frühstück fertig." Ich ging in die Küche, stellte die Pfannen auf den Herd und bereitete zwei Stück Lachs und dazu Gemüse zu. Meine Ernährung war ebenso strikt wie mein Trainingsprogramm. Ich machte jeden Tag Sport in meinem privaten Fitnessstudio und vermied Kohlenhydrate, als wären sie giftig. Meine Gewohnheiten hatte mich perfekt in Form gebracht, daher war es nicht schwer, diszipliniert zu sein. Da Carmen eine perfekte Figur hatte, ging ich davon aus, dass sie, was das Essen anging, ebenfalls sehr wählerisch war.

Sie kam in die Küche, ihr Haar war durcheinander und ihre Augen noch immer müde, da sie gerade erst gekommen war. Doch was mich am meisten überraschte war, was sie trug.

Mein T-Shirt.

Ich wandte mich vom Herd ab und starrte sie an, kaum in der Lage zu glauben, was ich sah. Dies war die Frau, die mich rausgeworfen hatte, sobald ich das Kondom abgerollt hatte. Sie war diejenige gewesen, die sich letzte Nacht hatte rausschleichen wollen. Doch nun trug sie mein T-Shirt und es stand ihr besser als mir. Es war zu groß für ihren schlanken Körper, doch sehr viel sexyer als die heißesten

Dessous. Ich starrte sie weiter an, weil ich nicht aufhören konnte.

Sie nahm die Kaffeekanne und goss sich eine Tasse ein, dabei ignorierte sie mein Starren, weil sie wahrscheinlich daran gewöhnt war. „Was riecht so gut?"

Ich wandte mich wieder dem Herd zu und schaltete ihn aus. „Lachs und Spargel."

„Zum Frühstück?", fragte sie ungläubig. „Wo sind die Pfannkuchen?"

Ich wusste nicht, ob sie es ernst meinte oder nicht. „Ich esse keine Pfannkuchen." Ich nahm zwei Teller und verteilte das Essen darauf. Dann trug ich sie, zusammen mit meiner Tasse Kaffee, zum Esstisch.

Sie sah wie die heißeste Frau auf der Welt aus, als sie mir gegenübersaß und wieder an ihrem Kaffee schlürfte, wobei mein T-Shirt wie eine Decke an ihrer zierlichen Figur wirkte. Sie nahm sich ihre Gabel und nahm einen Bissen. „Wow ... das ist echt gut."

Ich aß schweigend, weil ich mehr daran interessiert war, sie anzusehen, als mit ihr zu reden.

„Isst du das jeden Morgen?"

Ich nickte.

„Es ist gut, aber es wäre als Abendessen geeigneter."

„Vermutlich. Was isst du zum Frühstück?" Ich hatte keine Ahnung, da sie mich rausgeworfen hatte.

„Nichts, ehrlich gesagt. Ich bin meistens in Eile und muss los. Aber wenn ich dann doch mal frühstücke, esse ich immer Pfannkuchen. Du weißt schon, Pfannkuchen mit Obst, Nüssen, ganz viel Sirup ..."

„Bei dir klingt es nach einem Dessert."

„Ja, das ist es in gewisser Weise. Und es ist köstlich."

Ich könnte so etwas niemals essen. Ich brauchte genug Proteine, um meine Muskeln stark zu halten, und ich konnte keinerlei Kohlenhydrate gebrauchen, damit ich weiterhin durchtrainiert aussah. Ich bestand nur aus Muskeln und keinem Gramm Fett. Genau so mochten mich die Frauen.

„Gehst du heute Morgen arbeiten?“, fragte sie.

„Nein. Ich mache morgens Sport. Ich gehe erst am Nachmittag ins Casino.“

„Wo machst du Sport?“

„Im zweiten Stock. Dort habe ich ein Fitnessstudio.“

„Natürlich hast du das.“ Sie sah sich in meiner Wohnung um, bewunderte die schönen Möbel und die edlen Gemälde an den Wänden. Meine Wohnung war mit Raffinesse und Maskulinität eingerichtet – in dunklen Farben, gemischt mit Grautönen und weiß. Sie aß auf und nahm dann unsere beiden Teller. „Ich werde mich um das Geschirr kümmern, da du gekocht hast.“

„Lass es in der Spüle stehen“, befahl ich. „Mein Hausmädchen wird sich darum kümmern.“

„Dein Hausmädchen?“ Sie drehte sich um, als sie das Geschirr in die Spüle gestellt hatte, da sie mir zugehört hatte und zu verstehen schien, was geschehen würde, wenn sie nicht gehorchte. „Lebt sie hier?“

„Nein. Sie kommt, wenn ich im Fitnessstudio bin. Sie kümmert sich um den Abwasch, die Wäsche, macht das Bett … solche Dinge.“

„Es überrascht mich, dass du irgendjemandem den Code für diesen Ort gibst.“

„Sie bekommt jedes Mal einen neuen, bevor ihre Schicht anfängt.“

Ein leicht überraschter Blick tauchte auf ihrem Gesicht auf, doch sie versteckte ihn schnell. „Nun, ich sollte mich auf den Weg machen …“ Sie lehnte sich gegen den Tresen und ergriff die Kante, doch sie bewegte sich nicht in Richtung Schlafzimmer, um sich umzuziehen. Sie schien zu trödeln, als wäre sie unsicher, ob sie wirklich gehen wollte oder nicht.

Ich bewegte mich auf sie zu, bis ich ihren perfekten Rücken gegen den Küchenschrank drückte. Meine Hände ergriffen die Kante auf beiden Seiten neben ihr, sodass ich ihr den Weg versperrte. Mein Mund schwebte wenige Zentimeter von ihrem entfernt, meine blauen Augen blickten in ihre schönen grünen. Ich hatte sie gerade erst in meinem Bett gefickt und jetzt wollte ich es erneut tun. Diese Frau machte verrückte Dinge mit mir. Diese langen Beine machten mich wild und diese vollen Lippen ließen mich wieder wie einen Teenager fühlen. „Wie geht es dir?" Ich liebte es, mein Sperma in ihr zu verteilen, liebte es, sie auf eine Weise zu besitzen, wie es noch kein anderer Mann getan hatte. Der Gedanke daran, mit einer anderen Frau zusammen zu sein, widerte mich beinahe an, weil Carmen alles war, was ich wollte – sie passte wie angegossen.

„Voll." Sie gab mir die perfekte Antwort und ihre Augen tanzten verspielt, als sie es sagte. Sie versuchte, das Lächeln von ihren Lippen zu verbannen, doch es hatte keinen Sinn. Sie grinste glücklich und befriedigt nach unserer gemeinsamen Nacht.

Ich küsste sie, mein Mund sehnte sich danach, sie anzubeten. Sie gab mir sofort ihre Zunge und ich nahm sie gierig, wollte alles, was mir diese Frau bereit war zu geben. Sie sorgte dafür, dass ich ein besserer Mann sein wollte, doch sie brachte auch meine schlimmsten Eigenschaften an den Tag. Wenn sie wirklich über mich hinwegkommen wollen sollte, war ich nicht sicher, ob ich sie würde gehen lassen können. Vielleicht würde ich sie direkt aus ihrer Wohnung entführen und sie gefangen nehmen. Wenn sie sich weigerte zu kooperieren, würde ich jedes Mitglied ihrer

Familie umbringen. Ich hatte noch keine Frau so sehr gewollt wie sie und wenn ich nicht bekam, was ich wollte, wusste ich nicht, was ich tun würde.

Es war ein unheimlicher Gedanke.

Nicht für mich. Aber für sie.

Sie beendete den Kuss, indem sie leicht gegen meine Brust drückte. „Ich sollte mich auf den Heimweg machen. Ich habe heute viel im Laden zu tun."

Ich hatte ein Paar Handschellen in meiner Schublade und ich war versucht, sie an mein Kopfteil zu fesseln, damit sie nur gehen konnte, wenn ich dafür bereit war. Doch das erschien mir übertrieben, besonders da ich viel zu tun hatte. „Na gut. Zieh dich an und einer meiner Männer wird dich fahren." Sie hatte keine Ahnung, wie dunkel meine Gedanken waren, wie sehr sie mich in ein Monster verwandelt hatte. Sie hatte guten Grund, Angst zu haben.

Es war intelligent von ihr, Angst zu haben.

Trotz Ronans Einwänden nahm ich das Geld des Schlachters und gewährte ihm eine Mitgliedschaft im Casino. Er passte zu den anderen, doch er fiel auch auf wie ein bunter Hund. Er war laut, unausstehlich und unberechenbar und es war immer offenbar, wann er im Casino war.

Ich lief umher und sah den Männern beim Spielen an den Pokertischen zu, während die Mädels an ihren Stangen und in ihren Käfigen tanzten, die an zufälligen Stellen im Raum verteilt waren. Es lief laute Musik, Zigarrenrauch stieg an die Decke und es befand sich so viel Testosteron an diesem Ort, dass es schien, als könnte er explodieren.

Ich trug einen meiner besten Anzüge, beobachtete mein Königreich, während ich es regierte. Überall waren Kameras und Sicherheitsleute verteilt. Im Gegensatz zu anderen Casinos trugen alle Sicherheitsteams Waffen, während die Mitglieder keinerlei Waffen tragen durften.

Ronan trat an meine Seite, in einen schwarzen Anzug und passende Krawatte gekleidet. „Ich habe nur Beschwerden über ihn zu hören bekommen."

„Was für eine Art von Beschwerden?" Ich starrte vom Balkon aus auf all die Tische hinab, beobachtete, wie die Männer ihre besten Pokerfaces aufsetzten.

„Die Tänzerinnen sagen, dass er sie bei jeder Gelegenheit begrabscht."

„Das ist nicht ungewöhnlich."

„Er hat versucht, eine von ihnen im Bad zu vergewaltigen."

Na gut … das ging dann doch zu weit. „Gib ihm eine Verwarnung. Er hat dann noch zwei. Sonst wird er verbannt." Ich konnte ihn nicht in den Ring werfen, es sei denn, er hätte das Casino bestohlen.

„Einige der Mädels haben bereits gekündigt." Ronan versteckte seinen Ärger nicht. Er hasste die Entscheidung, die ich getroffen hatte, und würde jeden Grund willkommen heißen, um zu beweisen, dass es die falsche gewesen war.

„Sag ihnen, dass es nicht wieder vorkommen wird, und biete ihnen eine Gehaltserhöhung an."

Er schüttelte den Kopf leicht. „Der einzige Grund dafür, dass wir die besten Mädels haben, ist, dass sie sich hier sicher fühlen. Wenn wir das zerstören, bekommen wir nur noch hässliche Hexen."

„Weshalb du ihnen versichern wirst, dass das nicht wieder vorkommt."

„Dann musst du den Schlachter warnen. Er hört nicht auf mich." Er drehte mir seinen Körper zu, seine Hände steckten in den Taschen seines Anzugs. „Es ist besser, wenn du es ihm sagst."

„Na gut." Ich nahm eine Zigarre aus meiner Tasche und zündete sie an. Rauch driftete an die Decke und ich nahm einen Zug, atmete den Rauch in meine Lungen. Ich blies alles durch Nase und Mund gleichzeitig aus. „Ich kümmere mich darum."

„Gut." Er entspannte sich, nun, da das Gespräch vorbei war. „Was gibt es bei dir Neues?" Wann immer wir unsere Geschäftsgespräche beendeten, hatten wir noch unsere persönliche Beziehung, die Art, die alle Brüder hatten.

„Nichts." Ich erzählte ihm nicht von Carmen, weil ich nicht sicher war, was ich sagen sollte. Es war das erste Mal, dass ich von einer Muschi besessen war, und ich wusste nicht, was es bedeutete. Ich konnte nicht ergründen, ob ich sie als Haustier behalten oder als Frau anbeten wollte. „Bei dir?"

„Ich habe die Blumen auf Mutters Grab gesehen. Ich nehme an, dass sie von dir waren."

„Ja." Ich ging oft an ihr Grab und brachte schöne Blumen mit, nicht nur an ihrem Geburts- und Todestag. Meine Mutter war mein größtes Vorbild gewesen. Sie hatte mir beigebracht, ein Mann zu sein, stark zu sein, intelligent und intuitiv. Sie hatte sich von niemandem etwas gefallen lassen und sie hatte sich nicht davor gescheut, mich zu verprügeln, wenn ich es verdient hatte. Carmens feuriges Gemüt erinnerte mich manchmal an meine Mutter. Vielleicht hatte ich ihr deshalb in der Gasse geholfen … und seitdem war ich von ihr besessen. „Was gibt es bei dir Neues?"

„Ich schlafe mit Giada."

Giada war eine der Tänzerinnen. Ronan schien mit allen Frauen abwechselnd zu schlafen. Wann immer ein neues

Mädel für uns arbeitete, machte er sich an sie heran und schlief eine Weile mit ihr, bevor er zur Nächsten überging. „Sie ist ein hübsches Ding."

„Ja. Sie ist gut gedehnt."

Ich lachte, bevor ich einen weiteren Zug nahm. „Nun, das müssen Tänzerinnen sein." Ich erzählte Ronan normalerweise von den Frauen, mit denen ich schlief, weil wir eine Familie waren. Wir tauschten keine anderen persönlichen Informationen aus wie Gedanken, Sorgen und Gefühle. So waren wir nie gewesen. Doch wir sprachen über Sex ... weil wir beide Sex mochten.

Ronan legte mir eine Hand auf die Schulter, bevor er ging. „Ich bringe den Schlachter in dein Büro. Viel Glück."

„Danke." Ich nahm einen weiteren Zug. „Aber ich werde es nicht brauchen."

Der Schlachter war ein großer Mann, ein Mann wie ein Berg, genau wie Bones. Er hatte zwanzig Kilo Muskeln mehr als ich, doch das war es nicht, was ihn einschüchternd machte. Wie mein Bruder es beschrieben hatte, war seine Unberechenbarkeit der schlimmste Teil seines Charakters.

Mein Glück war davon abhängig, dass ich andere Leute las und ihren nächsten Schritt vorhersah, bevor sie ihn machten. Mit einem Mann wie dem Schlachter zu interagieren, war nicht meine Stärke, da seine Gedanken hinter einem hohen Tor verschlossen waren.

Ronan führte ihn in mein Büro und deutete ihm, sich in den Ledersessel zu setzen.

Ich ließ meine Zigarre im Aschenbecher liegen, sodass der Rauch langsam zur Decke aufstieg. Ich war kein starker Raucher, genoss es nur ab und zu. Doch heute schien mir ein guter Tag dafür zu sein, besonders da ich mich mit einem Psychopathen abgeben musste, der bereits Unruhe in mein Casino brachte.

Er starrte mich mit einem schiefen Grinsen an. Sein Grinsen war nicht stark genug, um mich von all den Narben in seinem Gesicht abzulenken. Er hatte einige Schnitte auf der Stirn, den Wangen und dem Kinn. Sie waren perfekt verteilt – sie waren absichtlich gemacht worden und die Narben waren so deutlich, dass die Schnitte sehr tief gewesen sein mussten. Er neigte seinen Kopf von links nach rechts, als er seinen Blick auf mich richtete. „Oh je. Der Chef." Er lachte, da er es als seltsames Spiel ansah. „Sobald mich dein kleiner Schoßhund angetippt hat, wusste ich, dass ich in Schwierigkeiten bin."

„Oder du wusstest, dass du in Schwierigkeiten bist, weil du versucht hast, eine meiner Tänzerinnen zu vergewaltigen."

Er zuckte mit den Schultern. „Ich habe nur versucht, es ihr ein wenig in den Arsch zu besorgen."

Ich behielt meinen gleichgültigen Gesichtsausdruck bei, weil ich den Kommentar gar nicht lustig fand. „Die Tänzerinnen sind tabu, Schlachter. Wenn du nochmal eine von ihnen belästigst, werde ich dich aus dem Casino verbannen. Es ist lächerlich, dass du seit einer Woche dabei bist und trotzdem kurz vorm Rausschmiss stehst."

„Du hast die Regeln klar und deutlich erklärt – und du hast absolut nichts zu den Tänzerinnen gesagt."

„Das war impliziert", sagte ich kalt. „Belästige, bedränge oder berühre keines meiner Mädels."

„Ich sehe Mädels wahrscheinlich nicht als Menschen", sagte er schulterzuckend. „Nur als Ärsche und Titten."

Ich war nie ein Gentleman gewesen oder die Art Mann, die eine Frau verteidigte, doch seine Einstellung verstimmte mich. Ich würde zwar nicht viel auf mich nehmen, um eine Frau zu beschützen, doch es käme mir nie in den Sinn, eine Frau zu vergewaltigen oder zu verletzen. Nur ein echter Psychopath dachte so. „Nun, die Mädels hier sind eine andere Geschichte. Wenn du nochmal aus der Reihe tanzt, werde ich dich entfernen. Spiel, gewinn etwas Geld und geh heim. So schwer ist das nicht."

„Oder ich verliere etwas Geld", sagte er lachend. „So machst du deinen Gewinn, nicht wahr?"

„Ich spiele auch."

„Was ist dein Spiel?" Er drehte seinen Kopf immer wieder – wie ein Vogel, der nicht still sitzen konnte.

„Poker."

Er nickte langsam. „Irgendwann spiele ich gegen dich. Und mache dich fertig."

„Diese Herausforderung nehme ich an. Ausgehend davon, dass du nächste Woche noch Mitglied bist."

Er grinste ein wenig zu sehr. „Na gut, Chef. Ich werde mich benehmen. Dann muss ich mein Verlangen anderswo stillen."

Ich stimmte seiner Aussage nicht zu, da ich es unmoralisch fand, einen Mann dazu zu ermutigen, Frauen auf diese Weise zu belästigen. Bei dem Gedanken wurde mir schlecht, obwohl mir egal sein sollte, was er tat und wem er es antat. „Erste Verwarnung, Schlachter. Es gibt besser keine zweite."

MEINE MÄNNER SICHERTEN die Umgebung in einem Radius von fünf Kilometern und ich lief an dem Schaufenster des Blumenladens vorbei, bevor ich hineinging. Es war einige Tage her, dass ich mit Carmen gesprochen hatte. Ich war mit der Arbeit beschäftigt gewesen – und mit dem Schlachter.

Carmen musste im Hinterzimmer sein, da niemand im Laden war. Ich bewunderte die Blumengestecke, die sie ausgestellt hatte, und sah mir die Bilder an der Wand an. Neben der Kasse hing ein Kalender und weibliche Handschrift war überall verteilt – Daten, die sie für bestimmte Events im Kopf behalten musste.

Ich war an diesem kalten Wintertag leger in Jeans und einen grauen Kapuzenpullover gekleidet. Es war bewölkt, dicke graue Wolken bedeckten den Himmel und es sah aus, als würde es bald regnen. Morgen war Samstag und ich hoffte, dass ich das Wochenende zwischen Carmens Beinen verbringen würde.

Sie kam aus dem Hinterzimmer. Heute trug sie eine hautenge dunkle Jeans, braune Stiefel und einen dunkelblauen Pullover, der sich an die schönen Kurven ihres Körpers schmiegte. Ihr Haar lag in losen Locken über ihren Brüsten und bis hin zu ihrem Bauch. Sie hatte sehr langes Haar und es war perfekt, um meine Hände darin zu vergraben, wenn wir zusammen im Bett waren. Sie sah auf, um mich zu begrüßen, sichtlich in guter Laune, weil sie ihren Lebensunterhalt mit dem verdiente, was sie gerne tat. Doch als sie erkannte, dass ich es war, verschwand all ihre Freude.

„Du scheinst dich nicht zu freuen, mich zu sehen." Ich stand am Tresen und starrte sie an, ein Lächeln auf den Lippen, aber nicht in meiner Stimme. Als sie das letzte Mal mein Penthouse verlassen hatte, hatte sie mich fest auf den Mund geküsst und mein T-Shirt zögernd zurückgelassen. Nun verhielt sie sich so, als hätte ich ihren Tag ruiniert.

„Ich ..." Sie sah aus dem Fenster, als hätte sie Angst, dass jemand sie sehen würde. „Griffin und Vanessa kommen oft vorbei und auch mein Vater. Das Letzte, was ich will, ist, dass sie dich sehen."

„Autsch", sagte ich sarkastisch.

„Wir mögen monogam miteinander schlafen und haben eine Art von Beziehung, aber meine Gefühle in Bezug auf die Situation haben sich nicht verändert. Mein Vater würde den Verstand verlieren, wenn er je davon erführe. Er würde es meinem Onkel erzählen und es würde ein weiterer Krieg ausbrechen. Glaub mir, ich habe es mit eigenen Augen gesehen. Und Griffin ... mit ihm wäre es wahrscheinlich noch schlimmer. Deshalb kannst du nicht einfach hier auftauchen."

„Du gehörst mir und ich kann tun, was ich will." Ich packte die Kante des Tresens, als ich sie weiter anstarrte. Ich war nicht die Art von Mann, die eine Lüge lebte. Ich war genau der Mann, der ich sein wollte, und wenn das irgendwem nicht gefiel, war das dessen Problem.

Ihre Augen leuchteten feindselig auf. „Meine Familie bedeutet mir alles. Sie sind das Wichtigste in meinem Leben und ich würde lieber sterben, als ihnen wehzutun. Wenn du mich also wirklich willst, musst du diese Bedingungen annehmen. Du wirst immer ein schmutziges Geheimnis sein, mehr nicht. Wenn du das nicht akzeptierst, mach, dass du aus meinem Laden kommst, und lass dich hier nicht mehr blicken." Wie ein Feuer, das durch einen einzigen Ast entstand, erwachte sie sofort zum Leben.

Ihre Furchtlosigkeit überraschte mich immer wieder und ich bekam sofort einen Steifen in meiner Jeans, der beinahe den Reißverschluss platzen ließ. Andere Männer zerstoben in alle Richtungen, wenn ich den Raum betrat, fürchteten mich intuitiv und sahen weg, weil sie meine Feindseligkeit fürchteten, doch diese Frau hatte kein Problem damit, mich in meine Schranken zu weisen..

Sie hatte keinerlei Angst vor mir, wenigstens dann nicht, wenn es um ihre Familie ging.

Verdammt heiß.

Sie sah mich weiterhin mit der gleichen Wut an, als wäre sie darauf vorbereitet, notfalls gegen mich zu kämpfen.

Das wäre noch heißer.

„Nur ein dreckiges Geheimnis, hm?“, fragte ich. „Das klingt ziemlich heiß.“

Ihre Schultern entspannten sich leicht und sie griff mit ihrer Hand unter den Tresen, um etwas ungesehen zu tun. Sie machte es gut, doch mir entging nichts.

„Das kann ich machen. Aber erwarte nicht, dass du mein dreckiges Geheimnis bist.“ Ich wollte sie an meinem Arm führen und der Welt zeigen, dass sie mir gehörte – ganz allein mir.

Das Telefon auf dem Tresen klingelte, also ging sie ran. „Hallo, Carmens Blumen. Wie kann ich Ihnen helfen?“ Sie hatte mir den Rücken zugewandt, als sie Block und Stift vom Tresen nahm.

Ich trat hinter den Tresen, um zu sehen, was sie versteckt hatte.

Eine Pistole.

Ich nahm sie und kontrollierte das Magazin – es war voll.

Und die Waffe war entsichert.

Ich legte die Waffe zurück, konnte jedoch das Grinsen nicht aus meinem Gesicht verbannen. Diese Frau war bereit, mich zu erschießen, wenn es nötig wäre, mir eine Kugel in die Brust zu jagen, wenn ich die Grenzen überschritt. Sie wusste, dass ich tödlich war, und nahm es ernst, bewaffnete sich, weil dies ihre einzige Verteidigung war.

Nun wollte ich sie noch mehr.

Ich kehrte auf die andere Seite des Tresens zurück und tat so, als hätte ich die Waffe nicht entdeckt.

Sie legte auf und kam zu mir zurück. „Ich habe diese Woche viele Bestellungen. Für ein paar Beerdigungen."

„Das ist schade."

„Die Grippe scheint den Leuten zu schaffen zu machen." Sie riss ein Stück Papier ab und legte es auf den Stapel zu den anderen Bestellungen. Sie stand direkt vor der Pistole, platzierte sich strategisch, falls es nötig war.

Ich hatte nie eine Frau gewollt. Ich konnte meinen Blick nicht von ihr abwenden, denn ihr Mut war das Heißeste auf der Welt. Sie war gewillt, alles zu tun, um ihre Familie zu beschützen, selbst wenn sie dafür gegen mich ankämpfen musste. Sie würde mindestens drei Kugeln in mir versenken müssen, um mich zu verlangsamen, weil die ersten zwei nicht genug wären.

Sie hielt ihren Blick auf mich gerichtet, musterte mich ebenso wie ich sie. „Hör zu … Ich weiß, dass das unhöflich rüberkam. Als Vanessa Griffin mitgebracht hat, hat meine Familie sich geweigert, ihn zu akzeptieren. Es war ein sehr schweres Jahr und ihre Eltern haben viel durchgemacht. Ich verstehe, was sie getan hat, weil es der Mann war, den sie heiraten wollte. Aber ich werde meine Familie das nicht durchmachen lassen. Meine Eltern müssen den Kerl nicht lieben, mit dem ich zusammen sein will, aber sie müssen ihn wenigstens akzeptieren. Wenn sie von uns wüssten …" Sie verdrehte die Augen. „Meine Familie würde nicht aufhören, bis du verschwunden wärst. Sie wollen mich beschützen."

Ich konnte es ihnen nicht übel nehmen, da sie so heiß war. Sie war die schönste Frau, die ich je gesehen hatte – unabhängig, intelligent und sexy. Sie war die Fantasie eines jeden Mannes – aber nur meine Realität. Ich konnte es ihrem Vater und ihrem Onkel nicht übel nehmen, dass sie hohe Anforderungen an den Mann hatten, den sie aussuchte. Ich mochte reich und erfolgreich sein, aber ich hatte mehr Makel als positive Eigenschaften. Um nicht zu erwähnen, dass ich verdammt gefährlich war.

„Also tauch weder in meinem Laden noch in meiner Wohnung auf. Du hast meine Nummer – benutze sie."

Obgleich ich es zu schätzen wusste, wie ruhig sie mit mir sprach, hatte ich wesentlich mehr Respekt vor der Waffe unter dem Tresen. Ich mochte es, wie sie laut und groß geworden war, als es um ihre Familie ging. Ich war immer genauso gewesen, wenn es um meinen Bruder ging, gewillt, jederzeit alles für ihn zu tun. Ich hatte nur noch ihn, die einzige Person, die mir den Rücken stärken würde – egal was zu tun war. „Ich werde dir einen Rat geben."

„Rat?", fragte sie, überrascht, dass ich das Thema wechselte.

„Steh immer für das ein, an was du glaubst, und gib nie nach – nicht einmal mir gegenüber." Ich nickte nach unten, in Richtung der Waffe, die sie versteckt hatte. „Gib dich nie mit weniger zufrieden, als du verdient hast. Je mehr Respekt du dir verdienst, desto mehr Macht kannst du haben – und desto sicherer bist du."

Ich schrieb ihr eine Nachricht, als ich ins Auto stieg. *Ich komme vorbei.* Ich hatte darauf gewartet, dass sie ihren Arbeitstag beendete und wieder zu ihrer Wohnung fuhr. Sobald sie durch die Tür ging, informierten mich meine Männer, und ich sagte ihr, was ich wollte.

Ich bin gerade erst heimgekommen.

Ja. Ich weiß.

Ich bekam keine Antwort, was mir sagte, dass sie diese Antwort sauer machte. *Ich bin in zehn Minuten da.*

Ich wurde zu ihrer Wohnung begleitet und lief die Treppe hinauf, bis ich ihre Tür erreichte. Wie das letzte Mal überlistete ich ihre Schlösser und ließ mich selbst rein. „Schönheit, ich bin da." Ich schloss die Tür hinter mir ab.

Sie kam in dem gleichen Outfit wie früher den Flur entlang. „Klopf, klopf."

Ich ließ meinen Blick über ihren Körper gleiten, während sie mir näher kam, und sog den Anblick ihrer schönen Kurven und ihres noch schöneren Gesichts förmlich auf.

„Du kannst nicht einfach –"

Ich hörte den Rest des Satzes nicht, weil ich meine Arme um sie schlang und sie küsste, ich drückte sie im Eingangsbereich fest an mich.

Ihre Wut erstarb und sie erwiderte den Kuss, vergaß, weshalb sie sauer auf mich gewesen war. Sie legte ihre Arme um meinen Nacken und küsste mich, als hätte sie mich den ganzen Tag über vermisst, obwohl sie so eiskalt mit mir gesprochen hatte.

Ich schob sie rückwärts gegen die Wand und vergrub meine Hand in ihren Locken, liebte es, wie sie sich in meiner Faust anfühlten, wenn ich mich daran festklammerte. Ich legte eines ihrer Beine um meine Hüfte und atmete in ihren Mund, spürte ihre Brüste durch ihren BH an meiner Brust. Nur, weil sie mir gesagt hatte, dass ich nicht in ihren Laden kommen solle, hieß das nicht, dass ich kein Auge auf sie werfen würde, um sicherzugehen, dass niemand sie belästigte. Als ich ihr gesagt hatte, dass sie nie so sicher wäre wie an meiner Seite, hatte ich es ernst gemeint.

Ich würde sie beschützen – selbst wenn ich nicht dort war.

Als ich mich zurückzog, war all ihre Wut verflogen. Sie sah mich mit dem gleichen Ausdruck wie im Bett an, als wäre ich das Einzige, was zählte. Es war das einzige Mal, dass sie mir gegenüber sanft war, wenn unsere nackten Körper sich miteinander verbanden und unsere Münder über die Haut des anderen glitten.

Zu jedem anderen Zeitpunkt hasste sie mich.

Hasste alles, wofür ich stand.

Ich rieb meine Nase gegen ihre. „Ich habe dich vermisst."

Sie gab mir einen sanften Kuss auf den Mundwinkel. „Ich habe dich auch vermisst." Sie mochte es nur in diesem Moment so meinen oder sie meinte es nicht so und wollte aufgrund der Hitze zwischen uns nur meine Worte wiederholen.

Es war mir egal. Ich genoss es dennoch, auf ihre schöne Stimme zu hören. Ich zog sie an meine Brust und trug sie zur Couch im Wohnzimmer. Ich lehnte mich zurück und zog sie mit mir, erinnerte mich daran, wie wir genau an dieser Stelle miteinander geschlafen hatten. Nun wollte ich sie nur ansehen, wollte diese schöne Frau in meinem Arm spüren. „Wie wäre es, wenn ich heute Abend koche?"

„Du willst wieder für mich kochen?", fragte sie und legte ihren Kopf leicht auf die Seite.

„Ja." Meine Hände lagen an ihren Hüften, den sexy Kurven ihres perfekten Körpers.

„Und was wirst du kochen?", fragte sie, während sie ihre Hände über meine Brust gleiten ließ.

„Was immer du willst."

„Heißer Sex und ein hausgemachtes Essen? Ich kann mich glücklich schätzen."

„Nein.“ Ich brachte ihre linke Hand an meine Lippen und küsste sie, während ich sie weiterhin ansah. „Ich bin derjenige, der sich glücklich schätzen sollte.“

Ihr Blick wurde sanfter, doch sie verdrängte ihn schnell, als wäre sie beschämt, überhaupt etwas gespürt zu haben. Sie hatte ein gutes Pokerface, doch je mehr Zeit wir miteinander verbrachten, desto schwerer fiel es ihr, es aufrechtzuerhalten. Ihre Rüstung löste sich langsam auf und sie ließ ihre Deckung sinken, ließ zu, dass sie mich wollte. Sie hatte noch immer Angst vor mir, spürte die Gefahr meines rauen Äußeren, doch sie begann, es zu ignorieren. „Was hast du die letzten Tage über gemacht?“

„Du willst mich kontrollieren, hm?“, fragte ich und dachte darüber nach, ob sie in den zwei Tagen der Stille an mich gedacht hatte. Bis jetzt war immer ich derjenige gewesen, der sie kontaktiert hatte. Sie rief nie an oder schrieb. Dafür war sie zu stolz. Doch das würde sich bald ändern.

„Ich bin nur neugierig.“

„Ich habe im Casino gearbeitet. Ein bisschen gespielt.“

„Hast du gewonnen oder verloren?“

„Ich habe hunderttausend verloren.“

Sie zuckte zusammen.

„Dann aber zwei Millionen gewonnen.“

„Oh, wow ... Da ist ein gutes Casino.“

Ich zuckte mit den Schultern. „Ich bin einfach ein verdammt guter Spieler.“

„Ach ja?“, fragte sie, während sie auf meinem Steifen saß, als wäre er der perfekte Sitzplatz.

„Du solltest mir mal beim Spielen zusehen.“

„Ich habe auch schon ein paar Mal Poker gespielt.“

„Wirklich?“ Die Vorstellung, wie sie spielte, erregte mich. Zuzuschauen, wie sie mit mächtigen Männern an einem Tisch saß und sich ihnen gegenüber behauptete, war höllisch sexy. Ich hatte mit allen möglichen Frauen geschlafen, keine von ihnen hatte in eine bestimmte Kategorie gepasst. Doch dass ich von Carmen so besessen war, sagte mir, dass ich ihre Eigenschaften besonders attraktiv fand – dass sie so viel Selbstbewusstsein hatte. Zu meiner Überraschung war eine starke Frau genau meine Schwäche. Sie hatte ihr eigenes Geschäft, lebte alleine und sie wich angesichts mächtiger Feinde nicht ängstlich zurück.

„Mit Vanessa und unseren Vätern. Wir spielen nur zum Spaß, aber wir haben eine gute Zeit."

„Machst du sie fertig?"

„Oh, immer", sagte sie lachend. „Aber wahrscheinlich lassen sie mich gewinnen."

Das würde ich wahrscheinlich auch tun. „Komm morgen Abend mit mir ins Casino. Du kannst an meiner Seite sitzen und mir beim Spielen zusehen."

All ihre Verspieltheit verpuffte sofort. „Das ist keine gute Idee."

„Und warum nicht?"

„Dies ist nur eine Affäre – keine öffentlichen Auftritte." Egal wie leicht sie für mich dahinschmolz, wenn wir zusammen im Bett waren, sie hielt dennoch an ihren Prinzipien fest. Sie war entschlossen, diese Beziehung so geheim wie möglich zu halten.

„Das ist schade." Ich zog sie leicht zu mir, sodass sie über meine ganze Länge glitt. „Ich wollte dich vorzeigen, in einem Kleid mit einem Schlitz bis hier oben." Meine Hand bewegte sich zu ihrem Oberschenkel, wo ihr sagenhaftes Kleid den Blick auf ihre Haut freigeben würde.

„Ich kann dieses Kleid hinter geschlossenen Türen tragen. Dann kannst du es mir vom Leib reißen." Sie hielt meinem Blick mit einem Hauch von Furchtlosigkeit stand und ihr Selbstvertrauen war unglaublich sexy.

„Das ist kein schlechter Kompromiss.“ Ich schob ihren Pullover hoch, bis ihr Dekolleté in ihrem BH entblößt war. Ich küsste das weiche Fleisch ihrer schönen Brüste, roch ihr Parfüm und schmeckte ihre köstliche Haut.

Sie seufzte bei der Berührung. „Dir gefällt mein Vorbau, nicht wahr?“

„Es sind die schönsten Titten, die ich je gesehen habe.“ Ich betete die üppigen Kurven ihrer Brüste an, liebte es, wie weich sie sich unter meiner Zunge anfühlten. „Und ich habe schon viele gesehen.“ Ich sah sie jeden Tag im Casino, wenn die Frauen in ihren Käfigen tanzten. Sie konnten nicht mit dieser Frau mithalten.

Ich schob sie sanft von mir und ging dann zur Wohnungstür. Als ich dort ankam, klopfte es laut und deutlich. Ich öffnete die Tür, nahm die Tasche mit Lebensmitteln entgegen, die meine Männer gekauft hatten, und schloss die Tür dann wieder.

Carmen tauchte hinter mir auf. Sie hatte ihr Oberteil wieder heruntergezogen und ihre Brüste versteckt. „Woher wusstest du, dass sie da waren?“

Ich stellte die Tasche auf der Arbeitsfläche ab und nahm alles heraus. „Ich weiß diese Dinge einfach. Also, hast du Hunger?“

Sie stand neben mir und beobachtete, wie ich das Hühnchen und das Gemüse zusammen mit einem Beutel Blumenkohlreis herausnahm. „Ich habe immer Hunger.“

„Wirklich? Ich sehe dich so selten essen.“

„Weil du mich nervös machst“, platzte es aus ihr, ehrlich wie immer, heraus.

Ich versteckte das Lächeln, das sich beinahe auf mein Gesicht schlich, genoss jedoch den Fakt, dass sie um mich herum wie auf Zehenspitzen ging. „Dann sei nicht nervös.“

„Das ist ein bisschen schwierig, wenn du mich immer unterschwellig bedrohst.“

Ich faltete die Tasche zusammen und drehte mich dann zu ihr, in meinen Adern floss Testosteron und Lust. „Gehorche mir und du musst dir um nichts Gedanken machen.“

Ihre Augen leuchteten mit der üblichen Wut auf. „Wir wissen beide, dass ich nicht gut darin bin zu gehorchen.“

Ihre Schönheit hypnotisierte mich, ihre intelligenten Augen und ihr kecker Charakter. Sie war nicht wie die anderen Frauen, die ich mit nach Hause nahm. Sie hatte Verstand, eine klare Meinung und eine Furchtlosigkeit, die mich beinahe verrückt machte. Jedes Mal, wenn sie sich mir widersetzte, wollte ich sie noch mehr. Jedes Mal, wenn sie sich mir gegenüber behauptete, respektierte ich sie mehr. Jeder ihrer Züge sorgte dafür, dass meine Besessenheit wuchs, dass ich mich fester an sie klammerte, ohne das Vorhaben, sie gehen zu lassen. „Das ist mir bewusst.“

Ich drehte mich um und begann zu kochen, dabei ließ ich meine unterschwellige Aggressivität die Atmosphäre um uns herum erfüllen. Diese Frau war unbezwingbar, eine Frau, die sich keinem Mann unterwarf, wenn er es nicht verdient hatte. Ich war dieser Herausforderung gewachsen. Sie zog mich an. Ihre ständige Ablehnung sorgte nur dafür, dass ich sie noch mehr wollte. Es hatte noch nie eine Frau gegeben, die ich nicht haben konnte – bis jetzt. Jede andere würde mir im Bett sagen, dass sie mich liebte. Doch diese Frau war dafür zu clever.

Sie entdeckte die andere kleine Tasche, die ich im Eingangsbereich hatte auf dem Boden stehen lassen. „Was ist hiermit?“

„Lass es dort liegen.“ Ich nahm all meine Werkzeuge

heraus und stellte die Pfannen auf den Herd. „Das zeige ich dir später."

Es war eines der wenigen Male, dass sie auf mich hörte. Sie ließ die Tasche dort stehen und kam an meine Seite. „Kann ich helfen?"

„Ja." Ich zog sie vor mich und ergriff ihre Taille mit beiden Händen. „Du kannst das hier klein schneiden." Mein Mund fand ihren Hals und ich küsste sie, während sie das große Messer ergriff, das auf dem Brettchen lag.

Sie hielt den Griff fest und drehte ihren Kopf ein wenig, sodass ich mehr Küsse auf ihrem Hals verteilen konnte. „Du vertraust mir mit diesem Messer?" Sie schnitt den Spargel und atmete leise, als sie meine Küsse überall spürte.

Meine Finger glitten unter ihren Pullover und ich spürte die weiche Haut ihres Körpers, berührte ihr Piercing, bevor ich mich an ihren Rippen hocharbeitete. „Schönheit, wenn du versuchst, mich zu erstechen, werde ich dich nur noch mehr wollen. Also versuch es ruhig."

9

CARMEN

Bosco war nicht der richtige Mann für mich. Territorial, aggressiv und bedrohlich war er die Art von Mann, die mein Leben ruinieren konnte. Im Vergleich zu anderen Verbrechern auf der Welt schien er zahm zu sein, aber es gab immer Anzeichen seiner dunklen Seite. Wenn ich ihn wirklich verlassen wollte, wusste ich nicht, ob er mich gehen lassen würde.

Ich steckte schon zu tief drin.

Aber all diese Logik war hinfällig, sobald wir zusammen im Bett lagen. Ich dachte an nichts anderes, als an den sexy Mann auf mir, seinen gemeißelten Körper und seine sexy, mit Schweiß bedeckten Muskeln. Er war der beste Liebhaber, den ich je gehabt hatte. Es gab keinen Vergleich mit den anderen Männern, die in meinem Bett gelegen hatten. Selbst der beste war im Vergleich zu Bosco Roth lächerlich gewesen.

Ich lag wieder auf dem Rücken, war satt von dem köstlichen Abendessen, das er für mich gekocht hatte. Meine Oberschenkel umschlossen seine schmalen Hüften und meine Knöchel waren hinter seiner Taille verschränkt. Mit jedem seiner Stöße stiegen meine Brüste in Richtung meines Kinns, bevor sie wieder zurückschwangen. Ohne ein Kondom zwischen uns konnte ich jedes Detail seines dicken Schwanzes spüren, sogar die pulsierende Ader, die pochte, während er mich genoss.

Meistens konnten die Männer sich nicht lange genug zurückhalten, um mich zum Orgasmus zu bringen. Sie beendeten das Rennen schnell, einige waren verlegen und andere zu zufrieden, um sich darum zu kümmern.

Bei Bosco war das nie ein Problem.

Es ging ihm nur um mich.

Er hatte mich noch immer nicht in eine andere Position gebracht; ich lag immer auf meinem Rücken mit meinen Brüsten in seinem Gesicht. Seine Augen waren die ganze Zeit auf mich gerichtet und beobachteten jeden meiner Gesichtsausdrücke, während er mich mal hart, mal sanft fickte.

Warum musste ich den besten Sex meines Lebens mit dem grausamsten Mann meines Lebens haben?

Ich war schon einmal gekommen, ein kraftvoller Orgasmus, bei dem meine Oberschenkel fast seine Hüften zerdrückten. Sein Schwanz verhärtete sich spürbar in mir, aber er spritzte nicht ab. Er machte weiter, sein finsterer Blick war auf mich gerichtet und brannte vor Erregung.

„Diese Muschi." Er atmete in mein Gesicht, alle Muskeln seines Körpers spannten sich an, als er in mich hineinstieß, auch sein straffer Arsch spannte sich bei jeder Bewegung an. „Verdammt … diese Muschi." Er drückte sich bis zu seinen Eiern hinein, seine Länge war von meiner weißen Creme bedeckt. Er fuhr tief in mich hinein und drückte einen unsichtbaren Knopf, der meinen Körper vor Freude beben ließ.

Ich packte seine Schultern, als ich mich von ihm tief in

die Matratze drücken ließ. Der Wunsch dieses Mannes nach mir machte mich am meisten an. Er konnte nie genug von mir bekommen und nahm mich immer aggressiv, ohne sich darum zu kümmern, ob ich etwas dafür tat. Alles, was er wollte, war, seinen riesigen Schwanz in mich zu schieben und mir sein Sperma zu geben, obwohl er jede andere Frau haben konnte, die er wollte.

Aber im Moment wollte er nur mich.

Er war ein ganzer Mann, von den Muskeln in seinen Schultern bis zu seinen definierten Waden. Sogar seine großen Füße waren sexy, bedeckt mit Venen, genau wie seine Unterarme. Er hatte robuste Hände und gemeißelte Unterarme, jeder Zentimeter seiner Haut vibrierte vor Männlichkeit.

Kein anderer Mann hatte mich mehr wie eine Frau fühlen lassen.

In der ungezügelten Hitze der Leidenschaft schien es, als hätten wir etwas viel Tieferes als das, was wir wirklich hatten. Es schien, als wäre ich die einzige Frau auf der Welt, die wichtig war. Und es schien, als wäre er der Mann, nach dem ich mein ganzes Leben lang gesucht hatte.

Aber sobald der Sex vorbei war, setzte die Realität wieder ein.

Und ich würde ihn hassen und ihn wieder fürchten.

Als ich kam, zog ich meine Nägel über seinen Rücken. „Verdammt ... Bosco." Ich klammerte mich fester an ihn und brachte seinen großen Schwanz an die perfekte Stelle. Ich hatte noch nie so ein Gefühl mit einem anderen Mann erlebt, so perfekt. Es fühlte sich so viel besser an, ohne dass das Kondom uns trennte, und die Vorstellung, sein Sperma in mir zu fühlen, machte mich nur noch mehr an. „Komm in mir ... Ich will alles. Ich will dein Sperma spüren, wenn ich komme." Ich hatte noch nie zuvor einen Mann in mir kommen lassen und jetzt war ich süchtig danach. Ich liebte es, es in mein Höschen tropfen zu sehen, es über meine Oberschenkel fließen zu spüren, wenn ich aufstand, weil es so schwer war.

„Ja, Schönheit." Er drückte sein Gesicht gegen meins, als er hart in mich stieß. Außerhalb des Sexes war er derjenige, der für die Entscheidungen verantwortlich war, aber wenn sich unsere nackten Körper zusammen bewegten, ließ er mich meine Forderungen stellen. Es machte ihn an, mich zu befriedigen, als wäre mein Vergnügen seine Schwelle zu einem großartigen Höhepunkt.

Kurz bevor er kam, spannte sich sein ganzer Körper an, seine Arme wurden noch dicker und der Schweiß strömte über seinen Nacken. Nach ein paar weiteren Stößen spritzte er ab und füllte meine nasse Muschi mit seinem Saft. „Nimm alles." Er schob sich bis zu den Eiern hinein und kam.

Ich schrie ihm ins Gesicht und hatte einen Orgasmus, der noch stärker war als der letzte. Meine Nägel schnitten fast in seine Haut, als sie sich bis zu seinem Hintern hinunterzogen. Ich war so heiß, so verschwitzt und so außer Atem, aber es war mir egal. „Bosco ... ich liebe es, wenn du mich fickst." Ich blickte in seine Augen und sah die gleiche Erregung.

Er beendete seine Arbeit mit einem Stöhnen. „Ich weiß." Er küsste den Winkel meines Mundes, bevor er mich mit seiner Umarmung erstickte. Er gab mir seinen Mund und seine Zunge und nahm meinen Mund aggressiv, als hätte er in den letzten dreißig Minuten nicht schon alles von mir gehabt.

Als sein Schwanz weich geworden war, zog er ihn langsam aus mir heraus und ließ seinen Samen zurück. Er rollte sich an meine Seite, seine Hand hinter seinem Kopf und seine Brust glänzend vor Schweiß. Der Schein der Straßenlaterne traf seinen Körper und skizzierte die gemeißelten Rillen seines Bauches.

Ich blieb liegen, wie ich war, mit seinem Sperma in mir. Ich zog meine Knie an meine Brust und spürte die Schwere durch den tieferen Winkel.

Er drehte seinen Kopf zu mir und beobachtete mich. „Du liebst meinen Saft wirklich."

Ich war immer noch high, weil ich an diesem Abend zweimal gekommen war, also dachte ich nicht lange nach, bevor die Worte aus meinem Mund kamen. „Ja." Ich hatte mich nie von einem Mann ohne Kondom ficken lassen, weil ich nie in einer monogamen Beziehung gewesen war. Es waren alles Flammen, die ausgebrannt waren, nicht, dass sie überhaupt hell gebrannt hatten. Ich hatte es nicht eilig, mich zu binden und Kinder zu bekommen, aber ich fing an zu glauben, dass es sehr unwahrscheinlich war, dass ich jemals den Richtigen finden würde. Der, der dem am nächsten kam, war Bosco – und er war nicht der Richtige für mich.

„Es gibt noch viel mehr, wo das herkommt." Er legte seine Hand auf seinen Bauch und schloss die Augen. Sein harter Kiefer wurde weicher, als er sich entspannt hatte. Er musste sich an diesem Morgen rasiert haben, weil sein Kinn frei von Stoppeln war. Völlig glatt zeigte es die maskulinen Linien seines Gesichts, seine perfekten Gesichtszüge, die Männlichkeit definierten.

Plötzlich regte er sich aus dem Schlaf und hob seine Kleidung vom Boden auf. Er holte sein Handy heraus und legte es auf den Nachttisch, als würde er einen Anruf erwarten. Er drückte einen Knopf an der Seite seiner Uhr und ließ einen schwarzen Bildschirm auf der Oberfläche erscheinen. Es war ein High-Tech-Gadget, das ich noch nie gesehen hatte.

„Was ist das?“, flüsterte ich.

Er blickte wieder zur Decke und schloss die Augen. „Mein Team kann mit mir kommunizieren, falls etwas passiert.“

„Also werden sie bis morgen früh in der Nähe meiner Wohnung stationiert sein?“

„Nicht ganz. Sie werden in einem Umkreis von drei Kilometern verstreut sein und sich in die Umgebung einfügen, sodass es nicht so offensichtlich ist, dass sie da sind. Sie halten Ausschau und informieren mich über jede ungewöhnliche Aktivität.“

„Sind das dieselben Männer wie aus der Lobby deines Gebäudes?“

„Nein.“

Er hatte die ganze Zeit zwei Dutzend Männer dort stationiert und eine weitere Crew, die ihn überall hinbegleitete? Das waren insgesamt fünfzig Männer. Das konnte ich mir kaum vorstellen. Conway war ein wenig berühmt und das hatte nicht einmal er. „Gibt es etwas, wovor du Angst hast?“

„Nein.“ Er sagte es, ohne zu zögern. „Männer versuchen die ganze Zeit, sich mir zu nähern, betteln mich um Zugang zum Casino an, bitten um Aufschub ihrer Mitgliedsbeiträge – solche Dinge halt. Es hält die Bettler fern. Und wenn irgendjemand überhaupt nur erwägt, mich anzugreifen, wird er sich nicht die Mühe machen, wenn er sieht, womit er es zu tun hat. Man sagt, dass es ausreicht, nur eine Alarmanlage in seinem Haus zu haben, um einen Einbruch zu verhindern – das ist etwa das Gleiche.“

„Also lässt du niemanden einfach rein?“ Jetzt interessierte ich mich mehr für sein Leben. Vielleicht hatte ich nicht mehr so viel Angst, Fragen zu stellen, jetzt, da ich die wichtigsten Dinge wusste. Ich dachte, wenn ich die Wahrheit meiden würde, würde es das einfacher machen. Aber das Unwissen machte es noch unangenehmer.

„Nein." Er drehte seinen Kopf zu mir, seine blauen Augen sahen ernst aus.

„Was sind die Anforderungen?"

„Eine Million Dollar Jahresmitgliedschaft. Krimineller Hintergrund. Das ist alles."

„Das sind ziemlich große Anforderungen. Warum müssen sie kriminell sein?"

„Weil wir nicht wollen, dass normale Männer herumschnüffeln. Kriminelle sind keine Ratten. Wir werden uns nicht gegenseitig verraten. Normale Männer haben keine Eier wie wir. Du sagst, du willst einen guten Mann, um dich zu binden und eine Familie zu gründen." Er schüttelte den Kopf. „Gute Männer werden überbewertet. Sie sind Muschis, weil sie nicht mutig oder stark genug sind, um sich gegen andere zu behaupten und größere Chancen zu bekommen. Sie sind lahm und langweilig. Glaube mir, das ist nicht das, was du willst."

„Du kennst mich nicht gut genug, um diese Aussage zu machen."

Er zuckte nicht mit der Wimper, als er mich anstarrte. „Ich weiß alles über dich."

„Das ist nicht möglich."

Er setzte sich auf und stützte seinen Körper auf seinen Ellbogen. „Ich weiß, dass du eine taffe Frau bist, die einen starken Mann braucht. Ich weiß, dass du umwerfend schön bist, aber keinen Mann finden kannst, der mit dir klarkommt. Ich weiß, dass du klug, frech und furchtlos bist. Du brauchst einen Mann, der dich in jeder Hinsicht ergänzen kann – aber du hast ihn noch nicht gefunden. Du kannst jeden Mann haben, den du willst – aber es gibt keine Männer, die gut genug für dich sind. Wenn das nicht wahr wäre, wärst du schon verheiratet. Dein Problem ist, dass du am falschen Ort gesucht hast. Männer, die die Regeln befolgen und ein ruhiges Leben führen, sind langweilig. Und du bist nicht langweilig, Süße.“ Er legte sich wieder hin, sein schwerer Körper ließ die Matratze in seine Richtung einsinken.

„Ich habe dir gesagt, du sollst mich nicht so nennen.“ Er hatte es seit ein paar Wochen nicht mehr getan, aber der Name war wieder durchgekommen.

„Warum stört es dich so sehr?“ Er drehte sich auf die Seite und sah mich an, sein kraftvoller Körper bewegte sich geschmeidig. Das Laken lag um seine Taille und verbarg seine muskulösen Oberschenkel und seinen langen Schwanz.

„Ich habe bereits gesagt, dass du es dir erst verdienen musst, mich so zu nennen – und das wirst du nie.“

„Du weißt, dass ich immer für eine Herausforderung bereit bin.“ Er schenkte mir dieses hübsche schiefe Lächeln. „Ein alter Freund hat dich so genannt? Stört es dich deshalb?“

„Ich habe dir bereits gesagt, dass ich noch nie einen Freund hatte.“

„Ich weiß, aber manchmal tust du so, als hätte man dir das Herz gebrochen.“

„Niemals.“ Ich war noch nie verliebt gewesen. Das einzige Mal, dass ich echte Leidenschaft erlebt hatte, war mit einem Mann, der so falsch für mich war, dass ich mich selbst dafür verurteilte, weil ich in diesem Moment neben ihm lag.

„Wer hat dann das Recht verdient, dich so zu nennen?“ Seine Hand bewegte sich unter dem Laken zu meinem

Bauch und er rieb mich sanft, genauso wie Griffin Vanessas schwangeren Bauch rieb.

„Mein Vater." Er hatte mich von dem Tag, an dem ich geboren wurde, so genannt. Carter bekam keinen speziellen Spitznamen, ich aber schon. Mein Vater benutzte meinen Vornamen kaum, weil der Spitzname für ihn eine Selbstverständlichkeit war. Er war übermäßig beschützend und er liebte mich so sehr, dass er die meiste Zeit nicht klar denken konnte. Als er sah, wie Griffin mir zu nahekam, war er ausgerastet.

Es war das erste Mal, dass ich sah, wie Boscos Augen weicher wurden. Er verdeckte die Reaktion schnell, als wäre sie nie passiert. „In Ordnung. Das ist fair." Er kam näher an mich heran, bis er sich in meine Seite schmiegte. Er legte seine kräftigen Arme um mich und hielt mich warm, seine dicken Muskeln wirkten wie eine Heizung. Er zog mein Bein über seine Hüfte und brachte uns dicht zusammen, sein Gesicht drückte sich an meinen Hals.

Ich war noch nie so mit jemandem verschlungen gewesen, meine Beine und Arme auf seinem harten Körper, aber irgendwie war es die bequemste Position, in der ich je gewesen war. Mein Arm lag um seinen Hals und mein Gesicht lag an seiner Wange. Mit diesem mächtigen Mann, mit dem ich gerade verschlungen war, gab es nichts, was mich jemals verletzen könnte. Eine Gruppe von Schlägern hatte mich nicht entführen können, nicht als er dort gewesen war, um alle zu vertreiben, die mich mitnehmen wollten. Er hatte vierundzwanzig Männer auf den Straßen rund um meine Wohnung postiert und stellte sicher, dass niemand, der nicht dorthin gehörte, uns beide stören konnte. Vielleicht war Bosco ein gefährlicher Mann, aber ihn in meinem Bett zu haben, gab mir ein sichereres Gefühl als je zuvor in meinem Leben.

Es ergab keinen Sinn – aber das machte es nicht unwahr.

Ein paar Tage waren vergangen, aber ich hatte nichts von Bosco gehört. Er war am Wochenende in meine Wohnung gekommen, hatte in der Küche gekocht und mich dann im Schlafzimmer gefickt. Wir redeten nicht viel und verbrachten die meiste Zeit nackt und verschwitzt.

Ich war im Laden, als mein Bruder mich anrief.

„Was willst du?", fragte ich wie eine genervte Schwester.

„Ich grüße dich auch", sagte er sarkastisch. „Ich hatte gehofft, du könntest mir einen Gefallen tun."

„Gerne. Aber es wird dich was kosten", neckte ich.

„Mia und ich waren heute in Mailand, um ihr Kleid abzuholen. Wir haben Luca morgens in der Schule abgesetzt und dachten, wir wären rechtzeitig zurück, um ihn am Ende des Tages abzuholen, aber unser Flugzeug hatte Verspätung –"

„Natürlich werde ich ihn abholen." Ich verdrehte die Augen. „Seine Schule ist gleich die Straße runter. Ich nehme ihn mit, um etwas zu essen, und dann gehen wir in meine Wohnung." Luca war mein Neffe geworden, ein süßer kleiner Junge, der neugierig auf alles war. Er war unerwartet in mein Leben getreten, aber jetzt, da er hier war, konnte ich mir ein Leben ohne ihn kaum vorstellen.

„Vielen Dank, Carmen. Wir sehen uns in ein paar Stunden."

Ich schloss den Laden ab und ging dann die Straße entlang zu Lucas Schule. Er besuchte die beste Privatschule der Stadt, die Carter ausgesucht hatte. Ich ging durch die Tore und als die Glocke läutete, kam Luca mit seinem Dinosaurier-Rucksack heraus. Er war anfangs verwirrt, als er seine Mutter nicht sah, aber als er mich sah, lief er mir in die Arme. „Tante Carmen!"

Ich kniete nieder, öffnete meine Arme und schloss ihn in eine große Umarmung. „Hallo, Luca. Ist es okay, wenn ich dich heute abhole?"

„Ja! Aber wo ist meine Mutter?" Er trug ein rotes T-Shirt mit Streifen und Jeans, die für seine langen Beine ein wenig zu weit waren.

„Sie und Carter hatten eine Besorgung zu erledigen. Sie werden dich in ein paar Stunden abholen."

„Okay." Ich nahm seine Hand und wir gingen den Bürgersteig hinunter. „Wollen wir etwas essen gehen?"

„Ja", sagte Luca. „Eiscreme."

Ich zog meine Augenbraue hoch und sah auf ihn hinunter. „Wir wissen beide, dass du kein Eis zum Mittagessen bekommst. Aber ein netter Versuch."

Er lachte etwas verlegen, da ich herausgefunden hatte, dass er versucht hatte, mich reinzulegen.

Wir gingen in ein Café und er bekam ein Sandwich und Apfelmus. Dann gingen wir nach Hause, die Nachmittagsluft war kühl. Die Sonne ging früh unter, jetzt, da es Winter war, also war es auf halbem Weg nach Hause schon dunkel.

Da sah ich einen merkwürdigen Mann auf mich zukommen, ganz in Schwarz gekleidet und verdächtig aussehend. Seine Augen waren auf mich gerichtet und bemerkten Luca neben mir. Ich hatte Horrorgeschichten von Leuten gehört, die Kinder entführt hatten, und ich würde lieber sterben, als zuzulassen, dass das geschah. Ich hielt seinen Blick und hielt Luca dicht bei mir, bereit, dem Mann beide Augen herauszureißen, wenn er etwas versuchen sollte. Ich hätte ein Taxi nehmen sollen, aber Lucas Gesellschaft hatte mich abgelenkt.

Bevor der Typ mich überhaupt erreichte, tauchte ein anderer Mann auf und blieb vor ihm stehen. Er trug Jeans und einen schwarzen Pullover und war muskulös mit kurzen Haaren. Er erinnerte mich an einen von Boscos Männern, die alle gleich aussahen. Er starrte den Mann an, machte aber keine Szene. Sein Blick schien genug zu sein, denn der Mann drehte sich um und verschwand, wie er gekommen war.

Als wäre nichts passiert, ging der Mann weg, lehnte sich gegen eine Hauswand und beobachtete mich, während er versuchte, diskret zu sein.

Ich überquerte die Straße, mein Herz schlug noch immer schnell. Etwas sagte mir, dass dies einer von Boscos Männern gewesen war, und er ein Sicherheitsteam beauftragt hatte, das mich überallhin begleitete. Anfangs war ich sauer, dass er meine Privatsphäre verletzt hatte.

Doch dann empfand ich nur noch Dankbarkeit.

Vielleicht hatte dieser Mann überhaupt nichts gewollt. Vielleicht war ich nur paranoid.

Oder vielleicht wollte er mich mit vorgehaltener Waffe ausrauben und Luca für immer entstellen.

Oder noch schlimmer, er wollte mir Luca wegnehmen.

Jetzt würde ich es nie herausfinden.

Wir saßen zusammen am Küchentisch, während Luca seine Hausaufgaben machte. Er aß von einem Teller geschnittene Äpfel, während er an seinen Aufgaben arbeitete. Manchmal bat er mich um Hilfe und ich war erleichtert, dass ich ihm helfen konnte. Mathematik war schon immer mein stärkstes Fach und es wäre mir peinlich gewesen, wenn ich meine grundlegenden Fähigkeiten vergessen hätte.

Ein Klopfen ertönte an der Tür. „Das muss deine Mutter sein.“ Ich sah zuerst durch den Türspion, bevor ich sie hereinließ. „Hallo, ihr Lieben. Wie geht es euch?“

Mia umarmte mich und küsste mich auf die Wange. „Großartig. Wir haben mein Hochzeitskleid abgeholt. Conway hat es von einem Spezialdesigner für mich anfertigen lassen.“

„Wow, das war nett. Ich wette, es ist wunderschön.“

Mia ging zu Luca am Küchentisch und küsste ihn auf den Kopf. „Hallo Liebling. Hattest du einen schönen Tag?“

Als Nächstes kam Carter herein. Er war fast einen Kopf größer als ich. Als ich ihn ansah, wurde mir klar, dass er und Bosco gleich groß waren. Als ich an den gefährlichen Mann dachte, mit dem ich schlief, fühlte ich mich plötzlich schuldig, da Carter dem niemals zustimmen würde. „Hast du das Kleid gesehen?“

„Nein“, sagte er schnell. „Ich habe sie nur hingebracht. Wir haben zu Mittag gegessen und etwas Zeit miteinander verbracht.“

Es war schwer zu glauben, dass mein Bruder, der früher alles fickte, was ihm über den Weg lief, heiraten wollte. Er hatte in seinem Leben noch nie eine feste Freundin gehabt, dann traf er unter den schlimmsten Umständen Mia und das veränderte sein Leben für immer.

„Wie war es mit Luca?“

„Großartig, wie immer. Wir haben zu Mittag gegessen und seitdem arbeitet er an seinen Hausaufgaben.“

„Er ist ein guter Junge“, sagte Carter stolz.

„Sehr süß.“

Carter ging zu ihm und küsste ihn auf den Kopf. „Wie geht es meinem kleinen Mann?“

„Super!“ Er nahm seine Mathe-Hausaufgaben auf. „Tante Carmen hat mir geholfen.“

„Das ist toll.“ Carter half ihm, seine Sachen in seinen Rucksack zu packen. „Lasst uns gehen. Deine Mama muss das Abendessen machen.“

„In Ordnung.“ Luca schulterte seinen Rucksack und kam dann zu mir. „Danke, dass du mich abgeholt hast, Tante Carmen.“

Mein Herz schmolz für diesen kleinen Jungen. Er war so süß und hatte ein Herz aus Gold. Ich hatte mir schon immer eine eigene Familie gewünscht, aber in der Nähe von Luca zu sein, ließ mich erkennen, wie sehr ich sie wirklich wollte. Ich kniete nieder und umarmte ihn fest, drückte ihn gegen meine Brust und roch an seinen Haaren. Meine Eierstöcke schrien praktisch, weil ich noch mehr Mutter werden wollte als zuvor. „Gern geschehen, Luca.“ Ich ließ ihn endlich frei und stand auf.

Mia legte ihre Hand auf seine Schulter und führte ihn in den Flur.

Carter blieb eine Sekunde lang zurück. „Danke, dass du ihn abgeholt hast.“

„Das macht mir überhaupt nichts aus“, sagte ich mit einem Seufzer.

Carter starrte mich für einen Moment an, seine Augen wurden ernst. Wir waren uns nie sehr nahe gewesen, nicht so wie mit Vanessa, aber wir kamen gut genug miteinander aus. Er hatte mich schon immer beschützt und mir gezeigt, dass er mich liebt, anstatt es jemals zu sagen. „Es wird eines Tages auch für dich wahr werden, Carmen.“

„Was?“, fragte ich.

„Eine Familie.“ Er berührte sanft meine Schulter, bevor er sich zurückzog. „Hab einfach Geduld. Der richtige Typ ist da draußen und sucht nach dir.“

Dieser mythische Mann war nirgendwo zu finden. Und der Mann, mit dem ich gerade schlief, war sicherlich nicht der Richtige. „Ich hoffe, du hast recht."

Ich hatte noch immer nichts von Bosco gehört, was ungewöhnlich war, da wir alle paar Tage miteinander sprachen. Nun waren vier Tage ohne ein Wort von ihm vergangen.

Ich fragte mich, ob ich ihm langweilig wurde.

Als ich mit Wollsocken an den Füßen und einem ausgebeulten Pullover auf der Couch saß, beschloss ich, ihn anzurufen.

Er antwortete fast sofort. „Schönheit." Es war ruhig im Hintergrund, was mich glauben ließ, dass er zu Hause war.

„Bosco."

Er kicherte leise. „Es spielt keine Rolle, in welchem Kontext es ist, wenn du meinen Namen sagst, ist es das sexyeste, was ich je gehört habe."

Vielleicht langweilte er sich doch nicht mit mir. Ich fragte mich, warum er nicht angerufen hatte, aber ich wollte nicht fragen. Das würde mich anhänglich erscheinen lassen und ich wollte nicht anhänglich sein. Er war der letzte Mann auf der Welt, zu dem man sich hingezogen fühlen sollte. Er würde mir nicht nur das Herz brechen, sondern mich auch zerstören. „Verfolgen mich deine Männer?" Ich stellte die Frage, die mich beschäftigte, und tat so, als wäre dies der einzige Grund, warum ich anrief. Ich war zu stolz, um ihn einzuladen, um ihm zu sagen, dass ich ihn vermisste.

Er schwieg eine Weile und zog die Stille in die Länge, bevor er schließlich seine Antwort gab. „Ja."

Ich wusste, dass er ehrlich sein würde, also erwartete ich

auch keine andere Antwort. Es gab keine Möglichkeit, dass der Mann nur durch Zufall eingegriffen hatte. Es war niemand auf dem Bürgersteig gewesen und dann, wie aus dem Nichts, erschien dieser Mann.

„Ich werde mich nicht dafür entschuldigen. Ich werde es nicht rechtfertigen. Wenn es dich wütend macht, ist mir das scheißegal. Ich will das nur im Vorfeld klären, um dir etwas Zeit zu sparen."

Ich hatte nichts anderes erwartet. „Wie lange folgen mir deine Männer schon?"

„Von Anfang an."

„Warum?"

„Offensichtlich um deine Sicherheit zu gewährleisten. Ich habe zehn Männer, die dir die ganze Zeit folgen."

„Zehn?", fragte ich ungläubig.

„Ja", sagte er unfreundlich. „Vielleicht mache ich zwanzig daraus, nachdem, was neulich passiert ist."

Also wusste er davon. „Wer war das?"

„Das willst du nicht wissen."

Er hatte recht, das wollte ich nicht.

„Aber ich habe mich persönlich darum gekümmert. Denk nicht mehr an ihn."

„Was bedeutet das?" Ich fragte, unsicher, ob ich die Antwort hören wollte.

„Ich habe ihn erstochen und in einen Müllcontainer geworfen."

Ich schloss die Augen und zuckte vor dem grauenhaften Bild in meinem Kopf zusammen.

„Und fühl dich nicht schlecht deswegen – vertraue mir."

Der Mann hatte es wahrscheinlich verdient. Ich wollte nicht wissen, was seine Verbrechen waren. Aber wenn er mir Luca wirklich hatte wegnehmen wollen, verdiente er den grausamen Tod, den er erlebt hatte. „Ich fange an, mich zu fragen, ob Florenz der gefährlichste Ort der Welt ist.“

„Nein, nicht mal annähernd. Aber es gibt überall böse Männer. Und ich bin einer von ihnen.“

Jetzt hatte er mich.

„Bist du sauer auf mich?“, fragte er mit weicherer Stimme.

„Nein.“ Wenn diese Intervention Luca gerettet hatte, sollte ich nur dankbar sein. Dieser kleine Junge war rein und unschuldig. Wenn ihm jemals etwas zustoßen würde, würde ich meinen Verstand verlieren und ausrasten. Ich würde jeden Mann zwanzigmal erstechen, bevor ich ihn in einem Müllcontainer verrotten lassen würde.

„Mit mir bist du immer in Sicherheit, Schönheit – auch wenn ich nicht da bin.“

Obwohl ich in meiner Wohnung saß, überkam mich ein Gefühl der Erleichterung. Es reinigte mein Herz und mein Blut und ich fühlte mich in Frieden mit der Welt. Selbst, wenn ein Mörder vor meiner Wohnung wäre, würde er mich nie erreichen. Wenn ich einen Mann wie Bosco in meinem Leben hatte, musste ich nie wieder Angst haben.

„Wie ich dir schon sagte, wenn du willst, kannst du nackt durch die Straßen gehen – dir wird nichts passieren.“

Ich glaubte ihm.

„Geh im Dunkeln nach Hause. Mach, was immer du willst. Du bist meine Frau – und du bist unantastbar.“ Als wäre das Gespräch damit beendet, legte er auf. Er hatte nicht darum gebeten, mich zu sehen oder vorbeizukommen. Er war besitzergreifend, aber auch kalt. Es ergab keinen Sinn.

Ich hätte ihn fast zurückgerufen – aber mein Stolz ließ es nicht zu.

„Wer zum Teufel ist das?“, flüsterte ich Vanessa zu, als wir vor dem Gemälde standen, und nickte zu ihrem Schreibtisch.

Ein großer Mann saß dort, in Oberhemd und dunklen Jeans. Er sah nicht aus wie ein Mann, der in eine Galerie gehörte, nicht mit diesem kalten Blick und den extrem kurzen Haaren. Er erinnerte mich an Griffin – grimmig und wütend.

Vanessa folgte meinem Blick nicht. „Mein neuer Assistent.“

Ich sah sie ungläubig an und kaufte ihr diese Geschichte kein bisschen ab.

Sie verdrehte die Augen und ging mit mir hinaus, als wir zum Mittagessen gingen. „Griffin mag es nicht, wenn ich hier allein bin. Er weiß, dass er auf dem Weingut sein muss, also ließ er mich einen Assistenten einstellen … aber er hilft mir nicht wirklich.“

„Er beschützt dich nur.“

„Ja.“ Sie ging neben mir und bog in das Café ein, in dem wir essen wollten. „Er ist im Ruhestand und hat Familie. Er war auf der Suche nach einer einfachen Arbeit, bei der er jeden Tag um fünf Uhr zu Hause ist. Also bat Griffin ihn, während der Geschäftszeiten auf mich aufzupassen.“

„Das ist süß.“

„Ich habe am Anfang versucht, es Griffin auszureden, aber es hat nicht funktioniert. Er sagte, es war schon schwer genug, mich als seine Frau in Ruhe zu lassen, aber jetzt, da ich sein Baby bekomme … sagte er, er könne die Vorstellung nicht ertragen.“ Wir bestellten und nahmen dann am Fenster Platz.

„Verständlich.“

„Ich wollte weiter versuchen, es ihm auszureden, aber ich wusste, dass es eine Diskussion war, die ich nie gewinnen würde, also hab' ich einfach aufgegeben. Das ist es, worum es bei der Ehe geht – den richtigen Zeitpunkt zu wählen, um nachzugeben."

„Er versucht nur, dich zu beschützen. Ich mache ihm da keinen Vorwurf."

„Ich auch nicht", sagte sie seufzend. „Sein Herz ist am rechten Fleck, also ist es in Ordnung." Sie rieb sich sanft den unterm Pullover hervorragenden Bauch. „Das Baby hat in letzter Zeit viel getreten. Griffin ist davon fasziniert."

„Wow, das ist toll." Vanessa verheiratet und schwanger zu sehen, machte mich ein wenig eifersüchtig. Ich war noch nie so gewesen, aber als ich neulich Luca angesehen hatte, wurde mir klar, wie sehr ich eine Familie wollte. Als ich hörte, wie Griffin sie beschützte, wurde mir klar, dass ich das auch wollte.

Bosco erfüllte den zweiten Teil, aber den ersten könnte er niemals erfüllen.

„Glaubst du, es ist ein Junge oder ein Mädchen?", fragte ich.

„Hm ... das ist schwer zu sagen." Sie nahm ihre Hand von ihrem Bauch und trank einen Schluck Wasser. „Aber ich glaube, es ist ein Junge. Er tritt einfach so oft, auch wenn es noch nicht sehr heftig ist, ist es, als ob er so viel Platz wie möglich einnehmen müsste. Er ist aggressiv und herrisch und deshalb muss ich mich morgens manchmal übergeben. Also ist es wahrscheinlich ein Junge." Sie lachte. „Erinnert mich an Griffin."

Ich kicherte. „Du hast wahrscheinlich recht."

„Also, was gibt es neues über deinen Ladykiller?", fragte sie. „Triffst du dich immer noch mit ihm?" Im Gegensatz zu früher aß Vanessa ihr Essen schnell und ihr Appetit zwang sie, sich ihre Mahlzeiten reinzuschaufeln, als hätte sie seit Tagen nichts gegessen. Sie hatte früher selten Appetit gehabt, aber jetzt war alles anders.

„Ja … Ich treffe mich noch mit ihm." Soweit Vanessa wusste, war dieser geheime Typ nur ein zufälliger Mann, der keine Rolle spielte. In Wirklichkeit steckte ich ziemlich tief in einer Beziehung mit einem gefährlichen Mann, von dem ich mich besser fernhalten sollte. Es wurde schwierig, es zu verbergen – besonders vor ihr. Ich war mir nicht sicher, was ich noch alles machen würde, und das machte mir Angst.

„Wirklich?", fragte sie. „Also sind es jetzt schon ein paar Wochen?"

„Ja, knapp drei."

„Das ist eine ziemlich lange Zeit, um einfach nur miteinander zu schlafen …" Sie warf mir einen Blick voller Anschuldigungen zu, ihre Meinung stand ihr direkt ins Gesicht geschrieben. „Klingt, als wäre es etwas Ernstes. Magst du diesen Kerl wirklich?"

„Ja. Und nein."

„Was gefällt dir an ihm?"

Ich dachte lange über meine Antwort nach, bevor ich sie ihr gab. „Ich mag es, dass er stark ist. Er ist ein beschützender Typ … wie Griffin." Bosco hatte mich jetzt schon zweimal gerettet, einmal, als er nicht einmal da gewesen war. Er hatte die ganze Stadt unter seiner Kontrolle und gab mir die Macht, frei und ohne Angst vor Belästigungen zu gehen, wohin ich wollte. Er gab mir etwas, das niemand sonst konnte, nicht einmal mein Vater.

„Das war mir auch nie wichtig, aber nach dem, was mit Knuckles geschehen ist, wurde Griffin genau das, wonach ich suchte. Es ist schön zu wissen, dass du ihn immer hast, um dich zu beschützen, auch wenn du ihn nicht brauchst.

Ich denke, es ist etwas, wonach alle Frauen suchen … etwas, das sie erst merken, wenn sie es finden. Männer sehen mich nicht mal an, wenn Griffin da ist. Er ist wie der größte Hai im Meer und alle anderen Männer sind kleine Fische."

Das war die gleiche Beschreibung, die ich über Bosco abgeben würde.

„Was noch?", fragte sie.

„Er hat eine süße Seite …"

„Wie Rosen und Schokolade?", fragte sie.

Ich lachte fast, weil das etwas war, was Bosco nie tun würde. „Er spricht sehr gut von seiner Mutter, die vor einigen Jahren an Krebs gestorben ist. Sie war alleinerziehend und hat ihn und seinen Bruder großgezogen – und er hat immer diesen Respekt in seiner Stimme … als wäre er sehr stolz auf sie. Er hat sich in den letzten zehn Jahren ihres Lebens um sie gekümmert. Da ich meiner Familie so nahe stehe, höre ich gern, dass er seiner Familie nahe steht."

„Das ist süß", sagte sie. „Ich mag ihn jetzt schon."

Sie sollte noch keine Schlussfolgerung ziehen. „Viele Männer, die ich treffe, sind durch meine eigenwillige Einstellung etwas abgeschreckt. Sie sind entweder eingeschüchtert oder genervt davon."

„Ich weiß, wie das ist", sagte sie mit einem Lächeln.

„Aber es stört ihn überhaupt nicht. Ich glaube, das ist der Grund, warum er mich so sehr mag."

Sie nickte. „Griffin hat mir gesagt, dass nur ein wirklich starker Mann mit einer starken Frau umgehen kann. Nur ein Mann, der so sicher ist, in dem, was er ist, könnte mit ihr umgehen. Wenn er also diese Qualitäten an dir mag, bedeutet das, dass er ein verdammt guter Mann ist. Zumindest nach meiner Erfahrung …"

„Nun … das sind all die Dinge, die ich an ihm mag. Ganz zu schweigen davon, dass der Sex unglaublich ist." Jetzt, da es fast eine Woche her war, seit er mit mir geschlafen hatte, wurde ich langsam mürrisch. Ich fragte mich, was er nachts tat und ob er an mich dachte. War er so beschäftigt, dass er keine Zeit für mich hatte? Oder war er mit einer anderen zusammen? Das schien nicht wahrscheinlich zu sein, weil er es mir sagen würde.

„Es klingt, als wäre er der perfekte Mann. Also, wo liegt das Problem? Warum machst du daraus nicht etwas mehr?" Vanessa biss in ihr Sandwich und schluckte schnell. „Es klingt, als würde dein Vater ihn mögen, basierend auf allem, was du mir gerade gesagt hast."

Diesmal konnte ich mich nicht zurückhalten zu lachen.

„Was?", fragte sie sichtlich verwirrt. „Es sei denn, es gibt etwas, was du mir nicht sagst ..."

Ich wusste, dass Vanessa mein Geheimnis bewahren würde, wenn ich sie darum bat. Unabhängig von ihrer Beziehung zu ihrem Ehemann würde sie mein Geheimnis bewahren. Ihre Treue zu ihm hatte nichts mit ihrer Treue zu mir zu tun. „Es gibt eine Menge, was ich dir noch nicht gesagt habe. Aber du musst verstehen, dass das unter uns bleiben muss. Du darfst es nicht mal Griffin sagen."

Sie wischte sich mit einer Serviette den Mund ab und seufzte. „Oh Scheiße. Es ist schlimm, nicht wahr?"

Ich nickte. „Wirklich schlimm. Kannst du ein Geheimnis bewahren?"

Sie verdrehte ihre Augen. „Mädchen, du weißt, dass ich das kann. Deswegen mache ich mir keine Sorgen. Wer ist dieser Typ, mit dem du zusammen bist?"

„Erinnerst du dich an meinen Vorfall in der Gasse?"

„Leider", sagte sie kalt. „Anstatt diese Typen entkommen zu lassen, hätte Bosco ..." Als ob ihr ein Licht aufging, starrte sie mich mit riesigen Augen an. „Oh. Mein. Gott. Es ist Bosco, nicht wahr?"

Ich nickte und fühlte, wie mir durch meine Schuldgefühle schlecht wurde.

„Oh Scheiße." Sie warf ihre Serviette hin. „Griffin hat nichts als schlechte Sachen über diesen Kerl erzählt."

„Ich bin mir dessen bewusst."

„Was zum Teufel machst du dann?", fragte sie. „Griffin ließ es so klingen, als wäre er ein psychopathischer Diktator. Er kontrolliert die ganze Stadt. Der Typ ist unantastbar. Er ist im Grunde genommen der König der gesamten Gegend. Er kontrolliert nicht nur die Polizei, die Regierung und das Geld, sondern auch alle Mörder, Diebe und Vergewaltiger. Er ist wie ... der Kartellanführer."

„Ja ...", das beschrieb ihn recht gut.

„Was machst du dann mit ihm, Carmen?"

Ich seufzte und steckte meine Haare hinter mein Ohr. „Ich habe keine Ahnung. Es fing langsam an und eskalierte dann ... Ich bin mir nicht sicher, was ich tun soll."

„Wie ist das passiert? Er hat dich gerettet und dann hast du ihn mit nach Hause genommen?"

„Nicht ganz", sagte ich. „Nachdem er mich gerettet hat, sagte er, er wolle im Gegenzug etwas."

„Ahh ... jetzt kommen wir der Sache näher." Sie nickte, als ob sie das überhaupt nicht überraschen würde. „Und er bat dich, ihn zu ficken, um deine Dankbarkeit zu zeigen. Das kenne ich schon."

„Eigentlich wollte er nur einen Kuss. Aber es wurde zu einem Trockenfick, der mich in der Gasse kommen ließ." Ich würde diese peinliche Information mit niemand anderem außer ihr teilen, da ich wusste, dass mich jeder andere dafür verurteilen würde. „Dann ging ich allein nach Hause und nahm an, ich würde ihn nie wiedersehen. Aber dann tauchte er in meinem Laden auf und ließ ein Date platzen, das ich hatte. Es wurde immer mehr. Also fingen wir an, uns zu treffen, und wollten nur … bedeutungslosen Sex. Aber dann sagte er, er wolle eine Chance, etwas mehr für mich zu sein … und jetzt bin ich hier. Er hat Männer, die mich überall hin verfolgen, um mich zu beschützen, er sagt, ich gehöre jetzt zu ihm und noch bevor ich begriff, was passierte, war ich im Grunde genommen in einer monogamen Beziehung mit diesem Kerl.“ Ich sprach wie ein Wasserfall, also hielt ich endlich inne und holte Luft.

Vanessa starrte mich sprachlos an. „Mein Gott.“

„Ja …“

„Tut er dir weh?“

„Nein“, platzte ich heraus. „Überhaupt nicht. Er beschützt mich … er ist sogar nett. Er ist nur ein wenig intensiv. Er sagte, er will mich mit niemandem teilen, und er will auch mit keiner anderen zusammen sein. Also hat er entschieden, dass wir exklusiv zusammen sind.“

„Und was bedeutet das?“, fragte sie. „Meinst du es also ernst? Ist da wirklich etwas?“

„Nein. Ich sagte ihm, ich würde nie eine Zukunft mit ihm wollen.“

„Gut.“

„Es ist nur eine monogame Affäre … weil er kein Kondom tragen will.“

„Mädchen, hast du –“

„Er gab mir sein Gesundheitszeugnis. Er ist sauber.“

„Gut … Vielleicht ist er ja doch ein Gentleman.“

Ich dachte etwas spöttisch, das sei etwas weit hergeholt. „Er sagte mir, dass Griffin ihm gedroht hat, und er soll sich von mir fernzuhalten.“

„Warum hast du Griffin nichts gesagt, als das angefangen hat?“

„Wegen allem, was du gerade gesagt hast“, blaffte ich. „Dieser Typ hat zu jeder Zeit vierundzwanzig Männer, die ihn bewachen. Er hat ein weiteres Team in seinem Gebäude, das er auch besitzt. Dieser Typ wirft Regelbrecher in einen Ring und lässt sie bis zum Tod kämpfen. Glaubst du, ich will Griffin da mit reinziehen? Wo ihr doch gerade ein Baby bekommt? Verdammt, nein, ich halte das vor allen geheim – außer vor dir."

Vanessas Augen wurden weicher. „Ich weiß das zu schätzen, Carmen, aber wir sind eine Familie. Du bist wie eine Schwester für mich. Was auch immer einem von uns passiert, passiert uns allen. Wir stecken da zusammen drin. Und wenn du aus dieser Beziehung aussteigen willst, werden wir es schaffen."

„Das ist die Sache ..." Ich unterbrach den Augenkontakt, weil ich sie nicht ansehen konnte, während ich sprach. „Ich bin mir nicht sicher, ob ich aus dieser Beziehung raus will ..." Ich würde nie einen Mann finden, der mir wie Bosco gefallen könnte. Ich würde nie einen Mann finden, der mich so beschützen könnte wie er. „Und selbst wenn, bin ich mir nicht sicher, ob ich eine Wahl habe. Er hat hier und da subtile Drohungen ausgesprochen ... dass er mich nie gehen lassen wird."

„Scheiße", flüsterte sie. „Nach dem, was ich gelernt habe, muss man sich behaupten."

Ich nickte. „Er hat mir dasselbe gesagt."

„Siehst du eine Zukunft mit diesem Kerl?", fragte sie und beobachtete mich genau.

Ich mochte Bosco nicht für das, was er für seinen Lebensunterhalt tat. Ich hatte noch immer Angst vor ihm, Angst vor der Macht, die ihm ständig zur Verfügung stand. Sich mit so einem Mann einzulassen, klang gefährlich. Seine Feinde wären meine Feinde. „Ich habe mir immer ein Haus in der Toskana mit vier Kindern vorgestellt. Ich würde den Laden verkaufen und eine Vollzeitmutter sein. Mein

Mann … er hat nicht wirklich ein Gesicht, ist auch da. Ich weiß nichts über ihn, aber er ist nett und stark. Das ist die Zukunft, die ich will, und ich kann mir definitiv nicht vorstellen, dass Bosco in dieses Bild passt."

„Wenn er nicht in diese Vision passt, dann ist er wahrscheinlich nicht der Richtige. Aber aufgrund meiner Erfahrungen mit Griffin dachte ich auch nicht, dass eine Zukunft mit ihm möglich wäre. Aber langsam begann er, Teil dieses Bildes zu sein. Jetzt ist er der beste Ehemann, den ich je hätte haben wollen … weil er sich zu dem Mann entwickelt hat, den ich mir wünschte."

„Ich glaube nicht, dass Bosco sich für jemanden ändern würde …"

„Dann solltest du vielleicht aus dieser Beziehung aussteigen … falls du es noch kannst."

Die Vorstellung, den Richtigen zu finden, klang nicht ansprechend, da er nicht zu existieren schien. Ich wollte auch nicht zu mittelmäßigem Sex zurückkehren, nicht, wenn Bosco mir jedes Mal atemberaubenden Sex gab. Er war so selbstlos im Bett, er war mehr auf mein Vergnügen bedacht, als auf sein eigenes. Und ich liebte es, mich sicher zu fühlen, weil ich wusste, dass mir nie etwas passieren würde, solange ich die Frau in seinem Bett war. Aber wenn ich tiefer in diese Beziehung eintauchte, dann käme ich vielleicht nie wieder heraus. Er könnte noch mehr von mir besessen werden.

Und er würde mich vielleicht nicht gehen lassen. „Ja, du hast recht …"

WEITERE ZWEI TAGE vergingen und er rief mich nicht an.

Es war nun eine Woche vergangen.

Nichts davon ergab einen Sinn. Vielleicht wollte er mich nicht mehr. Vielleicht interessierte ich ihn nicht mehr. Das würde mir die Flucht erleichtern, aber es tat mir auch weh, dass ich ihn so schnell langweilte.

Ich lag allein im Bett, mit Wollsocken an meinen Füßen, um mich warmzuhalten. Es war spät, aber ich konnte nicht schlafen, der Bereich zwischen meinen Beinen pochte, weil Bosco so lange nicht mehr da gewesen war. Wenn er nicht mit einer anderen schlief, musste er auch verrückt werden.

Der Gedanke, dass er mit einer anderen schlief, machte mich wütend, nicht, weil ich eifersüchtig war, sondern weil er nicht Manns genug war, um mir davon zu erzählen. Wollte er mich einfach für immer ignorieren und darauf warten, dass ich verschwinden würde? Bedeutete das, dass seine Männer mich nicht mehr bewachten? Unser letztes Gespräch ließ es so klingen, als wären wir noch zusammen, aber sein Schweigen sagte etwas anderes.

Meine Gefühle beherrschten meine Logik und ich griff nach dem Telefon und rief ihn an.

Er antwortete fast sofort. „Schönheit."

Ich starrte an die Decke, verärgert über den selbstbewussten Klang seiner maskulinen Stimme. „Nenn mich nicht so."

Er wurde still.

Ich schwieg auch, unsicher, was ich sagen sollte, weil ich wütend auf ihn war.

Er sprach nicht und ließ die Stille andauern. Er fragte nicht, was los war, als wüsste er genau, was das Problem war.

„Schläfst du mit einer anderen?", fragte ich unverblümt und wusste, dass er mir die Wahrheit sagen würde.

Ein Lächeln war in seiner Stimme zu hören. „Nein."

„Tust du nicht?“, fragte ich ungläubig und erwartete eine andere Antwort.

„Nein.“ Das war alles, was er mir gab, aber diese einsilbige Antwort war immer noch voller Belustigung.

Jetzt hatte ich wirklich keine Ahnung, was los war. Ich hatte ihn eine ganze Woche lang nicht gesehen. Er gab mir keine Erklärung und es schien, als würde ich auch keine bekommen, wenn ich nicht darum bat. Vielleicht tat er das mit Absicht.

„Du bist wütend, weil ich nicht angerufen habe.“

Ich weigerte mich, es zuzugeben, zumal er den Nagel direkt auf den Kopf traf.

„Du vermisst mich.“

Das würde ich definitiv nicht zugeben.

„Ich gehöre dir allein.“ Seine tiefe Stimme war elementar beruhigend, sodass ich mich erregt und sicher zugleich fühlte. „Ich gehöre dir. Ich habe jede Nacht allein in diesem Bett geschlafen. Alles, was du tun musst, ist, mir zu sagen, dass du mich brauchst, dass du mich vermisst, und ich bin in zehn Minuten da.“

Das war alles ein Spiel für ihn – und ich verlor es.

„Sag mir, dass du mich brauchst.“

Ich wollte nicht.

„Schönheit, einer der Gründe, warum ich dich so schätze, ist deine Offenheit. Du bist die Art von Frau, die sagt, was sie will, die keine Angst hat, einem Mann zu sagen, wie er sie ficken soll. Du bist nicht ängstlich und schüchtern. Du bist stark und unmissverständlich. Wenn du mich willst, sag es mir.“

Demütigung überschwemmte mich. Ich war am Ende. Er hatte mich in die Enge getrieben. Genau so war es und der Grund, warum ich es jetzt nicht sagte, war, weil ich mich für meine Emotionen schämte, mich schämte, dass meine

Gefühle gewachsen waren. Ich war ihm nie nachgelaufen, aber jetzt war ich diejenige, die ihn anrief. Er hatte den Spieß umgedreht und mich dazu gebracht, ihm nachzulaufen.

„Sag mir, was du willst." Sein ruhiger Atem war über das Telefon zu spüren. Ich stellte mir vor, wie er im Bett lag und in seinen schwarzen Boxershorts mit seiner gewaltigen Wölbung an der Vorderseite schlief. Ich stellte mir den verschlafenen Blick auf seinem Gesicht vor, die subtilen Bartstoppeln auf seinem Kinn. Ich stellte mir diese schönen blauen Augen vor, die, die so tief in mich hineinschauten.

„Ich hasse dich."

„Ich weiß, dass du das tust, Schönheit. Aber du brauchst mich mehr, als du mich hasst. Ich könnte jetzt zwischen deinen Beinen liegen und dich so erfreuen, wie es ein echter Mann sollte. Du könntest um meinen Schwanz herum kommen und nach einer weiteren Runde fragen, denn ich bin kein Junge, der seine Ladung nicht kontrollieren kann. Ich könnte deine Laken warmhalten und dich dazu bringen, diese dicken Wollsocken aufzugeben, die du nur trägst, wenn ich nicht da bin. Ich könnte deine Dämonen vertreiben und dich tief schlafen lassen, weil du weißt, dass niemand an mir vorbeikommen kann. All das könnte passieren ... aber du musst darum bitten."

Ich fühlte mich wie ein Drogenabhängiger. Ich probierte ein paar Mal und dachte, ich könnte mit dem Geschmack umgehen. Aber bevor ich mich versah, war ich von dem Gefühl gepackt und brauchte es. Jetzt kaufte ich mehr, obwohl ich mich schämte, dass ich es so sehr brauchte.

Der Klang in seiner Stimme wurde aggressiver. „Sag es."

Der Befehlston in seiner Stimme ließ mich meine Oberschenkel zusammendrücken. Ich vermisste ihn so sehr, dass ich nicht mehr logisch denken konnte. Mir ging es gut, bevor er in mein Leben getreten war, er war mir völlig gleichgültig. Aber jetzt war ich diejenige, die auf Händen und Knien zu ihm gekrochen kam. „Ich will dich …“ Eine Welle des Selbsthasses überflutete mich. Ich verachtete mich selbst dafür, dass ich nachgegeben hatte, aber ich war auch erleichtert, dass ich endlich bekam, was ich wollte – unabhängig davon, welchen Preis ich gerade bezahlt hatte. Ich hatte meine Würde und Selbstachtung im Austausch für diesen Mann gegeben, einen Mann, den ich nicht einmal mochte.

Klick.

ZEHN MINUTEN später öffnete sich meine Tür, die Schlösser hielten ihn nicht auf.

Ich blieb im Bett und wusste, dass er genau wissen würde, wo ich war. Ich hörte auf seine Schritte, als er den Flur entlangging. Sein schwerer Körper ließ die Geräusche von den Wänden widerhallen. Ich hatte mich bereits ausgezogen, weil ich keine Zeit damit verschwenden wollte.

Er kam durch die Tür und zog dabei sein Hemd aus. Sein Gürtel klapperte in der Dunkelheit, als er ihn lockerte und seine Jeans auszog. Er stand am Fuße meines Bettes und sah mit triumphierendem Blick auf mich herab. Er hatte sich erst kürzlich rasiert und sein Haar war so gestylt, als hätte er überhaupt nicht geschlafen – sondern auf meinen Anruf gewartet.

Jedes seiner Kleidungsstücke fiel zu Boden, bis er schließlich mit seiner gewaltigen, dicken und pulsierenden Erektion vor mir stand. Er sah mich intensiver an, als ich es je gesehen hatte, als ob er mich dafür hasste, dass ich eine ganze Woche gewartet hatte, um endlich anzurufen.

Mit über einem Meter achtzig reiner Schönheit ragte er mit dem Körper eines griechischen Gottes über mein Bett. Von starken Schultern bis zu kräftigen Armen hatte er den perfekten Körperbau eines Herrschers. Mit starken Oberschenkeln, die sich durch Muskeln wölbten, bis zu einer Bauchmuskulatur, die mehr Kraft hatten als meine beiden Arme zusammen, war er gefährlich sexy.

Meine Lungen vergaßen zu atmen.

Seine Knie sanken auf das Bett, sodass sie in die Matratze eintauchten. Er manövrierte sich über mich, trat die Laken weg und spreizte meine Beine, damit er meine tropfnasse Muschi erreichen konnte. Er hielt diesen aggressiven Blick aufrecht, als wollte er sich revanchieren, weil er so lange warten musste, um mich zu ficken.

Er positionierte mich unter ihm, neigte meine Hüften perfekt und drückte seine Arme in die Matratze auf beiden Seiten meiner Brüste. Er starrte mich mit einem finsteren Blick an. „Sag mir, dass du mich vermisst hast." Er wollte es noch mehr in die Länge ziehen, mich demoralisieren, weil ich diesen Anruf gemacht hatte. Er wollte mich mit Scham erfüllen, um mich daran zu erinnern, dass er die ganze Macht in dieser Beziehung hatte – sogar die Macht, die ich einst hatte.

Meine Hände ergriffen seine Arme und ich seufzte erleichtert über seine Wärme. Ihn zu berühren, brachte mir ein Gefühl der Freude, das ich nicht verstehen konnte. Ich brauchte ihn noch mehr, als ich gedacht hatte, mehr, als mein Verstand mir erlauben würde zu verstehen.

Er drückte den Kopf seines Schwanzes in mich hinein und dehnte mich leicht. „Sag es."

Meine Hand bewegte sich in die Haare an seinem Hinterkopf und ich zog sein Gesicht zu meinem, um ihn zu küssen. „Ich habe dich vermisst …" Mir fiel ein Stein vom

Herzen, als ich mein Geständnis machte. Ich wollte ihn so sehr und sonst keinen. Bis ich meinen nächsten Schuss bekam, würde ich alles sagen, was er von mir hören wollte. Ich brauchte diese intensive Leidenschaft mehr als Luft oder Nahrung. Ich brauchte diesen Mann tief in mir, um mich zu erfreuen, da es schon so lange her war, dass er meine Bedürfnisse erfüllt hatte.

„Sag mir, dass du mich brauchst." Er gab weiterhin seine Befehle und wusste, dass ich gehorchen würde.

„Ich brauche dich ..." Ich packte seine Hüfte und zog ihn langsam in mich hinein.

Er hielt sich zurück und drang nicht weiter in mich ein. Er packte mein Haar und zwang mich ihn anzusehen. „Sag es noch einmal."

„Ich brauche dich, Bosco." Ich hielt seinen Blick und meine Lippen öffneten sich verzweifelt nach seinem Kuss.

„Sag mir, dass du nicht willst, dass ich mit einer anderen schlafe. Sag mir, dass es dich verrückt machen würde."

„Ich will nicht, dass du mit einer anderen schläfst ..." Schon der Gedanke daran machte mich wütend. Als er nicht anrief, hatte ich angenommen, dass er eine andere gefunden hatte, und das machte mich traurig. „Ich will, dass du nur mit mir schläfst."

Er sank ein wenig tiefer und belohnte mich für meinen Gehorsam. „Du warst wütend, dass ich nicht angerufen habe."

„Ja ... das war ich."

Er schob sich tiefer hinein und dehnte mich so gut. „Sag mir, wenn du mich willst. Ruf mich an, wenn du mich brauchst. Benutze mich, wenn du benutzt werden willst. Hast du mich verstanden?"

„Ja ..." Ich wollte nur, dass er sich zu bewegen anfing,

damit sich meine Zehen mit einem perfekten Höhepunkt verkrampften.

„Jetzt bitte mich, dich zu ficken. Bitte mich."

„Du bist so ein verdammtes Arschloch."

Er sank tiefer und umhüllte sich, bis er bis zu seinen Eiern in mir war. Er trug dieses hübsche, schiefe Grinsen. „Ich weiß, Schönheit. Aber du liebst es, dieses Arschloch zu ficken. Und jetzt, bitte mich." Er bewegte sich nicht und ruhte tief in mir, während er zusah, wie ich mich wand.

„Bitte ..."

„Lauter."

„Bitte." Ich zog meine Hände über seinen Rücken und keuchte gegen seinen Mund. „Fick mich, Bosco. Bitte ..."

Er drückte mir einen sanften Kuss auf die Lippen. „Gut gemacht." Er begann sich zu bewegen und stieß tief und hart in mich hinein. Das Kopfteil begann sofort gegen die Wand zu schlagen, weil er mich von Anfang an hart nahm. Er rieb sich gegen mich und ließ meinen Kitzler auf unmögliche Weise in Brand geraten.

Ich hielt mich an ihm fest, als er mich besser als je zuvor fickte, direkt auf den perfekten Ort zusteuerte und mich innerhalb einer Minute kommen ließ. Ich war wahrscheinlich nur wahnsinnig erregt, aber er schob mich mit seinen fantastischen Bewegungen ins Ziel. Sein dicker Schwanz war groß genug, um mich zum Winden und Zittern zu bringen, weil er sich in mir so perfekt anfühlte. „Gott ... ja." Mein Kopf rollte zurück und ich krallte mich heftig an ihn und zog ihn näher an mich heran, während ich meine Beine weiter spreizte und seinen Schwanz mit meinem kraftvollen Orgasmus fest zusammendrückte.

„So verdammt nass."

„Ich bin immer nass für dich ..."

„Ich weiß." Er schob seine Arme hinter meine Knie und

vertiefte den Winkel, bereitete sich darauf vor, mich wieder zu ficken und mir einen weiteren Höhepunkt zu geben.

„Bosco, ich will, dass du mich noch zweimal kommen lässt …“ Es war eine ganze Woche ohne Vergnügen gewesen und ich verlor den Verstand. Dieser erste Höhepunkt war zwar wunderbar, aber nicht genug, um meinen Hunger zu stillen.

Er hörte auf, sich zu bewegen, und sah mit einem leichten Grinsen im Gesicht auf mich herab. „Da ist meine Frau …“

10

BOSCO

Als ich am nächsten Morgen aufwachte, lag Carmen auf meiner Brust. Sie hatte sich langsam immer mehr an mich gekuschelt. Und jetzt lag sie wie eine Katze zusammengerollt auf mir. Das Einzige, was fehlte, war der Klang ihres Schnurrens.

Ich fuhr mit meiner Hand durch ihr Haar und zog es aus ihrem Gesicht, damit ich diese prallen Lippen und schönen Wangen besser sehen konnte. Wenn sie schlief, sah sie zarter aus als ein Rosenblatt, ganz friedlich in dem Wissen, dass nichts an mir vorbeikommen konnte.

Eine Sekunde später klingelte ihr Wecker und sie zuckte bei dem unangenehmen Geräusch leicht zusammen.

Der friedliche Moment ging zu Ende.

Sie griff über das Bett zu ihrem Nachttisch und stellte den Wecker ab. „Oh …“ Sie gähnte, fuhr sich mit den Fingern durch ihr Haar und wachte nach der langen Nacht, die wir hatten, langsam auf. Wir waren erst vor ein paar Stunden eingeschlafen.

Sie kam zurück zu mir und umarmte mich wie ein Kissen. Weich wie eine Feder, streichelte ihr Haar meine

Haut. Sie richtete schließlich ihre Augen auf mich und als die Erinnerung an die letzte Nacht zurückkam, begannen ihre Wangen sich zu röten. Dann blickte sie weg und schämte sich, dass sie sich so sehr hineingesteigert hatte.

Ich hatte jede Sekunde davon genossen.

Sie musste daran erinnert werden, dass sie mich brauchte, dass ich nicht nur irgendein Mann war, mit dem sie schlief. Sie konnte so tun, als würde ich ihr nichts bedeuten, aber wir wussten beide, dass das nicht mehr der Fall war. Ich konnte ihre Wut am Telefon spüren, wie sauer sie war, dass ich sie die ganze Woche nicht angerufen hatte. Sie wollte weiterhin so tun, als sei ich ihr gleichgültig, aber das nahm ich ihr nicht ab.

Jetzt hatte ich den Punktestand ausgeglichen.

Sie entfernte sich von mir und stand auf. „Ich muss zur Arbeit."

Ich konnte mir das Grinsen nicht verkneifen und liebte die Art und Weise, wie sie sich selbst verabscheute, weil sie sich mir so vollständig unterwarf. Sie hatte mich wie verrückt vermisst. Ich wusste es schon, bevor sie es mir sagte, aber es war trotzdem schön, es zu hören. Vielleicht war ich ein Arschloch – aber ich war ihr Arschloch.

Sie zog ihre Jeans an, die am Boden lagen, und legte dann ihren BH um ihre Taille.

Ich beobachtete sie, bevor ich aus dem Bett aufstand und mich anzog.

Sie ließ das Make-up weg, putzte sich aber die Zähne und richtete ihre Haare, bevor sie den Raum verließ und zum Eingangsbereich der Wohnung ging.

Ich folgte ihr und beobachtete, wie ihr herzförmiger Arsch wackelte.

Sie nahm ihre Handtasche, zog sie sich über die Schulter und steckte ihr Handy in ihre Gesäßtasche. Sie mied den Blickkontakt, konnte mir nicht in die Augen sehen.

Ich packte sie am Ellbogen, zog sie zu mir und ließ sie mir ins Gesicht schauen, direkt in die Augen.

Jetzt hielt sie meinen Blick, ohne zu blinzeln.

„Keine Spielchen mehr." Mein Arm legte sich um ihre Taille und ich zog sie näher an mich. Ich packte ihren unteren Rücken und ließ meine Lippen über ihren schweben. „Du siehst mir in die Augen, wenn du mir Auf Wiedersehen sagst. Du rufst mich an, wenn du mich willst. Du behandelst mich, als wäre ich dein – nicht irgendein schmutziges Geheimnis. Hast du mich verstanden?"

Sie wusste, dass es dumm gewesen wäre, sich mir zu widersetzen, nicht nachdem, wie ich sie letzte Nacht auseinandergenommen hatte. „Ja ..."

Ich küsste ihren Mundwinkel. „Sag mir, dass du dich bei mir sicher fühlst."

Ihre Arme schlangen sich um meinen Hals und sie drückte ihre Stirn an meine. „Ich fühle mich bei dir sicher." Sie wiederholte nicht nur die Worte, es klang auch, als würde sie sie so meinen. Ich musste nicht zwischen ihren Beinen sein, um sie kooperieren zu lassen – denn ich hatte sie bereits erobert.

„Ich wünsche dir einen schönen Tag bei der Arbeit." Ich küsste sie auf den Mund, bevor ich aus der Tür ging und mich verabschiedete, wie es ein Mann von seiner Frau tat.

Ich hörte ihre Stimme hinter mir, als ich ging. „Danke ... dir auch."

Ich saß in meinem Büro, als Drake klopfte und hereinkam. „Sir?"

Ich hatte die Buchhaltung gemacht und dafür gesorgt, dass sich niemand in unsere Systeme hackte und unser Geld stahl. Die Mitgliedschaften, die die Leute bezahlten, hielten das Casino am Laufen. Ich nahm jeden Monat meinen Anteil als Gehalt dafür, dass ich alles am Laufen hielt und mich um Versicherung und Haftung kümmerte. Außerdem spielte ich selbst. Alle Zahlungen wurden digital überwiesen, sodass es im Gebäude selbst kein Bargeld gab.

Die Männer wären zu versucht, mich auszurauben.

„Komm rein." Ich meldete mich schnell vom Konto ab, löschte meinen Verlauf und schloss dann den Laptop. Ich vertraute niemandem – außer Ronan. „Was gibt es?" Ich blickte auf das einzige Bild auf meinem Schreibtisch, ein Bild von Ronan und mir mit meiner Mutter. Es war ein Jahr, bevor bei ihr Krebs diagnostiziert worden war, aufgenommen worden. Es war am Weihnachtsmorgen – und ich hatte ihr ein Auto gekauft.

Drake näherte sich meinem Schreibtisch, sichtlich müde nach seiner langen Schicht mit Carmen. „Ich habe ein Gespräch mitgehört, das Carmen mit Vanessa geführt hat. Ich bin nicht sicher, ob dies Informationen sind, die Sie haben möchten, aber ich dachte, ich sollte fragen."

Ich ließ meine Männer sie überall verfolgen, sie folgten ihr in Restaurants und spielten potenzielle Kunden des Blumenladens, wenn jemand in ihren Laden kam. Es schien nicht, als würde sie sich dessen bewusst sein, abgesehen von dem Pädophilen, der beinahe versucht hätte, ihren Neffen anzufassen. Sie hatte keine Ahnung, wie umfassend ich jeden Zentimeter dieser Stadt kontrollierte. Aber ich hatte nie die Absicht, in ihre Privatsphäre einzudringen. Ich spionierte sie nicht in ihrer Wohnung aus und hörte auch ihre Telefonate und privaten Unterhaltungen nicht ab. „Gibt es ein Problem?"

„Es gibt kein Problem mit ihrer Sicherheit. Aber sie hat über Sie gesprochen – und die Wahrheit verraten."

Ich erstarrte auf der Stelle, schockiert, dass sie ihrer Cousine die Wahrheit über mich erzählt hatte.

„Sie bat Vanessa, die Informationen nicht mit Bones zu teilen."

Ich fragte mich, ob sie ihr Versprechen halten würde. „Was wurde noch gesagt?"

„Vanessa hat Carmen gesagt, dass sie sich von Ihnen fernhalten sollte. Sie haben eine Weile darüber gesprochen und dann sagte Carmen, dass sie keine Zukunft mit Ihnen sieht, dass sie Angst hat, dass Sie sie nicht gehen lassen würden, wenn sie gehen will ... und Sie nicht der Richtige für sie sind." Drake war es unangenehm, mir das zu sagen, als ob er sich wünschte, er würde etwas anderes tun, als über mein Privatleben zu sprechen.

Ich fühlte, wie die Wut in meinen Adern zirkulierte, wegen der Tatsache, dass Carmen tatsächlich darüber nachdachte, mich loswerden zu wollen.

„Sie sagte, sie will ein Haus in der Toskana mit ihrem Ehemann und vier Kindern – und ihr Mann werden niemals Sie sein."

Es war mir scheißegal, wie sie sich ihr Märchenleben vorstellte. Märchen waren nicht echt und kein anderer Mann würde ihr geben, was sie wirklich wollte. Kein anderer Mann wäre in der Lage, mit dieser Frau umzugehen, für sie zu sorgen und sie zu beschützen. Sie musste das ‚glücklich bis ans Ende ihrer Tage' vergessen, denn es würde nie passieren. „Das wäre dann alles, Drake."

Er ging hinaus.

Ich saß in meinem Ledersessel, mein Büro hatte keine Fenster, weil es auf jeder Seite durch Beton geschützt war. Der einzige Weg hinein führte über eine lange Treppe, die zu einem Aufzug führte, der nur mit einer speziellen Karte zugänglich war.

Ich war ein wenig paranoid.

Niemand hatte jemals einen Anschlag auf mein Leben versucht, wahrscheinlich, weil die Erfolgsaussichten so gering waren. Aber das bedeutete nicht, dass es nicht eines Tages passieren würde. Wenn es so weit war, war ich vorbereitet.

Ich war auf alles vorbereitet.

Ich dachte über Carmens Tratsch mit ihrer Cousine nach und fragte mich, wann das Gespräch stattgefunden hatte. Es musste geführt worden sein, bevor sie mich angerufen hatte, angepisst, dass ich sie die ganze Woche ignoriert hatte, und verzweifelt danach strebend, mich wiederzuhaben. Vielleicht wusste sie, dass ich schlecht für sie war, aber das würde nichts daran ändern, wie sehr sie mich brauchte.

Sie war nicht stark genug, um mich zu verlassen.

Wenn sie es wäre, hätte sie sich von Anfang an zurückgehalten.

Und wenn sie den Mut fand, mich zu verlassen, wäre das der größte Fehler, den sie je gemacht hatte.

Denn dann würde sie herausfinden, was für ein Monster ich wirklich war.

Ich saß auf der Couch und füllte mein Glas nach, im Hintergrund lief der Fernseher. Ich las ein Buch und trug nur meine schwarze Jogginghose ohne Hemd. Es war egal, dass es draußen eiskalt war.

Mir war immer warm.

Ich hatte Carmen nicht angerufen, weil ich wollte, dass

sie den ersten Schritt machte, um sie daran zu erinnern, wie weit sie unter meinem Einfluss stand.

Sie schrieb mir eine Nachricht und ihre Worte tauchten auf meinem Display auf. *Ich bin gerade von der Arbeit nach Hause gekommen.*

Ich grinste, als ich sah, wie ihr Name auf meinem Handy erschien. Ich hatte sie an diesem Morgen getroffen – und sie in ihre Schranken gewiesen. Ich schnappte mir mein Handy und schrieb zurück. *Wie war dein Tag?*

Schleppend. Habe nichts verkauft.

Das kommt vor. Ich lud sie nicht zu mir ein und fuhr auch nicht zu ihr. Ich hatte nichts anderes getan, als dieser Frau nachzulaufen. Jetzt war sie an der Reihe.

Sie schrieb eine Weile nicht zurück, hasste sich wahrscheinlich selbst, weil sie mir eine Nachricht geschickt hatte, behandelte mich, als wäre ich eine Art Freund.

Ich war definitiv nicht ihr Freund. Freunde waren für Muschis.

Ich war ihr Mann.

Endlich schickte sie mir eine weitere Nachricht. *Bei mir oder bei dir?*

Mir gefiel ihre Wortwahl, die ihre Würde so weit wie möglich bewahrte. Sie fragte nach dem, was sie wollte, tat es aber mit Stolz. *Einer meiner Männer wird in drei Minuten vor deiner Tür stehen. Er wird dich zu mir nach Hause bringen. Pack eine Tasche.* Ich legte das Telefon hin und las weiter, genoss meinen Scotch, während ich darauf wartete, dass Carmen direkt an meine Tür geliefert wurde.

Ich traf sie unten und brachte sie in den Aufzug, da ich der Einzige war, der den Zugangscode hatte.

Sie trug enge Jeans, Stiefel und eine schwarze Jacke. Ihr Haar war gestylt und ihr Make-up war frisch, als hätte sie es aufgefrischt, bevor sie herüberkam.

Ich nahm ihr die Tasche aus der Hand und hängte sie mir über die Schulter. Ich war kein Gentleman, aber es machte mir nichts aus, Dinge für sie zu tun, damit sie sich begehrt und umsorgt fühlte. Es dauerte nur eine Minute bis zur oberen Etage des Gebäudes, aber meine Hände legten sich um ihre Taille und ich küsste sie und gab ihr zärtliche Umarmungen, die ihre Lippen mehr als zufrieden machten. Meine Hand bewegte sich zu ihren Haaren und ich spürte, wie sie bei meiner Berührung schmolz, ihr Atem veränderte sich sofort und ihre Muskeln spannten sich.

Die Türen öffneten sich, ich ergriff ihre Hand und führte sie in mein Penthouse.

Sie sah sich wieder im Wohnzimmer um, mit dem gleichen faszinierenden Ausdruck auf ihrem Gesicht wie bei ihrem letzten Besuch.

Ich stellte ihre Tasche auf den Teppich und nahm die Flasche, aus der ich mir zuvor eingeschenkt hatte. „Möchtest du einen?"

„Gerne."

Ich füllte ihr Glas, bevor ich mich auf die Couch setzte. Ich schaltete den Fernseher aus und schloss das Buch, in dem ich gelesen hatte. Als das erledigt war, schenkte ich ihr meine ganze Aufmerksamkeit, richtete meinen harten Blick auf sie und verbrannte sie mit der Intensität meines Blicks.

Sie blieb vor der Couch stehen und zog ihre Jacke aus, bevor sie sie auf den Boden warf. Dann zog sie ihr T-Shirt und ihre Jeans aus und strippte, bis sie in einem sexy Ensemble vor mir stand. Ihre Dessous waren ein passendes Set, ein schwarzes Spitzenhöschen und ein durchsichtiger BH. Sie setzte sich auf meine Hüften und sank in meinen

Schoß, die Schultern nach hinten gezogen und die Brüste in meinem Gesicht. Ihre Hände bewegten sich über meine nackte Brust, bis sie meine breiten Schultern packte. Mit ihren grünen Augen auf meinen und ihrem Haar, das ihr Gesicht umrahmte, sagte sie das Schärfste. „Ich habe dich vermisst …" Sie zog ihre Hände über meine Brust, ihre Fingerspitzen folgten den Rillen meiner Bauchmuskeln.

Ich hatte viele Frauen auf meinem Schoß gehabt, aber keine von ihnen war so schön wie sie gewesen. Meine Hände glitten über ihre Oberschenkel, bis ich ihre Hüften erreichte. Ich drückte sie sanft und fühlte die zarte Spitze ihres Slips. Alles an ihr war perfekt, von der olivfarbenen Haut über die kleinen Muskeln ihrer Arme und ihrem Bauch bis zu ihrer großen Oberweite. „Ich habe dich auch vermisst, Schönheit." Ich hielt ihren Blick, als ich die Worte sagte, und meinte jede einzelne Silbe. Es gab nichts Sexyeres, als zu sehen, wie diese Frau mich wollte, ihr zuzusehen, wie sie ihr Herz auf der Zunge trug. Ich hatte es nicht für möglich gehalten.

Ich hoffte, dass dies bedeutete, dass sie ihre Meinung über ihr Gespräch mit Vanessa geändert hatte.

Weil ich meine nicht geändert hatte.

Sie sank tiefer auf mich hinunter und drückte ihre Brüste gegen meine Brust, als sie ihre Arme um meinen Hals legte.

Meine Hände glitten über ihren frechen Arsch und meine Finger spürten die Spitze ihres Slips. „Das ist das erste Mal in meinem Leben, dass ich mit nur einer Frau schlafe. Ich war mit netten Frauen zusammen, aber keine von ihnen hatte deinen besonderen Charme. Jedes Mal, wenn ich dich habe, möchte ich mehr von dir. Anstatt schnell zu machen und fertig zu werden, möchte ich dich so verwöhnen wie du mich." Ich drückte meine Fingerrücken gegen ihre Wange, streichelte sanft ihre weiche Haut und zog meine Finger ihren Hals hinunter. „Du bist perfekt. Verdammt perfekt.“ Als Nächstes legte ich meine Finger um ihren Hals und spürte ihren langsamen und stetigen Puls unter meinem Griff.

Sie lehnte sich näher an mich heran, drückte ihre Lippen gegen meine und gab mir einen sanften Kuss, als ihre Finger meine kurzen Haare erkundeten. Sie atmete mich sanft an, ihre Lippen zitterten leicht vor Verlangen.

Ich hielt meine Hand um ihren Hals und liebte die Art und Weise, wie ich die volle Macht über diese Frau hatte. Ihr Hass konnte ihr Verlangen nicht besiegen. Ihre Muschi tropfte noch für mich, ihre Schenkel öffneten sich noch für mich. Sie würde nie versuchen zu gehen, nicht, wenn sie sich so leicht auf meinem Körper niederließ.

Ich legte meinen Kopf zurück, sah zu ihr auf und schätzte den Anblick dieser schönen Frau auf mir. Ich hatte mehr Frauen gehabt, als ich zählen konnte. Ich traf sie im Casino, in den Stripclubs oder einfach auf der Straße. Diejenigen, die mich kannten, wollten mich wegen meines Geldes und meiner Macht. Es machte sie sofort feucht. Carmen war anders, weil sie von teuren Dingen nicht beeindruckt war. Sie mochte mich eigentlich nicht, aber sie wollte mich so sehr, dass sie nicht wegbleiben konnte. So wusste ich, dass es echt war, und ich wollte nicht, dass es endet.

„Nie?“, flüsterte sie und bezog sich auf das, was ich gerade gesagt hatte.

„Niemals.“ Ich steckte ihr Haar hinter ihr Ohr und enthüllte mehr von ihrem schönen Gesicht. „Du bist die einzige Frau, die ich ohne Kondom gevögelt habe.“

Ihre Augen blinzelten, als bedeutete das etwas für sie. „Ich bin sicher, die anderen Mädchen hätten den Gummi weggelassen, wenn du sie gefragt hättest ... weil sie alles für dich getan hätten."

Ich wollte keine Frau, die etwas für mich tun würde. Ich wollte eine Frau, die mich nicht braucht. Ich wollte Carmen. „Das interessiert mich nicht. Ich mag keine Frauen, die alles für einen Mann aufgeben."

„Interessant", flüsterte sie. „Weil es so aussieht, als ob du willst, dass ich alles aufgebe – wie zum Beispiel meine Freiheit."

„Ja. Aber du kämpfst jeden Schritt des Weges gegen mich an. Ich bewundere das."

„Du bewunderst mich dafür, dass ich gegen dich ankämpfe?", fragte sie. „Du willst keine unterwürfige Frau, die alles tut, was ihr gesagt wird? Es scheint aber so, als würdest du das wollen – denn das ist es, worum du mich immer bittest."

„Ich glaube nicht." Ich hatte noch nie darüber nachgedacht. Muschi war Muschi. Ich hatte jeden Abend mit einer anderen geschlafen. Sie waren alle nass, alle eng und alle schön. Aber als ich Carmens schöne Schamlippen sah, wollte ich nichts anderes mehr probieren. „Ich denke, ich will dich. Ich will deine Einstellung. Deinen Trotz. Deine Frechheit. Ich hätte nie gedacht, dass ich so eine Frau will. Andererseits habe ich auch noch nie so eine getroffen – bis jetzt." Meine Hand glitt ihren Rücken hinauf, bis ich den Verschluss fand, der ihren sexy BH hielt. Meine Finger löste ihn und ihre perfekten Brustwarzen kamen zum Vorschein. Ich zog die Träger herunter und entfernte ihn, damit ich alles von ihren runden, prallen Titten sehen konnte. Meine beiden Hände umschlossen sie, meine Finger streichelten ihre Brustwarzen. „Ich habe Muschis von Jungfrauen gefickt, aber keine war wie deine."

Ihre Hände ruhten auf meiner Brust, ihre Finger

berührten leicht meine Haut. Sie neigte ihren Kopf zu meinen Worten. „Ich bin keine Jungfrau, Bosco."

„Du fühlst dich wie eine an." Sie war so eng um meinen Schwanz. Sie umschloss jedes Mal meinen Schwanz, wenn ich in ihr war, und drückte mich fest zusammen, bevor sie sich schließlich entspannte und mich tiefer hineinließ. Selbst als ihr Körper aufhörte, mich festzuhalten, hatte sie immer noch die engste Muschi, in der ich je gewesen war. „Und du wurdest sowieso noch nie richtig gefickt, also bist du es so ziemlich." Meine Finger bewegten sich auf der Spitze an ihren Hüften und ich spürte das Material an meinen verhornten Fingerspitzen. Oben ohne saß sie auf meinem Schoß, ihre Schultern waren nach hinten gedrückt und ihre Brüste zeigten auf mich, als wären sie in einer Ausstellung.

Sie beobachtete mich lange, als würde sie an etwas anderes denken. „Also, was ist dein Plan?"

„Mein Plan?", fragte ich und hatte keine Ahnung, was sie meinte.

„Mit mir. Bin ich hier, um dich eine Weile zu unterhalten, bevor du das Interesse verlierst?"

Es fiel mir schwer zu glauben, dass ich jemals das Interesse an ihr verlieren würde. „Meine Absichten mit dir gehen dich nichts an."

„Oh, wirklich?", fragte sie und forderte mich mit ihrem abgehackten Tonfall heraus. „Weil ich einen Mann und vier Kinder will. Ich werde das bekommen – unabhängig von deinen Absichten."

Ich war mir nicht sicher, was sie damit meinte. „Du willst, dass ich dir vier Kinder schenke?"

Ihre Hände zogen sich bis zu meinem Bauch herunter, ihre Augen verließen meine nicht. „Nein. Aber ich sage dir, dass das passieren wird, unabhängig davon, was hier passiert. Also hoffe ich, dass dein Interesse nicht zu lange anhält. Ich weiß, dass meines das tun wird."

Und einfach so machte sie mich noch besessener, als ich es schon war. Jedes Mal, wenn sie mich in meine Schranken wies, bewunderte ich sie. Diese Frau hatte Köpfchen und keine Angst, ihren Ehrgeiz zu zeigen. Sie wünschte sich ein glückliches Leben bis ans Ende ihrer Tage und hatte keine Angst, das auch zu sagen. „Du magst diesen kleinen Jungen?"

Ihre Augen verengten sich vor Verwirrung, als sie sich einen Moment Zeit nahm, um zu verstehen, worauf ich mich bezog. „Luca?"

Ich nickte leicht.

„Er ist mein Neffe. Ich liebe ihn."

„Dein Neffe?", fragte ich. „Ich dachte, er wäre Mias Sohn." Nach den Informationen, die ich gesammelt hatte, war er der Sohn eines toten Versagers in Amerika. Carter hatte damit nichts zu tun und war erst vor kurzem ins Spiel gekommen.

„Er ist auch Carters Sohn", sagte sie, ein Feuer brannte in ihren Augen. „Deshalb ist er mein Neffe." Mit einem Hauch von Wut in den Augen stand sie da und erklärte ihre Liebe zu einem Jungen, mit dem sie eigentlich nicht verwandt war. „Er ist ein süßer Junge mit einem Herzen aus Gold. In seiner Nähe zu sein, erinnert mich nur daran, wie sehr ich einen eigenen Sohn will. Es erinnert mich daran, wie sehr ich eine Mutter sein will. Ich weiß, ich bin jung und habe Zeit, mich niederzulassen ... aber manchmal möchte ich mein Dating-Leben überspringen und direkt zu diesem letzten Kapitel kommen. Ich sehe, was Griffin und Vanessa haben, und ich will das für mich selbst." Als hoffnungslose Romantikerin trug sie ihr Herz auf der Zunge.

Ich würde ihr das nie geben, einfach, weil ich keinen

romantischen Knochen in meinem Körper besaß. Ich würde keine Frau heiraten und ich würde sicherlich keine Frau lieben. Alles, was ich verstand, waren Macht, Sex und Geld. Nichts anderes war von Bedeutung. Eine Familie zu haben, klang wie ein Witz. Ich hatte meinen Bruder und das war alles, was ich brauchte.

Sie sah mich mitleidig an. „Willst du das nicht auch? Eines Tages?“

Ich hielt ihren Blick und gab ihr keine Antwort – weil ich es nicht brauchte.

„Das ist eine Schande.“ Sie stieß sich von meiner Brust ab und stand auf, bevor sie ihren Slip ihre langen Beine hinunterzog. Ihr sexy Schlitz war sichtbar, ihre Schamlippen hypnotisierend. Nackt von Kopf bis Fuß war sie atemberaubend.

Sie bewegte sich wieder auf meinen Schoß und zog meine Boxershorts und Jogginghose runter und befreite meinen zuckenden Schwanz von meiner Kleidung. Er war dick und bereit, weil er wusste, dass sie richtig nass war.

Sie setzte sich auf meine Hüften und fing meinen Schwanz zwischen ihren Schamlippen. Langsam senkte sie ihren Körper und schob meinen Kopf in die Kerbe ihres Eingangs und dann ganz tief hinein. Sie sank tiefer und bewegte sich, bis sie direkt auf meinen Eiern saß.

Ich schloss die Augen und stöhnte, immer noch nicht daran gewöhnt, wie unglaublich diese Muschi war. So nass und eng, dass es die beste Möse der Welt war. Ich konnte mir nicht vorstellen, durch ein anderes Lippenpaar zu gleiten, da dies das beste war, das es gab. Ich konnte ihre warme Nässe spüren, die Art und Weise, wie sie sich anfangs um mich festigte und dann losließ.

Sie atmete in meinen Mund und grub ihre Nägel in meine

Schultern, als sie versuchte, ihr Stöhnen in Schach zu halten. Sie saß bewegungslos auf meinem Schoß und genoss einfach das Gefühl meines dicken Schwanzes in ihrem Inneren. Ihr wurde die Luft genommen und als ob sie mich noch nie zuvor gehabt hätte, war sie von dem Umfang überwältigt. „Bosco …" Wir hatten noch nicht einmal angefangen und ihr Körper zitterte bereits, als jeder Nerv unter ihrer Haut brannte.

Ich drückte meine Füße gegen den Teppich, meine Knie weit auseinander. Meine Hände glitten ihren kecken Arsch hinauf und über ihren glatten Rücken, meine Augen auf ihren Brüsten. Ich konnte spüren, wie sie mich härter als sonst drückte, konnte ihr Zittern unter meinen Fingerspitzen spüren. „Schönheit, wie fühle ich mich an?" Ich neigte ihren Kopf und zwang sie, mich anzusehen, und sah die Wahrheit in ihren Augen, sodass sie es nicht verbergen konnte.

„Perfekt." Sie drückte sich leicht gegen mich, fing aber nicht an, sich zu bewegen. Ihre Arme schlangen sich um meinen Hals und sie rieb ihre Nase an meiner. „Durch dich fühle ich mich so … voll."

Ich wiegte mich langsam gegen sie, mein Schwanz bewegte sich durch ihre Nässe.

„Du hast einen so Großen. Einen so Dicken. Einen so Richtigen. Ich hatte noch nie …" Sie schloss die Augen und begann sich zu bewegen.

„Nie was?" Meine Finger gruben sich in ihren Arsch.

Sie öffnete wieder die Augen und ihre Lippen öffneten sich durch ihre tiefe Atmung. „Ich hatte noch nie so guten Sex."

Dies war keine neue Information für mich. Ich wusste, dass ich der Beste war, den sie je gehabt hatte – denn ich war der Beste, den jede Frau hatte.

„Ich hatte noch nie einen Mann mit einem so großen Schwanz."

Ich wollte anfangen, sie zu ficken, aber ich wollte auch jedes Wort hören, das sie zu sagen hatte. Diese Königin unterwarf sich mir freiwillig und sagte mir alles, was ich hören wollte, ohne das ich danach fragen musste.

„Ich hatte noch nie einen so starken Mann." Sie packte meine Haare, bevor sie mich küsste. Ihre Lippen zitterten vor Leidenschaft. Sie begann sich auf und ab zu bewegen und schob ihren Schlitz über meinen Schwanz bis zur Basis, bevor sie wieder aufstand.

Ich zerrte ihre Muschi auf und ab, als ich sie küsste, mich tief in ihr vergrub und sie zu meinem ständigen Aufenthaltsort machte. Sie kam den ganzen Weg zu mir, weil sie die Action wollte. Sie konnte jeden Mann haben, den sie wollte, aber sie fickte immer wieder einen Mann, den sie hasste. Ihre Lippen zitterten für mich, ihre Muschi verengte sich. Sie erreichte die Wolken und traf den Himmel, als ich in ihr war, in dem Wissen, dass kein anderer Mann ihr ein so tolles Gefühl geben würde.

Bei einer anderen Frau hätte ich mich nicht so gut gefühlt.

Ich führte sie auf und ab und genoss es, dass sie mich fickte; ihre sexy Titten schlugen gegen meine Brust, als sie sich bewegte. Meine Füße drückten leicht gegen den Boden, als ich meine Hüften anhob. Ich musste überhaupt nichts tun, wenn ich es nicht wollte – da diese Frau das ganze Ficken machte. Ich hatte die schönste Frau der Welt, die mich direkt auf der Couch vögelte, eine Frau, die jeden Mann haben konnte, den sie wollte. Mit Supermodel-Look und der Haltung einer Königin war sie eine Frau, die dem Rest überlegen war – und sie war bei mir.

Sie sprach über ihren zukünftigen Ehemann und die

Kinder und wusste nicht, dass sie niemals existieren würden.

Weil ich sie nicht gehen lassen würde. Nicht jetzt – niemals.

SIE LAG AUF MEINER BRUST, ihre Titten drückten gegen mich und ihr Körper war schwerelos. Ihr langes Haar war überall, verteilt über meine Brust, meinem Arm und meinem Hals. Ihr Shampoo roch nach Vanille und ihr Parfüm nach Kirschen. Ein Bein war um meins geschlungen und sie war völlig in Frieden, ihr ganzer Körper entspannte sich, wenn wir zusammen in meinem Bett lagen.

Ich starrte aus dem Fenster und in die Stadt dahinter und sah auf die schönen Lichter, die in der Dunkelheit leuchteten. Die Toskana lag gleich dahinter, ein Hintergrund der Dunkelheit, weil es dort so wenige Lichter gab. Ich war nicht müde, weil ich normalerweise um diese Uhrzeit wach war und im Casino arbeitete. Aber Carmen hatte einen regelmäßigen Zeitplan, wachte früh auf und ging zu einer vernünftigen Uhrzeit ins Bett.

Mein Handy begann auf meinem Nachttisch zu vibrieren. Es war Ronan.

Es war wahrscheinlich wichtig, also schob ich sie von mir weg, ohne sie zu wecken, und stand dann auf. Ich nahm das Telefon und ging ins Wohnzimmer, bevor ich den Anruf entgegennahm. „Was ist los, Ronan?“

„Wir haben ein Problem. Ich habe gerade herausgefunden, dass einer der Jungs einen Chip geklaut hat.“

Ein Chip im Casino war zehntausend Dollar wert – im Grunde genommen nichts.

„Die Kameras haben ihn dabei erwischt, wie er ihn dem

Geber weggenommen und in seine Tasche gesteckt hat, als dieser einen Bruchteil einer Sekunde weggesehen hatte. Da es sich um ein so kleines Vergehen handelt, bin ich mir nicht sicher, was ich tun soll. Es ist nicht so, als hätte er versucht, eine ganze Schublade auszuräumen."

Ich ging zum raumhohen Fenster, stand in meinen Boxershorts dort und sah auf die Stadt hinunter, die mir gehörte. Es spielte keine Rolle, ob es sich um einen Chip oder um eine Million handelte – er verstieß gegen das Gesetz. „Er geht in den Ring."

Ronan war für einen Moment still. „Er hat zwei Kinder."

„Ist mir scheißegal. Jeder kennt die Regeln. Er war sich der Auswirkungen bewusst, als er seine Mitgliedschaft bezahlte."

„Vielleicht können wir ihm einfach nur eine Warnung aussprechen –"

„Nein." Ich biss die Zähne zusammen, wütend, dass mein Bruder so weich war. „Jedes Verbrechen wird gleichermaßen bestraft. Es hält alle in Schach. Es ist das Einzige, was den Ausbruch eines Chaos verhindert. Wenn du willst, dass diese Männer uns respektieren, müssen sie uns fürchten. Kein Verbrechen ist entschuldbar. Es ist mir scheißegal, ob er einen Cent oder eine Million Dollar gestohlen hat. Es ist mir egal, dass seine Kinder Waisenkinder werden. Wenn er sich für seine Familie interessieren würde, hätte er nicht alles für einen verdammten Chip riskiert."

Ronan widersprach nicht.

„Ich kümmere mich darum, wenn du es nicht kannst." Es war wichtig, dass dieses Casino unter meiner Autorität lief. Ich war als blutrünstiger Psychopath bekannt – und so gefiel es mir.

„Ich kann –"

„Ich bin in zehn Minuten da. Er geht in den Ring. Wir haben einen anderen Mann, der auf seine Chance wartet."

„Bosco, der Typ ist in seinen fünfzigern."

„Nochmal, klingt es so, als würde mich das interessieren?" Wenn Männer mich ficken wollten, würde ich sie ficken. Er würde für seine Dummheit sterben und ich würde keinen Schlaf darüber verlieren. „Niemandem wird auf die Finger geklopft. Niemand bekommt eine Warnung. Diebstahl wird mit dem Tode bestraft." Ich legte auf und knirschte mit den Zähnen, verärgert darüber, dass Ronan nicht die Eier aus Stahl hatte, die ich besaß. Er war viel zu mitfühlend, besonders wenn ein Mann Kinder hatte. Seit wir unsere Mutter verloren haben, war er besonders sensibel.

Aber es war mir scheißegal.

Ihre wunderschöne Stimme brach die Stille. „Alles in Ordnung?"

Ich drehte mich zu ihr um und sah sie in einem T-Shirt stehen, das ich auf dem Boden liegengelassen hatte. Obwohl das Material formlos war, hinderte es sie nicht daran, weitaus sexyer auszusehen als in den Dessous, die sie vorher trug. Für einen kurzen Moment vergaß ich, wie wütend ich war. „Ich muss ins Casino. Ich bin in ein paar Stunden wieder da." Ich warf das Telefon auf den Tisch, als ich zurück zum Flur ging.

„Ist alles in Ordnung?" Mit verschlafenen Augen und einer entspannten Haltung sah sie aus, als wäre sie bereit, gleich wieder ins Bett zu gehen.

„Nein." Ich hob sie auf dem Weg hoch, legte ihre Beine um meine Taille und trug sie zurück ins Schlafzimmer. Ich legte sie auf die Laken, bevor ich meine Jeans und mein langärmeliges Hemd nahm. „Geh wieder schlafen. Ich bin zurück, bevor du aufwachst."

„Du willst, dass ich hierbleibe?“, fragte sie überrascht.

„Ja.“ Ich zog mir das Hemd über meinen Kopf und zog dann meine Jeans an.

„Was ist passiert?“, fragte sie und setzte sich auf.

„Ein Arschloch hat mich bestohlen. Ronan ist ein zu großes Weichei, um irgendetwas dagegen zu unternehmen, also muss ich mich darum kümmern.“

„Was hat er getan?“, fragte sie.

„Er hat einen Chip von einem der Tische gestohlen. Jetzt muss ich ihn in den Ring stecken.“

Ihre Augen weiteten sich vor Entsetzen. „Du wirst ihn bis zum Tod kämpfen lassen, weil er einen Chip gestohlen hat?“

Ich war nicht in der Stimmung mir ihre Meinung anzuhören. Ich starrte sie mit einem einschüchternden Blick an und warnte sie, es war jetzt nicht die richtige Zeit für ihre Meinung. „Es spielt keine Rolle, ob es ein Chip oder tausend sind. Er kennt das Gesetz – und er hat es gebrochen.“

„Bist du sicher, dass es kein Versehen war?“

„Ja.“

„Wenn ich dich also verärgere, wirst du mich dann auch in den Ring werfen?“, fragte sie zögernd.

„Nein, Schönheit. Frauen sind keine Mitglieder des Casinos.“

„Das ist sexistisch.“

Ich sah sie finster an und warnte sie noch einmal.

Diesmal schwieg sie.

„Geh wieder ins Bett.“ Ich drehte mich um und ging den Flur hinunter.

Ihre Schritte erklangen hinter mir, als sie mir folgte.

Ich nahm meine Jacke von der Garderobe, zusammen mit meinem Handy und meiner Brieftasche. Ich drückte den Knopf für den Aufzug und gab den Code ein, damit sich die gesicherten Türen öffneten.

„Bosco."

Ich drehte mich um und trug immer noch ein finsteres Gesicht.

Sie lehnte sich an mich und legte ihre Arme um meinen Hals. Sie stellte sich auf die Zehenspitzen, küsste mich zum Abschied und gab mir die sanfteste Umarmung mit diesen vollen Lippen. Es war kein Kuss, der mich zurück ins Bett ziehen sollte, aber es war ein Kuss, der mir sagte, dass sie sich Sorgen um mich machte. „Sei vorsichtig."

Die ganze Wut, die ich für die Situation empfand, verschwand, als ich sie ansah. Ein sanftes Grinsen breitete sich über meine Lippen aus, als ich sah, wie sie sich langsam an mich klammerte, wie sie wollte, dass ich in den Zustand zurückkam, den ich verlassen hatte. „Schönheit, machst du dir Sorgen um mich?" Meine Hand glitt in ihr Haar, als ich ihr Gesicht wiegte und eine neue Seite an ihr sah, die sie so lange versucht hatte, vor mir zu verstecken.

Sie hat keinen Klugscheißer-Kommentar gemacht, um die Wahrheit zu verbergen. Sie ließ endlich ihre beschissene Einstellung fallen und sagte es mir direkt. „Lass es dir nicht zu Kopf steigen, in Ordnung?"

Ich grinste breiter. „Das ist es bereits."

11

CARMEN

Ich schlief nicht gut, während er weg war. Normalerweise schlief ich sofort ein und die Nacht verging wie im Flug. Doch nun wälzte ich mich hin und her und spürte im Halbschlaf, wie seine kalten Laken meine Haut erfrieren ließen. Die Heizung war an und es war drinnen mindesten zwanzig Grad wärmer als draußen, aber ich war trotzdem verfroren.

Ich wurde langsam von seiner Hitze abhängig.

Als seine schweren Schritte wieder auf dem Holzboden erklangen, fühlte ich mich das erste Mal wohl, seit er gegangen war. Ich hörte, wie er seine Kleidung zu Boden fallen ließ und wie dann sein Gewicht auf die Matratze traf.

Ich wusste bereits, was er wollte, und lag mit gespreizten Beinen auf dem Rücken, sodass er genug Platz zwischen meinen Beinen hatte, um sich über mir zu positionieren.

Ohne ein Wort zu sagen, faltete er meine Beine in Richtung meiner Brust und schob sich mit einer einzigen Bewegung fest in mich.

„Oh …“ Ich schob meine Hand in sein Haar und legte meinen Arm auf seinen Rücken.

Er vergrub sein Gesicht in meinem Nacken, während er begann, mich zu ficken und es mir schnell aber entspannt besorgte. Er atmete schwer gegen meine Haut, während er tief in mich eindrang und mich rapide zum Höhepunkt brachte, damit er kommen konnte.

Es war eine gute Weise, um seine Gegenwart anzukündigen.

Nachdem er jeden Tropfen seiner Lust in mir deponiert hatte, drehte er sich um und legte sich auf den Rücken. Er schloss sofort die Augen und schlief unmittelbar danach ein. Seine muskulöse Statur erwärmte die Laken augenblicklich, sodass mir warm wurde, weil er die Kälte verjagt hatte.

Dann traf es mich, dass ich neben dem Diktator der Stadt schlief, einem Mann, der mehr Reichtum besaß als alle Menschen, von denen ich zuvor gehört hatte. Er war mitten in der Nacht zum Casino gegangen, um einen Mann zum Tode zu verurteilen.

Das war immense Macht.

Und ich schlief mit ihm.

Ich kuschelte mich an seine Seite und legte meinen Arm um seine muskulöse Taille. Mein Kopf lag auf seiner Schulter und ich schob mein Bein zwischen seine.

Er legte seinen starken Arm um mich, seine Lippen ruhten auf meinem Haaransatz.

„Also … heute Nacht ist jemand gestorben?"

„Ja." Sagte er ohne Reue, ruhiger, als ich ihn je erlebt hatte.

„Und du hast zugesehen?"

„Ich sehe immer zu. Man kann einen Mann nicht zum Tode verurteilen, ohne bei der Hinrichtung zuzusehen. Das ist eine Anforderung für jeden Anführer."

Ich hatte einen Magen aus Stahl, aber das könnte ich

nicht ertragen. „Also ... schlagen sie einfach mit den Fäusten aufeinander ein?"

„Wenn sie clever sind, brechen sie erst einen Arm oder ein Bein, damit sie den Schädel einschlagen können." Bosco sagte es so einfach, als würden wir uns darüber unterhalten, was es zum Abendessen geben sollte.

Seine Hitze war plötzlich nicht mehr genug und mir war eiskalt. Bosco war nicht der Mann, der den tödlichen Schlag austeilte, doch er ordnete es an, als würde er einen Drink bestellen – als hätte es keine Konsequenzen. Seine Sucht nach Gewalt und die fehlende Empathie machten mir Angst, weil es die Charakterzüge eines Psychopathen waren. Mein Körper wich wie von selbst zurück, weil mein Überlebensinstinkt erwachte. Ich schob die Laken zurück und setzte mich auf, während mir das Adrenalin in die Adern schoss. „Ich will nach Hause."

Er seufzte leise vom Bett aus, rührte sich jedoch absolut nicht, als hätte er nicht vor, sich zu bewegen.

Ich hob meine Kleidung vom Boden auf und zog mich an, weil ich so schnell wie möglich weg von hier wollte. Ich hasste es, darauf zu warten, dass er mir die Erlaubnis erteilte, doch da ich den Code für den Aufzug nicht kannte, war ich ihm ausgeliefert.

Ich war machtlos.

Endlich setzte er sich auf und sah mich an. „Ich würde dir nie wehtun."

Diese Worte bedeuteten mir nichts. „Ich will gehen." Ich blieb am Fußende des Bettes stehen, sodass ich nicht in seiner Reichweite war.

„Meine Schöne –"

„Warum willst du mich nicht gehen lassen?", sagte ich fordernd. „Ich bin kein Hund, den du besitzt. Ich bin ein verdammter Mensch und du hast kein Recht, mich hier einzuschließen. Wenn eine Lady sagt, dass sie heimgehen will, tust du, was sie sagt. Jetzt lass mich raus oder ich zerbreche ein Fenster.“ Mein Mut kam von meiner Angst, gemischt mit einem Adrenalinschub. Ich fürchtete, dass ich nie hier herauskommen würde, dass ich meine Rechte schon vor langer Zeit verloren hatte.

Er saß weiterhin da und sah mich enttäuscht an.

Ich verlor die Geduld und stürmte ins Wohnzimmer, wo ich einen Stuhl vom Esstisch nahm. Ich bereitete mich darauf vor, ihn durchs Fenster zu werfen und zuzusehen, wie es in eine Million Scherben zerbarst. Wir waren mindestens im zwölften Stock, aber es musste irgendwo eine Feuerleiter geben.

„Schöne.“ Er nahm mir den Stuhl aus den Händen und stellte ihn wieder auf den Boden. „Lass das!“

„Lass du es.“

„Du willst gehen? Gut.“ Er packte mich am Handgelenk und zog mich zum Aufzug. „Hier ist der Code. Fünf. Sieben. Vier. Drei. Acht. Fünf. Das ist der Mastercode. Du kannst heimgehen, wann immer du willst.“ Er gab die Zahlen auf der Tastatur ein und die Türen öffneten sich.

Endlich verschwand meine Panik.

Er starrte mich mit zusammengebissenen Zähnen an und war sichtlich erbost über meinen Ausbruch. „Du kannst den Aufzug in die Lobby nehmen und einer meiner Männer wird dich heimbringen. Oder du kannst dich beruhigen und wieder mit ins Bett kommen. Ich würde dir nie wehtun, Carmen. Niemals.“

Ich sah weg, unfähig, seinem feurigen Blick entgegenzutreten.

Seine Brust hob und senkte sich weiterhin rasch, weil er seine Wut kaum noch unter Kontrolle hatte. Er war geladen, was daran zu erkennen war, wie er seine Fäuste ballte und seine Adern hervorsprangen. „Ich habe in meinem Leben noch keiner Frau etwas angetan.“

„Aber du hast kein Problem damit, jemanden umzubringen, weil er einen einzigen Chip geklaut hat.“

„Es ist egal, wie viel sie klauen. Sie haben etwas genommen, was mir gehörte – und dafür müssen sie die Konsequenzen tragen. Wenn ihnen ihr Leben wichtig wäre, würden sie ihre Hände bei sich behalten. So einfach ist das. Ich durchkämme die Straßen nicht nach Opfern. Allen Mitgliedern des Casinos werden die Regeln klar erklärt. Die Konsequenzen sind für alle die gleichen – egal, wie schlimm ihr Verbrechen ist. Das hat mir großen Respekt eingetragen, der jeden bei der Stange hält. Du kannst meine Entscheidungen kritisieren, aber nur ein mächtiger Mann kann auf meinem Platz sitzen und ein Königreich reibungslos regieren.“

Ich konnte ihn noch immer nicht ansehen.

Er seufzte erneut. „Ich werde mich nicht dafür entschuldigen, wer ich bin. Du kommst um meinen Schwanz, weil du die Macht in meinen Adern spüren kannst. Du wirst feucht, weil du weißt, dass du den mächtigsten Mann der Stadt fickst. Tu nicht so, als wäre es anders. Aber mit großer Macht geht auch eine große Verantwortung einher. Wenn du nicht Frau genug bist, um damit umzugehen, bist du nicht Frau genug, um mit mir umzugehen.“ Er schlug mit der Hand auf den Knopf, sodass sich die Türen erneut öffneten, da sie sich während unseres Gesprächs geschlossen hatten.

Er drehte sich um und marschierte ins Schlafzimmer, der Klang seiner Schritte verklang, als er im Flur verschwand und wieder ins Bett ging.

Nun, da ich den Sicherheitscode hatte, konnte ich gehen, wann immer ich wollte. Er hatte mir eine Art Freiheit gegeben und mir bewiesen, dass ich Macht über ihn hatte. Doch seine Macht dominierte meine, da ich noch immer hier stand.

Alles, was ich tun musste, war, in den Aufzug zu steigen und heimzugehen.

Doch ich blieb stehen und sah zu, wie sich die Türen erneut schlossen. Ich könnte schon auf dem Heimweg sein, aber ich zögerte, dachte an das warme Bett mit diesem heißen Mann unter den Laken. In einem Moment hasste ich ihn und im nächsten wollte ich ihn mehr als je zuvor. Seine Macht war gleichzeitig abstoßend und anziehend. Ich hatte mir selbst gesagt, dass ich keinen Mann brauchte, aber nun gewöhnte ich mich an seine Stärke. Es gefiel mir zu wissen, dass er unbesiegbar war, weil er jeden in der Stadt unter Kontrolle hatte. Es gab mir ein Gefühl der Sicherheit, die ich selbst in dem Haus, in dem ich aufgewachsen war, nicht gespürt hatte. Ich war von einem starken Mann großgezogen worden und ich war an diesen Luxus gewöhnt. Vielleicht wollte ich tief in mir genau diesen Mann ... jemanden mit unbestreitbarer Stärke.

Ich drehte mich um und tat, was mir am schwersten fiel – ich ging wieder in Schlafzimmer, wo er auf mich wartete. Ich war eine Sklavin ohne Kette. Ich war gehorsam, obwohl ich nicht bestraft wurde. Die Logik befahl mir wegzulaufen, aber der Rest meines Körpers wusste, dass dies der sicherste Ort der Welt war.

In seinen Armen.

Er saß auf dem Bett und wartete auf mich, er hatte die Laken bis zu seiner Taille gezogen. Sein Gesichtsausdruck war dunkel, als wäre meine Rückkehr nicht genug, um ihn zu erfreuen. Seine breiten Schultern waren vor Wut angespannt, seine Bizepse wie gemeißelt und ausdefiniert. Seine

Arme lagen an seinen Seiten und trotz seiner ruhigen Haltung wirkte er von Natur aus gefährlich.

Ich schlich mich zum Bett, bewegte mich langsam, als wäre er ein wilder Hund, der mich beißen könnte.

Sein Blick folgte mir die gesamte Zeit.

Ich blieb neben dem Bett stehen und zog mich aus, ließ meinen Pullover, meine Jeans und meine Unterwäsche fallen.

Er beobachtete jede Bewegung.

Trotz all der Scham in meiner Brust, zog ich die Laken zurück und stieg neben ihn ins Bett. Er war die gefährlichste Person der Stadt, aber ich fühlte mich dennoch sicherer, wenn er neben mir lag. Mein Kopf traf auf dem Kissen auf und ich blickte zur Decke, spürte seinen rauen Blick auf meiner Wange.

Plötzlich bewegte er sich, als hätte er auf den perfekten Moment gewartet, um seine Falle zuschnappen zu lassen. Er manövrierte seinen Körper auf meinen und obgleich wir erst vor zwanzig Minuten miteinander geschlafen hatten, war sein Schwanz sofort steif und in mir.

Ich krallte mich in seinen Rücken, fühlte mich sicher, sobald wir so nah beieinander waren.

Er hielt sein Gesicht über meinem, in seinen Augen lag ein besitzergreifender Blick. „Ich wusste, dass du nicht gehen würdest."

ICH ARBEITETE IM LADEN, als Griffin und Vanessa hereinkamen. Ich war dankbar, dass Bosco mir keine Überraschungsbesuche mehr abstattete, denn wenn diese zwei Männer im gleichen Raum miteinander wären, würde keiner von beiden überleben.

Ich wusste, dass Vanessa Griffin nichts erzählt hatte, da er nicht ansatzweise wütend aussah.

Ich wusste, dass ich ihr vertrauen konnte.

„Hey, was macht ihr zwei hier?“ Ich lächelte sie von hinterm Tresen an und sah, wie Vanessa ihren Babybauch in ihrem langärmeligen Oberteil zur Schau stellte. Sie trug eine Jacke darüber, doch sie war offen und offenbarte die kleine Wölbung. Sie war erst am Anfang des zweiten Trimesters, doch durch ihre zierliche Figur sah man es bereits.

Griffin blieb hinter ihr, hielt sie immer vor sich, damit er ein Auge auf sie werfen konnte.

„Wir hatten einen Arzttermin“, sagte Vanessa. „Griffin hat sich heute freigenommen, damit er mitkommen konnte.“

„Ich hoffe, alles ist gut gelaufen“, sagte ich.

„Ja, alles ist super“, sagte Vanessa. „Dem Baby geht es gut. Es war nur eine Routineuntersuchung. Wir müssen uns keine Gedanken machen. Wir wollten fragen, ob du Zeit hast, mit uns zu Mittag zu essen.“ Vanessa tat so, als hätte unser letztes Gespräch nie stattgefunden, als hätte ich ihr nicht erzählt, dass ich mit dem berüchtigtsten Verbrecher Süditaliens schlief.

„Ich habe immer Zeit, mit euch zu mittagzuessen.“ Ich nahm meine Jacke und meine Handtasche. Wir verließen den Laden, um zu einem Bistro zu gehen, das nur wenige Häuserblocks entfernt war. Vanessa hatte Lust auf Pasta und da sie alles aussuchen durfte, gingen wir dorthin.

Wir drei setzten uns an einen Tisch und bestellten.

Griffin war nicht gesprächig, doch das war er nie. Er war mir gegenüber nicht gleichgültig oder kühl. Er hatte nur nicht viel zu sagen.

„Ich kann kaum glauben, dass Carter und Mia endlich

heiraten", sagte Vanessa. „Sie hat mir erzählt, dass sie ihr Kleid schon geholt hat."

„Ja, ich habe Luca abgeholt, als sie in Mailand waren. Es ist seltsam, meinen Bruder so erwachsen zu sehen. Er war früher so ein egoistischer Depp und nun ist er ganz anders. Daran musste ich mich erst gewöhnen, aber mittlerweile habe ich es akzeptiert. Er ist sehr viel erwachsener geworden."

„Mia hat ihn definitiv zu einem besseren Mann gemacht", sagte Vanessa. „Eine gute Frau kann das." Sie sah Griffin an.

Er erwiderte ihren Blick mit solcher Intensität, dass er das ganze Restaurant hätte niederbrennen können.

Ich sah weg, da es sich anfühlte, als würde ich etwas Intimes unterbrechen.

„Jedenfalls", sagte Vanessa. „Ich freue mich für sie. Es scheint, als würden deine Eltern Mia sehr mögen."

„Das tun sie. Sie ist sehr lieb. Außerdem glaube ich, dass meine Eltern einfach erleichtert sind, dass Carter jemanden gefunden hat."

Vanessa lachte. „Komm schon, so schlimm ist er nicht."

„Wir wissen beide, dass er manchmal nervig sein kann."

„Manchmal", sagte sie. „Aber nicht oft."

Das Essen kam und wir aßen schweigend. Griffin hatte noch immer nichts gesagt, doch das war für ihn nicht ungewöhnlich.

Ich wusste, dass Vanessa dringend über Bosco reden wollte, doch sie würde ihn nicht vor ihrem Mann erwähnen. Auch ich war nicht dumm genug, das zu tun.

Als wir mit dem Essen fertig waren, entschuldigte Griffin sich. „Ich werde draußen warten. Ich weiß, wann ich störe." Er lehnte sich zu Vanessa und drückte ihr einen Kuss auf die Stirn, bevor er rausging und sich in die Nähe des

Fensters stellte. Er trug nur ein T-Shirt und Jeans. Die Kälte schien ihn nicht zu stören – genau wie bei Bosco.

Vanessa sah ihn durch das Fenster an und wandte sich dann wieder mir zu. „Für einen Mann ist er sehr intuitiv."

„Danke, dass du es ihm nicht gesagt hast."

„Du kennst mich. Ich kann Geheimnisse für mich behalten. Also … wie läuft es mit ihm? Hast du Schluss gemacht?"

Ich war noch weiter hineingerutscht als zuvor. „Nein …"

„Oh nein. Was ist passiert?"

„Ich weiß es nicht … Jedes Mal, wenn ich mich zurückziehe, werde ich wieder hineingezogen. Erst letzte Nacht bin ich aus seinem Schlafzimmer gestürmt und habe gefordert, gehen zu dürfen. Er hat den Sicherheitscode eingegeben, damit ich den Aufzug benutzen konnte … doch dann bin ich wieder ins Bett gegangen."

Sie schüttelte ihren Kopf leicht. „Dich hat es ganz schön erwischt, meine Liebe."

„Ich verstehe es nicht. Ich weiß, dass er nicht der Richtige für mich ist … aber ich kann nicht gehen."

„Der Sex muss unglaublich sein."

„Er ist so gut, dass ich vermutlich nie wieder mit einem anderen schlafen kann." Der Gedanke, einen neuen Mann zu treffen und ihn mit zu mir zu nehmen, wirkte sinnlos. Er würde kommen und dann würde ich mich später selbst befriedigen, weil er es nicht geschafft haben würde. Dabei würde ich an Bosco denken und ihn vermissen, während meine Finger meinen Kitzler bearbeiteten. „Er hat mir gesagt, dass einer der Männer im Casino einen einzigen Chip geklaut hat, also hat er ihn in den Ring geschickt und gegen einen anderen Mann bis zum Tod kämpfen lassen. Er hat verloren … und Bosco tut so, als wäre das ganz normal."

„Das ist verrückt."

„Es macht mir Angst. Er hat mir gesagt, dass er mir

niemals wehtun würde … und ich habe mich dumm gefühlt, ihm zu glauben."

„Das hat er aber noch nicht, richtig?", fragte sie.

„Nie." Ich ging auch nicht davon aus, dass er es tun würde. Manchmal wurde er wütend, aber das Schlimmste, was er getan hatte, war, mich gegen eine Mauer zu drücken und so fest zu küssen, dass ich vergaß, weshalb ich wütend war. „Wir haben diese Chemie … Ich kann es nicht erklären."

„Du musst es nicht erklären." Sie sah Griffin durch das Fenster an, wo er weiterhin stand und die Leute beobachtete, die draußen vorbeigingen. „Glaub mir, ich verstehe es. Aber wenn du wirklich keine Zukunft mit ihm siehst, musst du es jetzt beenden. Es wird nur schlimmer werden."

Ich stimmte allem zu, was sie sagte. Je länger ich wartete, desto schwerer würde es werden. Es lief erst einige Wochen und ich steckte bereits so tief drin. Ich rief ihn an, um ihn zu treffen. Ich ging zu seiner Wohnung und ritt ihn auf dem Sofa. Ich sagte ihm, dass ich ihn vermisste … und ich meinte es ernst. Ich schlief jede Nacht mit ihm und ich genoss es. „Ich weiß …"

„Tut mir leid, meine Liebe."

„Ich weiß. Luca so oft zu sehen, erinnert mich nur daran, wie sehr ich eine Familie will. Es muss nicht morgen oder nächstes Jahr sein. Aber mit Bosco wird es nie geschehen und das will ich auch nicht. Ich hänge darin fest, mit einem Mann zu schlafen, obwohl ich nach einem Ehemann suchen sollte."

„Da stimme ich dir zu. Aber ich finde, dass der Richtige im Moment dein geringstes Problem ist. Im Moment gehst du mit dem furchteinflößendsten Mann der Stadt aus. Dieser Mann ist so stark, dass unsere Familie im Vergleich machtlos ist. Wenn er dich nehmen und nie zurückgeben wollte, könnten wir es nicht verhindern. Selbst Griffin könnte nichts tun. Selbst wenn Griffin all seine Kontakte zusammentrommeln würde, hätte Bosco die ganze Stadt unter Kontrolle."

„Ich weiß …"

„Dann beende es. Tu es schnell und sieh nicht zurück."

Das war einfacher gesagt als getan.

„Denkst du wirklich, dass er dich gehen lassen wird?", fragte sie mit einem Hauch von Angst in der Stimme.

Ich hatte keine Ahnung. „Er sagt, dass er mir niemals wehtun würde."

„Vielleicht denkt er, dass es nicht in diese Kategorie fallen würde, dich gegen deinen Willen festzuhalten."

Sie hatte recht. „Als ich darum gebeten habe, gehen zu dürfen, hat er mir den Sicherheitscode gegeben und ist gegangen. Ich hätte den Aufzug in die Lobby nehmen können und einer seiner Männer hätte mich heimgefahren."

„Das ist nicht das Gleiche, Carmen."

Das wusste ich, doch ich hoffte, dass dieser Augenblick der Freiheit ein Indikator war.

„Was wirst du tun, wenn er nicht mitmacht?"

Ich hatte ihn am Anfang einige Male abgewiesen, doch das hatte nur dazu geführt, dass er mich noch mehr wollte. Wenn ich ganz gehen wollte, würde es seine Lust vielleicht auf gefährliche Weise entfachen. Es könnte dazu führen, dass er mich noch resoluter würde besitzen wollen, dass er mich so fest packen würde, dass ich das Gefühl der Freiheit nie wieder erfahren würde. „Ich glaube nicht, dass es etwas gibt, was ich tun kann."

12

BOSCO

Ich war in meinem Büro, als Ronan hereinkam.

„Was gibt's?“, fragte ich und sah ihn kaum an.

„Die Familie ist hier, um die Leiche abzuholen.“ Er schluckte, als er seinen Satz beendet hatte, und in seinem Blick schimmerte Feindseligkeit. Er stimmte mit meiner Entscheidung noch immer nicht überein und er zögerte nicht, sein Missfallen kundzutun.

Als würde mich das interessieren. „Gib sie ihnen.“

Er setzte sich in den Lederstuhl, der meinem Tisch gegenüberstand, als wäre das Gespräch noch nicht vorbei.

„Ja?“ Ich blickte erneut auf, dieses Mal schenkte ich ihm meine volle Aufmerksamkeit.

„Ich habe die Männer reden gehört. Du gehst mit jemandem aus.“ Er sah mich anschuldigend an, als ob es ihn kränkte, dass ich ihm diese Information nicht anvertraut hatte.

„Ich korrigiere. Ich ficke jemanden.“

„Du fickst nie die gleiche Frau zwei Mal. Was also ist es?“

Diese Frage würde mich nicht stören, wenn er meine

Entscheidungen nicht so oft hinterfragen würde. „Ich bin nicht sicher. Ich habe sie vor ein paar Wochen getroffen. Sie wäre beinahe in einer Gasse vergewaltigt worden und ich habe eingegriffen. Seitdem hat sie mir ihre Dankbarkeit gezeigt."

„Wird es ernst?"

Ich hatte keine Beziehungen und ich sah Carmen nicht als meine Freundin an, doch sie hatte meine Treue und nahm mich ganz ein. „Ich werde diese Frau nicht heiraten. Aber wir sind monogam. Ich hoffe, dass das deine Frage beantwortet."

Er hob seine Augenbrauen so hoch, dass sie ihm beinahe vom Gesicht rutschten. „Ihr seid exklusiv? Das ist verdammt ernst."

„Wenn du es so beschreiben willst …"

„Vielleicht sollte ich sie kennenlernen."

„Vielleicht auch nicht", sagte ich kühl. „Gib dem Ganzen noch ein paar Wochen. Wir klären gerade einige Probleme."

„Was?", neckte er. „Hasst sie dich?"

„Ehrlich gesagt ja", ich versteckte mein Grinsen nicht. „Sie verachtet mich. Aber sie will mich trotzdem."

„Das klingt nach einer interessanten Beziehung."

„Durchaus."

„Könnte es Liebe sein?", fragte er und neckte mich erneut.

„Nicht mal ansatzweise. Es ist pure Lust – und das ist viel stärker. Wenn wir also mit dem Tratsch fertig sind, solltest du dich wieder an die Arbeit machen."

Seine Laune verschlechterte sich sofort. „Ich verstehe, dass du den meisten Menschen gegenüber ein Arschloch bist, weil du es sein musst. Aber wenn es nur wir zwei sind, ist es übertrieben."

Ich hatte keine Ahnung, woher diese Ansicht plötzlich

kam. Unsere Beziehung war die gleiche wie immer. An meinen Worten war nichts Besonderes gewesen, was ihn hätte provozieren können. Er erwischte mich mit seinen Worten auf dem falschen Fuß und ich wusste nichts zu erwidern.

„Du bist nicht der Gleiche, seit Mama gestorben ist. Es ist, als wärst auch du gestorben. Und es reicht mir verdammt nochmal." Seine Stimme wurde mit jedem Wort lauter. „Ich verstehe, dass ihr zwei euch ein wenig näher standet als ich und sie, aber es ist fünf Jahre her. Du musst davon ablassen und weitermachen." Er marschierte aus meinem Büro und knallte die Tür hinter sich zu.

Ich hatte kaum einen Moment Zeit, um über seine Worte nachzudenken, bevor Drake hereinkam. „Was?", sagte ich in dunklerer Stimmung als zuvor.

„Es geht um Carmen. Oder sollte ich besser später wiederkommen ...?" Meine einsilbige Antwort war genug, um ihn nervös zu machen. Jetzt war definitiv kein guter Zeitpunkt.

Doch da es um Carmen ging, wollte ich jedes Detail hören. „Was ist mit ihr?"

„Sie hat wieder mit Vanessa zu Mittag gegessen."

Das musste gut sein. „Ja?"

„Vanessa hat ihr gesagt, dass sie mit Ihnen Schluss machen soll ... und Carmen hat ihr zugestimmt."

Nachdem sie so in mein Bett zurückgekrochen war, dachte sie tatsächlich, dass sie die Kraft haben würde, mir fernzubleiben? Das klang in meinen Ohren sehr unwahrscheinlich, doch es störte mich, dass sie es überhaupt in Erwägung zog. „Hat sie gesagt, wann?"

„Nein. Aber sie denkt, dass sie sich von Ihnen fernhalten sollte."

Ja. Sie hätte sich von mir fernhalten sollen. Sie hätte nie

in dieser Gasse landen sollen. Sie hätte mich gar nicht erst treffen sollen, denn dann würde sie nun ein normales Leben führen. Vielleicht hätte sie einen netten Mann getroffen, der ihr Ehemann geworden wäre. Doch das würde nun nie geschehen.

Denn sie gehörte mir. „Das ist alles, Drake."

„Sir." Er nickte, bevor er ging.

13

CARMEN

Ich war noch nie in meinem Leben so nervös gewesen.

Und ich war total verängstigt.

Bosco war ein unberechenbarer Mann. Ich hatte keine Ahnung, wie seine Reaktion sein könnte, aber wenn man bedachte, dass er einen Mann auf die brutalste Weise sterben lassen konnte, wäre sie nicht gut. Er hatte ein Herz aus Eis in seiner Brust. Er sah mich nicht als Person, sondern als Eigentum, nicht anders als die Uhr, die an seinem Handgelenk saß.

Unabhängig von seiner Reaktion wäre dies kein sauberes Ende.

Er würde mich nicht so leicht gehen lassen.

Mir war bis zu diesem Moment nie klar, wie sehr ich meine Familie brauchte. Ein Teil von mir wollte zu meinem Vater laufen und ihn um Hilfe bitten. Jede andere Situation könnte er für mich in Ordnung bringen. Er wäre in der Lage, mich zu beschützen.

Aber sowohl er als auch mein Onkel konnten nichts machen.

Sogar Griffin, der mächtigste Mann, den ich je kannte, war machtlos.

Der mächtigste Mann der Welt war mein Gegner. Und ich würde diesen Krieg nie gewinnen.

Wir hatten ein paar Tage lang nicht miteinander gesprochen, nachdem ich gegangen war. Ich dachte, ich könnte den Abstand und die Zeit nutzen, um meine Gedanken zu sammeln und zu überlegen, wie ich das machen könnte. Der Abstand würde es mir erlauben, klar zu denken, nicht mehr mit dem Nervenzentrum zwischen meinen Beinen, sondern mehr mit meinem Hirn zu denken.

Aber das Warten machte es nur noch schlimmer.

Es machte mir nur noch mehr Angst.

Ich saß am Esstisch und trank allein eine ganze Flasche Wein, während ich auf mein Handy starrte. Ich ging immer wieder die Worte in meinem Kopf durch und versuchte, mir die richtige Formulierung zurechtzulegen. Wenn ich zaghaft oder verängstigt wäre, würde er mich fertigmachen. Ich musste selbstbewusst und stark sein. Das Klügste, was man tun konnte, war, es am Telefon zu tun. Nicht, weil ich ein Feigling war, sondern weil er mich so nicht berühren konnte. Er konnte mich nicht gegen eine Wand drücken und mich mit einem dicken Kuss zum Schweigen bringen.

Ich nahm noch einen großen Schluck und tätigte schließlich den Anruf.

Gleich nach dem ersten Klingeln nahm er ab. „Schönheit." Seine tiefe, maskuline Stimme war wie perfekt gealterter Wein. Sie war ruhig, voller Textur und verwegen. Allein seine Stimme war schon sexy, so sexy wie seine Hände auf meinen Brüsten. Er hatte die Art von Stimme, die eine Frau feucht werden ließ, ohne mit ihr im selben Raum zu sein.

Ihn zu hören, zerstörte all meine Entschlossenheit. Wie

die schwache Person, die ich war, erlag ich sofort dem Begehren und meine Oberschenkel drückten sich unter dem Tisch zusammen. Meine Herzfrequenz stieg an und ich konnte keinen Wein mehr trinken, weil sich mein Magen zu verengen begann.

Er sagte nichts anderes, er fühlte sich mit der Stille vollkommen wohl.

Ich wünschte, ich wäre genauso wenig von Spannungen betroffen wie er. „Es gibt da etwas, worüber ich mit dir reden möchte ..."

„Wirklich?", fragte er leicht amüsiert. „Und was wäre das?" Es gab etwas Verspieltes in seiner Stimme, aber es gab auch eine Schwingung der Feindseligkeit. Ohne es überhaupt auszusprechen, schien es, als würde er mich bedrohen. Er war unbeständig und tanzte zwischen Wut und Vergnügen. Er konnte so viel mit so wenig projizieren.

Als würde er direkt vor mir stehen, hat er mich wieder aus dem Gleichgewicht gebracht. Ich musste mich durch eine lange Pause erholen und die Stille als Rettungsanker benutzen. Ich erinnerte mich daran, dass ich ernst bleiben musste. Ich musste seine Feindseligkeit mit meiner in Einklang bringen, ihn dazu bringen, mir zuzuhören, weil er mich respektierte. „Es ist vorbei, Bosco." Meine Stimme war überraschend stark, als wäre es nicht ich, die da sprach. „Ich bin fertig mit dir."

Seine Reaktion kam augenblicklich, weil er keinen Moment brauchte, um sich zu fangen. „Schönheit ..." Er kicherte über die Leitung, als er meinen Spitznamen sagte, als wären meine Worte für ihn nichts als komisch. „Sei vorsichtig, was du als Nächstes sagst."

Ich hatte Angst, dass er mich überhaupt nicht ernst nahm, dass ich diejenige war, die ihn observierte, und er derjenige, der die Drohungen aussprach. „Du hast mich gebeten, dir eine Chance zu geben, und das habe ich getan. Du bist nicht der Richtige für mich. Ich weiß, wonach ich suche ... und du bist es nicht."

„Das ist schon ironisch. Wenn man bedenkt, dass du genau das bist, wonach ich suche ..."

Mein Herz begann schneller zu rasen, fing an zu schlagen wie eine schwere Trommel. „Ich meine es ernst, Bosco. Ich will dich nicht mehr sehen."

„Ich weiß, dass du es ernst meinst." Seine Stimme begann sich zu vertiefen, wurde dunkler und düsterer. „Aber das ist mir egal." Ohne ein weiteres Wort legte er auf und das Telefonat wurde unterbrochen.

Ich ließ mein Handy auf den Tisch fallen und sah zu, wie sein Name vom Display verschwand. Als ob ich seine Schritte im Flur hören könnte, wusste ich, dass er kam. Es war nur eine Frage von wenige Minuten, bis er hier ankam. Ich hatte keine Ahnung, was passieren würde, wenn er hier ankam.

Aber es wäre nichts Gutes.

ER KAM ohne Mühe an meinen Schlössern vorbei und betrat dann meine Wohnung, trug ein langärmeliges, tailliertes Hemd und schwarze Jeans. Seine glänzende Uhr war an seinem Handgelenk, sein Haar war ordentlich gekämmt und er sah aus wie der furchteinflößendste und zugleich schönste Mann, den ich je gesehen hatte.

Die ganze Flasche Wein reichte nicht aus, um die Angst zu vertreiben.

Ich war verängstigt.

Ich hatte noch nie in meinem Leben mehr Angst vor jemandem gehabt.

Er trat an den Esstisch und zog den Stuhl gegenüber von mir heraus. Er setzte sich hin und sah mich an, in seinen Augen war die Wut zu erkennen, die in diesem Moment in seinen Adern zirkulierte. Er war sauer, tat aber sein Bestes, um es zu verbergen.

Ich musste an meiner Entscheidung festhalten. Ich durfte nicht aufgeben. Also sah ich ihm in die Augen und verschränkte die Arme vor der Brust. „Ich meinte, was ich sagte, und ich werde meine Meinung nicht ändern."

„Ich bin nicht hier, um deine Meinung zu ändern." Diese kryptische Nachricht war unmöglich zu entschlüsseln, aber sie war mit einer so großen Bedrohung gefüllt, dass sie mein Herz davon abhielt zu schlagen. Wir hatten gerade Neuland betreten, einen Ort, den ich nie besuchen wollte. „Ich bin hier, um dir zu sagen, wie es von nun an ablaufen wird."

„Und wie wäre das?" Meine Stimme begann zu zittern, obwohl ich mein Bestes tat, um sie zu kontrollieren.

„Ich hatte gehofft, dass es nicht so weit kommen würde." Ein leichtes Lächeln war auf seinen Lippen. „Nachdem du das erste Mal mit Vanessa gesprochen hast, dachte ich, ich hätte dich beruhigt. Ich habe bewiesen, wie sehr du mich brauchst … wie sehr du mich willst. Dann hast du ein zweites Mal mit ihr gesprochen …"

Mein Herz krampfte vor Angst, als ich erkannte, dass er alles wusste und jedes meiner Gespräche ausspioniert hatte. Ich hatte nicht einmal bemerkt, dass einer seiner Männer mir überall hin folgte, weil sie so gut verkleidet waren. Sie hatten sogar meine Gespräche belauscht, was bedeutete, dass sie zu jeder Zeit in einem Umkreis von drei Metern waren. Die Vorstellung ließ meinen Körper zittern, aber nicht auf eine gute Weise.

„Ich dachte, du würdest wieder zur Besinnung

kommen … und erkennen, dass es der größte Fehler deines Lebens sein würde.“ Er schüttelte den Kopf leicht und sein Blick war voller Enttäuschung. „Aber du hast dich falsch entschieden.“

Meine Arme spannten sich um meine Brust und ich schluckte den Kloß in meinem Hals hinunter. Ich war von diesem Mann in eine Ecke gedrängt worden und ich konnte nirgendwo hinlaufen. Die Polizei würde meine Anrufe ignorieren und wenn ich meine Familie anrufen würde, würden sie alle sterben.

Bosco sah mich weiter eiskalt an. „Du hast mir nie eine echte Chance gegeben.“

Jetzt war meine Stimme kaum noch zu hören. „Doch, das habe ich …“

„Wenn das der Fall wäre, würden wir dieses Gespräch nicht führen. Ich bin alles, was du von einem Mann willst – mächtig, reich und gut im Bett. Du wirst keinen besseren Mann da draußen finden und wir beide wissen das.“

„Es gibt viele bessere Männer da draußen …“

„Wenn das der Fall wäre, hättest du schon einen anderen gefunden. Aber das kannst du nicht. Lass uns nicht so tun, als ob du keine Angst davor hast, dass ich deine ganze Familie mit einem Kopfnicken auslöschen könnte.“

Meine Hände zitterten, weil ich solche Angst hatte.

„Du willst mich jede Nacht in deinem Bett haben. Du willst auf meiner Brust schlafen, weil es dein Lieblingsplatz ist. Du willst mit deiner Unbesiegbarkeit durch die Straßen gehen. Der einzige Grund, warum du das tust, ist, weil du Angst vor mir hast … obwohl ich dir gesagt habe, dass ich dir nie wehtun würde.“

„Du hast gerade gedroht, meine Familie zu töten“, flüsterte ich. „Und das würde mich mehr verletzen als alles andere auf der Welt.“

Er starrte mich mit seinen intensiven Augen an. Augen, die so kalt waren, dass sie mich an die Arktis erinnerten. Er saß vollkommen aufrecht und sein Hemd passte ihm wie angegossen. Er war ein muskelbepackter Mann, gebaut wie ein Rennpferd. „Aber ich würde niemals Hand an dich legen. Und ich hätte keine Motivation, deiner Familie wehzutun, wenn du mir gibst, was ich will."

„Was ist mit dem, was ich will?", warf ich ein.

Er neigte seinen Kopf leicht. „Ich bin, was du willst."

„Ich will keinen Mörder."

„Und ich ermorde keine Menschen."

„Aber du sprichst das Todesurteil, was dich genauso schlimm macht."

„Wirklich?", fragte er. „Also sind die Richter in Amerika, die Kriminelle in die Todeszelle stecken ... Mörder?"

„Das ist nicht das Gleiche."

„Es ist genau das Gleiche, Schönheit. Mir gehört diese Stadt, also bin ich der Richter, die Geschworenen und die Stimme der Menschen. Ich kontrolliere alle Dinge, weil ich der Einzige bin, der es kann. Einige Menschen sterben. Andere leben. So läuft es nun mal. Wenn die Menschen die Regeln befolgen würden, gäbe es keinen Grund zur Bestrafung. Leider sind die Menschen dafür einfach zu dumm."

Ich hatte keine Ahnung, was ich sagen sollte. Keine Ahnung, was ich tun sollte.

„Wenn du eine andere Frau wärst, würde ich dich kampflos gehen lassen. Aber du bist etwas ganz Besonderes für mich. Und ich weiß, dass ich etwas Besonderes für dich bin. Du willst vor mir weglaufen, aber an meiner Seite ist der sicherste Ort, an dem du je sein wirst."

„Warum habe ich dann solche Angst?", flüsterte ich.

„Du hast keine Angst vor mir", sagte er selbstsicher. „Du hast Angst davor, was du für mich empfindest."

Vielleicht war das teilweise richtig, aber ich würde es nie zugeben.

„Also, es wird folgendermaßen laufen." Er legte seine Hände auf den Tisch und lehnte sich zu mir, sein Kiefer war zusammengepresst, weil er immer noch verärgert war. „Du wirst Vanessa sagen, dass du mit mir Schluss gemacht hast. Ich lasse dich gehen. In Wirklichkeit wirst du deine Sachen packen und bei mir wohnen. Und anstatt eine Frau zu sein, die ich ab und zu treffe, gehörst du ausschließlich zu mir. Du wirst jede Nacht mein Bett mit mir teilen. Du wirst die Frau an meinem Arm sein. Im Gegenzug werde ich dir alles geben, was du dir nur wünschen kannst. Jedes Auto, das du willst, jede Menge Diamanten, alles –"

„Ich will dein Geld nicht. Ich habe dir gesagt, dass mich das nicht beeindruckt."

„Was willst du dann, Schönheit?", flüsterte er.

„Meine Freiheit."

„Die kannst du nicht haben –"

„Fick. Dich." Ich stand auf und schnappte mir die leere Flasche, bereit, sie ihm über den Kopf zu schlagen.

Seine Augen verengten sich bei meinem Ausbruch, aber er schien immer noch leicht amüsiert von meinen Worten.

„Für wen zum Teufel hältst du dich?", warf ich ein. „Du denkst, du kannst machen was immer –"

„Ja."

„Nun, mit mir kannst du das nicht machen. Mir sind die Männer vor meiner Wohnung egal, oder wie viel Geld du hast. Ich bin keine Sklavin und ich weigere mich, eine zu werden. Ich werde nicht still sein. Ich werde mich nicht freiwillig unterwerfen. Ich werde das Leben nicht aufgeben, das ich verdiene –"

„Dann lass mich dir das Leben geben, das du verdienst." Er stand langsam auf und kam zu mir, seine Augen bewegten sich zwischen meinen hin und her. „Ich habe dir gesagt, dass ich dir alles geben würde. Du willst einen Mann und vier Kinder? Gut, das gebe ich dir."

„Du lässt mich einen anderen Mann heiraten?", fragte ich ungläubig.

„Nein." Er ergriff meinen Nacken und berührte mich sanft. „Ich werde dein Ehemann sein. Ich gebe dir vier Kinder. Problem gelöst."

Meine Augen blitzten geschockt auf. „Du bist verrückt."

„Ich gehe nur Kompromisse ein. Das ist das, was du willst, und ich gebe es dir."

Ich drückte seinen Arm weg. „Nein."

Er ließ die Hand sinken und versuchte nicht, mich wieder zu packen. „Wir können das auf die einfache oder harte Tour machen. Vertrau mir, du willst es nicht auf die harte Tour."

„Du kennst mich, Bosco", sagte ich kalt. „Ich werde immer den rechten Weg nehmen. Ich akzeptiere das nicht und werde es auch nie tun. Ich will nichts mit einem Mann wie dir zu tun haben. Du tötest Menschen –"

„Und du denkst, dass Bones besser ist? Er hat Menschen für seinen Lebensunterhalt getötet und jetzt gehört er zu deiner Familie. Und was ist mit Conway und Carter? Frauen aus dem Untergrund kaufen? Was ist mit deinem Vater und deinem Onkel? Sie führten eines der größten Waffenunternehmen in Europa. Und du sitzt hier und sagst mir, dass das, was ich tue, falsch ist? Verdammte Heuchlerin."

Ich war sprachlos, weil es dagegen keine Argumente gab. Er hatte mich in die Enge getrieben.

„Du willst mich, Carmen. Ich sehe es in deinen Augen, jedes Mal, wenn deine Beine gespreizt sind und du unter mir liegst. Ich spüre es an der Art, wie du mich küsst. Ich spüre es an der Art, wie du um meinen Schwanz herum kommst. Hör auf, so zu tun, als ob es anders wäre."

„Ja, ich schlafe gerne mit dir. Aber das bedeutet nicht, dass ich mehr von dir will."

„Das ist zu schade", sagte er kalt. „Weil du mehr von mir bekommst."

„Ich lehne ab", sagte ich leise.

„Du kannst nicht ablehnen. Wenn du es tust, muss ich dir erzählen, was ich deiner Familie alles antun werde. Ich werde sie alle gleichzeitig auslöschen, hundert Männer an jeden Ort schicken und so das Vermächtnis deiner Familie zerstören." Er schnippte mit den Fingern.

Allein der Gedanke daran ließ mich in Tränen ausbrechen.

„Ich bluffe nicht, Carmen. Es ist kein Spiel, bei dem du gewinnen kannst."

Ich hatte keine Wahl. Ich würde lieber sterben, als zuzulassen, dass den Menschen, die ich liebte, etwas passierte, also würde ich mich unterwerfen. Sie würden, ohne zu zögern, das Gleiche für mich tun. „Du musst einen Kompromiss eingehen ..."

Er kicherte, als wäre der Vorschlag lächerlich. „Du bist nicht in der Position, danach zu fragen."

„Schau, ich gebe dir, was du willst. Ich werde voll und ganz kooperieren. Aber es muss einen Zeitplan dafür geben."

Bei dem Vorschlag starrte er mich an.

„Du bekommst, was du willst, und ich bekomme, was ich will."

Es war das erste Mal, dass er nichts zu sagen hatte.

„Ich werde dir gehören ... für einen Monat. Aber wenn diese Zeit abgelaufen ist, kann ich gehen. Ich bin ein guter Mensch, der es verdient, sein Glück zu finden. Mein

Ehemann ist irgendwo da draußen und wir werden eine Familie zusammen haben. Ich werde das nicht aufgeben. Niemals. Aber ich will meine Familie nicht in Gefahr bringen. Das wirst du mir geben."

„Warum sollte ich dem zustimmen, wenn ich dich für immer haben könnte?"

Es war ein Schuss ins Blaue, aber ich hatte keine Ideen mehr. Ich musste einen Ausweg finden. Ansonsten war ich für immer verloren. „Weil deine Mutter sich für dich schämen würde."

Meine Worte trafen ins Schwarze und seine Augen verengten sich, aber nicht aus Wut. Als mein Schuss in sein Herz traf, taumelte er leicht zurück, verwundet von der Kugel, die sein Fleisch durchbohrte. Es gab nur sehr wenige Momente, die ihn menschlich erscheinen ließen, und diese Momente geschahen normalerweise, wenn er von seiner Mutter sprach.

„Einen Monat."

Er erholte sich langsam von dem Schlag. „Sechs."

„Drei."

Seine Augen verengten sich auf meinem Gesicht in Anbetracht des Angebots, das ich auf den Tisch gelegt hatte. Er war so lange ruhig, dass es schien, als würde er es ablehnen. Aber schließlich gab er die Antwort, die ich hören wollte. „Drei."

AUCH VON PENELOPE SKY

Bosco Roth ist ein Verbrecherboss.

Der Besitzer des größten illegalen Kasinos.

Er ist die Art von Mann, die bekommt, was er will. Er hat das beste Pokerface der Welt.

Jetzt will er mich.

Wenn es zu intensiv wird, ziehe ich die Notbremse und laufe davon.

Aber ein Problem gibt es ... er wird mich nicht gehen lassen.

Jetzt gehöre ich Bosco Roth.

Jetzt Bestellen

Printed in Poland
by Amazon Fulfillment
Poland Sp. z o.o., Wrocław

12009771R00150